MERIDIANE
Aus aller Welt
Band 128

CARLA HAAS

Der Zweifel

ROMAN

AMMANN VERLAG

Der Verlag dankt dem **MIGROS** kulturprozent für die freundliche Unterstützung.

Erste Auflage
© 2009 by Ammann Verlag & Co., Zürich
www.ammann.ch
Alle Rechte vorbehalten
Satz: Gaby Michel, Hamburg
Druck und Bindung: CPI – Clausen & Bosse, Leck
ISBN 978-3-250-60128-9

Der Mensch ist das Wesen, das nicht aus sich heraustreten kann, das die anderen nur in sich kennt und, wenn er das Gegenteil behauptet, lügt.

> Marcel Proust, *Albertine ist verschwunden /
> Auf der Suche nach der verlorenen Zeit*

Luis, ich sollte schweigen und nichts sagen«, schreibt Ella. »Ich habe vor dem Mißverständnis Angst, das den Worten folgt. Doch mir bleiben nur Worte, um auszudrücken, was ich seit der Nacht herunterzuschlucken versuche, in der Wellen unsere Füße umschmeichelten. Die ganze Nacht habe ich geschwiegen. Seit der einsetzenden Morgendämmerung frage ich mich warum. Mein Körper sehnte sich danach, Ihnen für einen Augenblick nahe zu sein. Den Duft zu riechen, der Sie einhüllt. Was ich jetzt sage, ist nicht wahr. Es geht nie nur um einen Augenblick, sondern immer um alles. Um den Körper, die Seele und mit ihr um die Worte. Sicherlich wäre es einfacher, würde der Kopf sich nicht einmischen. Ich weiß nicht, was ich gesagt hätte, wenn ich gesprochen hätte, werde es nie wissen. Das Schweigen richtet sich nicht gegen Sie. Es ist für Sie. Der Angst ist das Schweigen erwachsen. Meiner Angst. Sie in Gegenden zu geleiten, in denen Sie nichts zu suchen haben. Sie sind jung, Luis. So jung. Ich denke es immer wieder. Ihr lebhafter Blick kann von einer Sekunde auf die andere geknickt sein. Sie sind zerbrechlich, von einer unfaßbaren gläsernen Schönheit, die Sie mit größter Sorgfalt verstecken. Ihr Gesicht gefällt mir, wenn der Schmerz in seinen Augen auf steigt, sich ausbreitet, es kleidet und Sie ihn mit einer Handbewegung wegwischen wollen. Dann grübe ich am liebsten in Ihnen herum. Gleichzeitig verbietet sich der Drang. Ich sage mir, für Sie birgt das Leben andere Schätze. Was vor Ihnen liegt, unterscheidet sich zu sehr davon, was ich hinter mir gelassen habe. Ich weiß noch nicht, ob die Offenheit für die Welt, die Sie in Ihrem Gesicht tragen, in Ihnen wurzelt oder ob sie aus Höflichkeit mit Ihren Worten verflochten ist. Im Grunde denke ich, daß sie Ihnen eigen ist. Ich glaube, Ihre Offenheit rührt mich am meisten. Ihre Aufmerksamkeit. Ihr vor nichts zurückschreckender Blick. Das pure Verlangen, das wie ein Schritt Teil des Gehens ist. Eindeutigkeit. Bewegung. Tatsache.

Wenn ich in der Nacht am See zu Ihnen gesprochen hätte, hätte ich Sie aufgefordert zu handeln. Ich hätte gefragt, seit wann etwas zwischen uns ist und uns lockt. Ich hätte wissen wollen, ob Sie bereit wären, augenblicklich alles stehen- und liegenzulassen. Vielleicht war zu irgendeinem Zeitpunkt die notwendige Kraft vorhanden, eine Entscheidung zu treffen. Wir haben beide an verschiedenen Dunkelheitsgraden der Nacht gezaudert. Allzu gern wäre ich Ihnen nahe gewesen, um Ihren Körper zu erforschen und die immer wiederkehrenden Gedanken zu töten, die jetzt mein Hirn überfluten. Ich hätte so viel wie möglich von Ihnen in Erfahrung bringen wollen, um zu ermessen, in welchen Gegenden Sie atmen. Ich habe es nicht getan, weil ich zweifle, mich fürchte, zögere. Das Verlangen errichtet sich auf Trümmern. Es ist unmöglich, auf schwindendem

Boden aufrecht stehen zu bleiben. Er würde uns verschlingen. Ich hätte gern meine Finger in Ihre Haut gebohrt. Meine Hände haben mich vor Ihrem jungen offenen Blick zurückgehalten. Ich hatte Angst, den Glanz Ihrer Augen zu trüben, Ihren Atem zu vereisen. Diese Furcht hat sich meiner ungeachtet aufgedrängt.

Ich will Ihnen sagen, daß ich zutiefst davon berührt bin, was in der Nacht geschehen ist. Hätte ich keine Bedenken, die mich daran hinderten, zu handeln, dann würde ich es tun, ich weiß es. Auch wenn sie dies jetzt wissen, lassen Sie sich zugleich nicht von den Worten blenden, die ich in der Nacht hätte sagen können und die ich Ihnen jetzt sage. Sie sind für Sie. Wenn ich an Sie denke, erschüttert mich die Erfahrung noch immer. Stehen Sie neben mir, erhasche ich Ihren Duft, als wäre er eine Welle an einem Sonntagmorgen, die sich auf der glatten Meeresoberfläche verliert und der meine Augen folgen.«

Ella«, schreibt Luis, »ich vermisse Sie über alles. Ich will Sie niemals wiedersehen. Ich kann nicht. Sie sind zierlich, anziehend, schön, unsäglich schön. Ein Abgrund klafft vor mir auf, vor dem ich nie hätte stehen wollen. Könnte ich mich nur in Ihre Hände gießen, die mich wie Ton formen, sie dann anhauchen und auf ihren Flügeln wegschweben. Ella, Sie sind das Dunkel der Nacht, dessen Schwärze das Blätterwerk zum Leuchten bringt. Sie sind der singende Vogel. Im Schlaf höre ich ihn immer. Sie sind die namenlose Farbe, die ich suche. Nähere ich mich ihr, überkommt mich Angst. Ich renne weg und meide es, sie zu erblicken. Wir müssen Abschied nehmen, bevor wir uns im Fleisch begegnen. Mein Herz bebt, wenn ich Sie sehe. Es wäre unritterlich, würde die verraten, die ich liebe, meine Frau und meine Kinder. Dessen bin ich nicht fähig. Ich wäre bekümmert, meine Angehörigen zu verlassen, und ich bin untröstlich, Sie, Ella, zu verlieren. In der Trauer auszuharren ist mein Schicksal. Meine einzige Freude bleibt, Sie eines Nachts gesehen und gespürt zu haben, wie Sie an mir vorbeigingen und Wellen Sie begleiteten. Ich hätte gewünscht, meine Hände hätten Sie zurückgehalten, das sollten Sie wissen.«

Drei Monate zuvor.

Ella wartet geduldig auf den Flug 947 von Genf nach Helsinki. Das Gepäck hat sie eingecheckt, die Bordkarte hält sie in der Hand, dem geschäftigen Treiben gegenüber ist sie gleichgültig, bis sie den Aufruf zum Einsteigen hört. Der Himmel ist kristallklar und die Kälte groß. Auch die innere Kälte. Nichts ist wie vorher und wird je wieder so sein. Genf ruht wie eine Modellstadt unter den Flügeln. Als wäre es zum Vergnügen, zieht der Flugkapitän einige Schlaufen. Die Passagiere sehen die Rhonewindungen, den Hafen, die Fontäne und den See. Dann steigt das Flugzeug in den Himmel. Die Sonne geht am Horizont auf, blendet und trennt das frühere Leben vom kommenden. Erhaben falten und entfalten sich die Wolken. Das Bild schreibt sich eindringlich in Ellas Hirn ein. Wahrnehmbar, die mächtige Schönheit des Lichts, für den Menschen unfaßbar.

Die Nacht ist ihr oft nah. Das Bild zittert in der Ferne, wirft sich gischtgleich auf das Ufer. Die Erinnerung an das Bild trifft sie wie ein Blitz, auch wenn der weit weg von ihr einschlägt. Dann geht das Leben weiter, an ihr vorüber und drängt sie zurück. Das Bild steigt wieder auf. Hin und wieder will Ella es ergreifen, den Lauf der Dinge anhalten, um es zu betrachten. Mit dem Impuls, die Bewegung auszuführen, verkriecht sich der Wunsch. Ihr fehlen die Worte. Diese bleiben an einem Ort in ihrem Körper eingeschlossen. Sie lauscht dem schwachen Kribbeln, das irgendwo unter der Haut zieht. Das Vergessen kommt nicht. Wenn sie könnte, würde sie ihre Nase in irgendeine Gehirnwindung von Luis stecken, die Luft einatmen, die ihn am Leben erhält, und jubelnd die kleinen Erschütterungen seiner Nerven spüren. Sie würde seinem Blut beim Fließen zuhören und seinem Herz beim Pochen lauschen. Dann hielte sie die Zeit an, bettete ihn für eine Nacht neben sich. Damit er hier an ihrer Seite wäre. Was vorher war, was nachher geschähe, würde sie eine Nacht lang nicht erreichen. Sie gäbe sich gern dem undenkbaren Gedanken hin, mit allem, mit ihrem Körper, mit ihrem Herzen, mit ihrer Seele. Dessen ungeachtet schweigt Ella. Sie versucht ihm einen Brief zu schreiben. Die Worte ziehen sich ehrfurchtsvoll vor der Schilderung des Ereignisses am Seeufer zurück. In ihrem Körper weilt sie an einem wortleeren Ort, der unter den Hufschlägen der kreisenden Gedanken zu zerbersten droht. Lieber vergäße sie die Nacht, das Schwarz der Nacht, auch die schönen Worte von Luis, der nicht dazu bereit war, sich mit einem Vorher und einem Nachher auszusöhnen.

Luis kämpft nach jener Nacht mit den Dämonen seines Herzens. Er versucht, seine Arbeit zu tun. Es gelingt ihm nicht. Sein Blick trübt sich gleich bewegten Gewässern. Ein

Milchschleier liegt darüber ausgebreitet und stumpft seine Wachsamkeit im Leben ab. Sein Körper ist übermäßig angespannt. Er kann nicht ruhig bleiben. Etwas läßt ihn immer um sich selbst kreisen. Nach einigen Stunden, die er so verbracht hat, bittet er seinen Vorgesetzten um Urlaub, den dieser ihm sogleich zugesteht. Ab dem folgenden Tag muß er sich nicht mehr zwingen, an Ort und Stelle auszuharren, aufrecht stehen zu bleiben. Dies kostet ihn seine ganze Aufmerksamkeit und seine gesammelte Tatkraft. Besänftigung breitet sich in seinem Körper aus, nachdem er die Entscheidung gefällt hat. Er ist erleichtert, wie auch immer, dem Räderwerk des Lebens und der Arbeit standgehalten zu haben. In einem seiltänzerischen Ausnahmezustand ist er den Anforderungen gerecht geworden, die ihn zu erdrücken drohten. Seine Innerlichkeit wird immerfort durch die beruflichen und die familiären Verpflichtungen geknechtet. Er verwehrt es sich, sich des Aufstands gewahr zu werden, der in ihm anschwillt. Luis weiß nicht, wie er einer persönlichen Katastrophe entgegentreten kann, und sieht für eine zeitlich begrenzte Dauer die Flucht vor. In derselben Nacht fährt er mit seinem Wagen Richtung Süden.

Am Morgen nach der Nacht hat Ella das Flugzeug genommen und ist ihrem Mann nach Helsinki gefolgt. Sie kennt die Stadt nicht. Ihr Mann Yannick mußte sich für einen wissenschaftlichen Kongreß dorthin begeben. Ella und Yannick hatten seit langem geplant, sich an dem Ort zu treffen. Auf Reisen verbringen sie mehr Zeit zusammen als in ihrem Genfer Alltag. Er leitet das bakteriologische Labor des Universitätsspitals in Genf. An der Universität gibt er einige Seminarstunden. Vor kurzem wurde er als Assistenzprofessor für sechs Jahre wiedergewählt, mit Aussicht auf eine Professur. Zur Zeit entwickelt er ein neues Antibiotikum gegen resistente Bakterien. In einer chinesischen Pflanze hat er ein Molekül entdeckt, das, isoliert, ungeahnte und neue antibakterielle Eigenschaften vorweist. Er erforscht derzeit die Wirkung anderer natürlicher Verbindungen. Die Forschungstätigkeiten ihres Mannes erfordern nicht selten zusätzliche Arbeitsstunden im Labor, das er oft spät in der Nacht verläßt. Er führt zwar jetzt ein Team von mehreren Leuten und könnte Arbeit abgeben, aber das schlechte Gewissen drückt ihn, wenn er Reisen zu wissenschaftlichen Kongressen in ganz Europa, manchmal in Amerika oder Asien unternimmt. Yannick hat am Montag ein Treffen in Helsinki mit ihn sponsernden Interessenten der Pharmaindustrie, um den Rahmen einer möglichen Zusammenarbeit abzustecken. Im Sommer und im Winter reist Ella manchmal ihrem Mann nach, der von einem Kongreß zum nächsten fährt. Sie ist müde, als sie in Helsinki ankommt. Yannick holt sie wie gewöhnlich mit lächelndem Blick, ruhigem Mund und mit einem vielfarbigen Blumenstrauß in der Hand am Flughafen ab. Er wartet, Sieger einer Schlacht, die nur in seiner Einbildung gegenwärtig ist, bis sie die gesicherte Zone des Flughafens verläßt, zu der er keinen Zugang hat. Ella kommt. Eine Frau Mitte Dreißig, mittlere Körpergröße, hellblondes Haar, Adlernase, weiße

Haut, langsamer, beinahe schleifender Gang. Ihr Blick ist ruhig und grün. Sie trägt ein blaues Kostüm. Seit sie verheiratet sind, paart sich ihr luxuriöser Geschmack mit einer verstörenden Schlichtheit, die Yannick unbeschreiblich verführerisch findet. Mit der Gewißheit, die ihnen die gemeinsamen Jahre der Trennungen und der Wiederbegegnungen gegeben haben, sehen sie sich, erkennen sich, finden sich im kleinsten Wort, in der winzigsten Bewegung, im leisesten Zögern. Ella geht auf ihn zu. Yannick, ein Monument in der tanzenden Masse, verharrt an Ort und Stelle, wo er die Landeverspätung erduldet hat. Sie hebt, als sie vor ihm angekommen ist, den Kopf und bietet ihm ihren Mund an, auf den er sich, von der unerwarteten Schönheit seiner Beute beglückt, gleich einem Eroberer niederbeugt und ihn gierig küßt. Zusammen schlendern sie auf den Ausgang des Flughafens zu. Sein rechter Arm ruht auf ihren Schultern, schiebt und lenkt sie durch die Masse, ein von Zärtlichkeit geprägtes Vorgehen, das sie gerne hinnimmt, es sogar genießt. Ihr Schweigen verbirgt weder die Müdigkeit auf ihrem Gesicht noch die Erschöpfung. Yannick winkt ein Taxi heran, und sie lassen sich zum Hotel fahren. Die Stadt Helsinki zieht schweigend an ihnen vorüber. Der Ehemann knüpft ein Gespräch mit dem Taxifahrer an, das einen kargen Austausch nicht übersteigt, einige Sätze, um darüber unterrichtet zu sein, wo man gut ißt. Alle drei wissen genau, daß es gedankenlos wiedergekäute Namen von Gemeinplätzen sind, Orte, die sie wahrscheinlich nicht aufsuchen werden. Die Worte dienen als Landeteppich, um die Begegnung mit seiner Frau so lange hinauszuzögern, bis sie im Hotel angekommen sind. Yannick führt solche vorgefertigten Diskussionen, um sich nicht in unbekannten Landschaften zu verlieren. Ella schaut aus dem Fenster. Er streichelt unterdessen sanft ihren Handrücken, erforscht dessen Hautdichte und Faltentiefe, um herauszufinden, wo Ella in Gedanken weilt. Sie spürt seine Suche auf der schutzlos hingegebenen Hand, während sie die niedrigen Gebäude beobachtet. Die in den Wintermonaten in Helsinki herrschende Kälte scheint sie in die Erde eingerammt zu haben. Dann gleitet ihr Blick über die Ebenen, die breiten alleeähnlichen Straßen, die in der sommerlichen Morgenstunde leer anmuten. Die wenigen Leute, die sie durch das Fenster zu sehen bekommt, tragen trotz der Sonne langärmlige Hemden oder Pullover.

Beim Hotel steigt Ella aus dem Taxi. Sie hebt ihr Gepäck aus dem Kofferraum. Yannick bezahlt inzwischen, gibt wie gewöhnlich ein leicht übertriebenes Trinkgeld, um bei jeder Gelegenheit seine finanzielle Potenz vorzuführen. Sie mag sein Verhalten nicht, zieht ihren Koffer hinter sich her und tritt in die Halle. Er folgt ihr, außer Atem, nimmt ihr den Koffer ab und zieht ihn für sie weiter. Sie läßt ihn gewähren. Er überholt sie mit dem Schwung eines Junggesellen, eilt voraus, zielt geradewegs auf den Tresen zu, wo ihm der Empfangschef, sobald er ihn erblickt, mit einem breiten Lächeln den Zimmerschlüssel entgegenstreckt. Yannick stellt ihm mit einem Hauch von Stolz, der sein Gesicht zum

Blühen bringt, seine Frau vor. Sie versucht indes, auf ihrem weißen Gesicht ein schwaches Lächeln zu bilden, während sie Yannick ausführlich beobachtet und feststellt, daß seine Haare noch weißer sind als beim letzten Mal. Als sie sein Gesicht anschaut, bemerkt sie, daß er wieder zugenommen hat. Der Größenunterschied zwischen ihnen ist beträchtlich. Wo Ella dünn, ja beinahe ein wenig mager ist, gleicht er einem Kämpfer mit breitem Oberkörper und imposantem Kopf, der in einen kaum vorhandenen Hals übergeht, dann in äußerst kräftige Schultern anschwillt. Der Bauch hingegen ist gerundet. Die Auswirkungen des Alters lassen sich nicht mehr verbergen. Er ist weit über vierzig. Neben ihr scheint er riesig, obwohl sie nicht klein ist. Schweigend gehen sie zum Aufzug, rufen ihn, warten. Sie vermeidet es, ihn anzublicken. Der Aufzug kommt, Yannick lädt sie mit einer angedeuteten Handbewegung ein, als erste einzutreten, folgt ihr, zieht dabei immer noch ihren Koffer hinter sich her. Die Schiebetüren schließen sich surrend hinter ihnen. Er drückt den Knopf des vierten Stocks. Der Aufzug fährt nach einem kurzen Zögern los, säuselt süßliche Musik, eine bekannte, aber zur Unkenntlichkeit entstellte Melodie. Er fragt sie, ob sie gut gereist sei.

»Ja«, antwortet sie, »ich hatte einen guten Platz, und der Flug war schön. Die Luft war klar, ich sah die Alpen, sogar die Spitze des Montblanc. Kein Wind und kaum Wolken. Nur wenige Passagiere waren auf dem Flug, und die Bedienung war angenehm. Ich bin einfach müde«, sagt sie, »sehr sehr müde.«

Yannick antwortet nichts. Er betrachtet sie und sieht sehr wohl, daß sie an einem Ort weilt, den er nicht kennt und der weit von ihm entfernt ist. Ich mag die Zeiten nicht, in denen sie unerreichbar ist, denkt er. Er würde sie gerne mit einer zärtlichen Geste, mit einem Kuß zu sich zurückholen, aber er kennt sie und weiß, sie würde sich noch weiter entfernen, wenn er sich ihr näherte. Sie kommen oben an, die Schiebetüren öffnen sich und gehen auf ein Panorama/ fenster mit Sicht auf den Bahnhof, durch das Morgenlicht flutet. Sie wenden sich nach links, schreiten den langen Flur entlang, links und rechts reihen sich die Zimmertüren an/ einander. Die Zahlen, an denen sie vorbeigehen, steigen an, bis sie zur Türe gelangen, die ihre Zimmernummer anzeigt. Yannick hält die Schlüsselkarte an das Magnetgerät, die Türe springt auf, das Licht im Zimmer ist schon einge/ schaltet, der Fernseher läuft und heißt sie herzlich im Hotel und in Helsinki willkommen.

Ella zieht ihre Jacke aus, hängt sie über die Stuhllehne und streckt sich sofort auf dem Bett aus, ihr Lieblingsort, wenn sie müde ist. Erstaunlicherweise sagt sie nichts über die Ein/ richtung und die Atmosphäre des Zimmers, wie sie es nor/ malerweise tut, wenn sie an einem neuen Ort eintrifft, der nur darauf wartet, von ihr erobert zu werden, denkt Yan/ nick enttäuscht. Er wird sich jetzt vollends bewußt, daß ihr gegenwärtiger Müdigkeitszustand unverständlich groß sein muß. Ohne etwas zu sagen, geht er ins Badezimmer, wäscht sich die Hände, kommt mit einem weißen Handtuch, das er vor sich herträgt, ins Zimmer zurück. Er fragt sie, während er sich die Hände trocknet, was sie jetzt machen wolle. Mit einem Blick, der sich für nichts zu interessieren scheint, sagt sie, sie wisse es nicht, sie würde sich gerne noch ausruhen, bevor sie ausgehen, verharrt dabei in ihrer Lieblingsstellung und schmiegt sich in die weißen Kissen und Decken.

»Ich habe die ganze Nacht kein Auge zugetan.«

Yannick fragt, ob sie unter ihrer schrecklichen Schlaflosigkeit gelitten habe. Ohne auf weitere Einzelheiten einzugehen, antwortet sie mit leichtem Kopfnicken. In diesem Fall gehe er an den Empfang, der Anfang Nachmittag zu Ehren eines Kollegen stattfinde, sagt er. Er brauche kein schlechtes Gewissen zu haben, wenn er sie allein lasse, da sie die Ruhe unbedingt nötig habe. Sie bestärkt ihn hinzugehen, sagt, er solle sich nicht von ihr aufhalten lassen, sie sei froh, wenn sie einige Stunden Schlaf nachholen könne. Er zieht die Vorhänge zu, löscht alle Lichter außer einer Nachttischlampe neben dem Bett, legt sich auf die Decken und Kissen zu ihrer Rechten hin. Während sie sich ihm zuwendet, wartet sie mit geschlossenen Augen darauf, was geschehen wird. Sie spürt seinen Blick wie die Ankündigung dessen auf sich ruhen, was sie noch nicht zu erfassen vermag. Yannick versucht, hinter das Geheimnis ihrer Müdigkeit zu kommen, schaut sie ganz aus der Nähe an, sucht ihr Gesicht ab. Ihre Hautfärbung ist blasser als an anderen Tagen. Er bemerkt die leicht gräulichen Schatten unter ihren Augen, deren Augenhöhlen tiefer zu liegen scheinen. Jetzt schließen sie das Augengrün in sich ein. Ella hat abgenommen, sagt er sich. Ihre Hände sind auf das Lakenweiß hingeworfen, als wären sie verlorene Hochseeschiffe. Eine Ermattung, wie damals, als sie noch schrieb. Jetzt schreibt sie nicht mehr. Er ist froh darüber. Die Momente waren ihm immer unerträglich. Sie weilte in einer anderen Welt. Weit weg von ihm. Weit weg vom Leben. Weit weg von allem. Sie kehrte nur selten zu ihm zurück. Wichtigere Geschichten, andere Figuren als er verschlangen ihre Aufmerksamkeit, was ihn zuerst traurig machte, dann verletzte, ja empörte. Am Ende wurde er sogar, ohne es zu verbergen, angriffslustig und aggressiv. Eines Tages hatte er in ihren vollgekritzelten Seiten gewühlt und versucht zu verstehen, worüber sie schrieb. Yannick suchte seinen Namen, sein Gesicht, seine Hände, ihre gemeinsame Geschichte und fand nichts, was ihnen entsprach. Er hatte Seiten zerrissen, die von einer anderen Liebe erzählten. Diese zu lesen, ertrug er nicht. Ella hatte ihn nie darauf angesprochen. Sie hatte ihm nie die Frage gestellt, ob er diese oder jene Seite gesehen habe. Ihrer Reaktion nach war er nicht sicher, ob sie ihren Verlust überhaupt bemerkt hatte. Eines Tages hatte sie die losen Blätter zu einem Päckchen zusammengebunden, und seither hat sie sich nie mehr an einen Tisch gesetzt, um zu schreiben. Er erinnert sich, es war wie die Ankündigung des Friedens. Wie viele Wochen haben wir nichts gemeinsam unternommen, denkt er. Vier. Fünf. Er weiß es nicht. Mit den Wochen, die er an ihr vorbeilebt, verwischt er gewissenhaft deren Anzahl. Er hebt die Hand an und gleitet mit den Fingerspitzen über ihr Gesicht, streift es leicht, denn er weiß, wie sehr sie seine Zärtlichkeit begehrt. Sie gibt einen leisen Ton von sich, ein Schnurren, das ihn befriedigt und ihn anregt, ihren Hals, ihre Ohren und ihren Mund zu streicheln. Die Zeit schreitet nicht vorwärts, denkt er. Zwischen den wechselnden Zeitspannen von Abwesenheit und Anwesenheit erstarrt die Zeit. Ihre Lage hat sich während der letzten Jahre nicht verändert. Nichts geht voran. Nichts weicht zurück. Jeder lebt in seiner Welt, und manchmal, manchmal treffen ihre Welten für einige Tage aufeinander. Dieses Gesetz ist nirgendwo aufgeschrieben, hindert sie aber daran, eine zu große Vertrautheit aufzubauen. So vermeiden sie die Gewöhnung, denkt er, den Alltag und vor allem die Entdeckung des Wesens, das sich hinter der wohlbekannten Gestalt verbirgt. Er denkt sogar, es ist besser so. Das Ausharren in der Ungewißheit ist ihnen beinahe angenehm und auf gegenseitigem Anerkennen errichtet. Dem entgegen erwägt er heute, genau jetzt, alles zu ändern. Er will mit ihr sprechen.

Ella schläft nicht. Sie ist dem Schlaf nahe, aber sie schläft nicht. Gerne ließe sie ihren matten Körper in erinnerungsloses Vergessen fallen. Ihr Atem ist gleichmäßig, beinahe unhörbar. Sie spürt Yannicks Nähe. Er ist nicht weit von ihr, unbeweglich, auch er. Sein Atem streicht über sie, seine Hände wiegen sie in Zärtlichkeit. Ihre Gedanken suchen die eine oder andere Einzelheit der Nacht zu fassen. Die immergleichen Worte kehren wieder. Das Meer ... die Nacht ... der See ... die Lichter ... glitzern auf der anderen

Seite... die Wellen... zwischen hier und dort... die weiße Gischt... Mehlregen... der den Zeitstaub schlägt... und vorbeizieht... Aufwallung... der Blick ertränkt sich im Schwarz... das bodenlos... Benommenheit des Atems... der Körper... läßt sich... in die Leere fallen... die Horizontale ruft... für den Augenblick, der die Dinge innehalten läßt... sie in Schwarz gießt... dort... aufbewahrt... zwischen den Händen... den Blicken... zwischen den Worten.

Ende Nachmittag erwacht Ella. Sie erinnert sich weder daran, daß der Schlaf sie überwältigt hat, noch, daß Yannick weggegangen ist. Eben noch sah sie die Lichter funkeln, die sie in der vergangenen Nacht mit Luis gesehen hat. Sie versteht nicht, warum sie in einem fremden Hotelzimmer in Helsinki liegt, als hätte der Flug durch den kristallklaren Himmel Stunden aus ihrem Gedächtnis gelöscht und als wäre sie nicht mit Yannick, sondern mit Luis hier, den sie besser hätte kennenlernen wollen. Mühselig kehrt sie ins Leben zurück. Der Körper ist nach dem Tagesschlaf tonnenschwer. Sie würde es vorziehen, unbeweglich liegen zu bleiben, jetzt nicht aufstehen, keine Leute treffen zu müssen, die sie nur oberflächlich kennt und die ihr nicht viel bedeuten. Gegen ihren Willen richtet sie sich auf, erhebt sich und läßt sich ein Bad einlaufen. Ihre Bewegungen sind umständlich und verlangsamt. Sie findet sich nicht zurecht, erinnert sich schwerfällig daran, was sie während ihrer Pflege schon ausgeführt hat. Die Creme läßt sie auf dem Bett liegen, sucht sie dann im Badezimmer, ohne sich daran zu erinnern, sie vor einigen Minuten in Händen gehalten zu haben. Von Ungeduld angetrieben, leert sie ihren Kosmetikkoffer auf dem Badezimmerboden und regt sich über ihre Unzulänglichkeit auf. Das Wasser tost großzügig aus dem Hahn in die Badewanne, unterstützt ihre Gefühle, wälzt sie um. Sie will die Suche nach der Creme schon aufgeben, redet sich ein, sie müsse sie zu Hause vergessen haben. Dann erinnert sie sich daran, sie vor einigen Minuten in Händen gehalten zu haben, geht zum Bett, worauf sie liegt. Nach dem Bad setzt sie mit jeder Bewegung schrittweise ihre übliche Pflege vor dem Ausgehen fort, schafft gedankenverloren Hin und Hers, macht sich zwischen den vier Hotelzimmerwänden in Helsinki schön. Ihre Hände sind bedächtig. Ihr Hirn versinkt auf dem Seegrund, und das Bild, das ihr von der Nacht und Luis bleibt, tanzt von nun an einer Welle gleich auf einer unerreichbaren Fläche. Mit den gleichen langsamen Bewegungen kleidet sie sich an, treibt das Zögern bis zum Äußersten, auch wenn die Wahl zwischen den wenigen Kleidern, die sie mitgenommen hat, nicht groß ist. Doch während des inneren Orkans, der die Schaumwogen gegen die Magenwände peitscht und ihr Herz, als wäre es ein kleines verlorenes Ruderboot im Ozean, auf der Gischt tänzeln läßt, ist diese um so schwieriger zu treffen. Sie kann sich für keine der Farben entscheiden. Das Rot ist zu rot, das Weiß zu weiß, also schickt sie sich ins Schwarz, wie üblicherweise, wenn sie sich nicht entscheiden kann. Sie schlüpft in einen Slip, zieht einen BH an, feine schwarze Strumpfhosen, es ist trotz allem kühler hier im Norden als in Genf, streift den angenehm weichen Stoff über und betätigt umständlich den Reißverschluß auf dem Rücken, den ihr Mann liebend gern für sie je nach Tageszeit schließt oder öffnet. Als die aufreibende Arbeit erfüllt ist, betrachtet sie sich im Spiegel neben der Hotelzimmertür und stellt wie immer fest, wenn sie dieses Kleid trägt, daß es eine bescheidene Ausstrahlung besitzt, peinlich genau ihren Körperlinien folgt, nicht zu kurz ist, nicht zu lang, genau richtig für einen Anlaß, dessen Wichtigkeit, Größe und dessen Stil sie nicht kennt. Sie schminkt sich, unterstützt die Regelmäßigkeit ihrer Züge, kaschiert die Schatten, schützt sich, wie sie glaubt, somit gegen ungewolltes Eindringen, aus Angst, jemand tauche seinen Blick in einen Bereich, der ihm nicht zugedacht ist. Während sie eingehend ihr Antlitz im Abbild auf dem Spiegel untersucht, entdeckt sie darin keine wahrnehmbare Spur der Nacht am Seeufer. Keine Wunde, keine Narbe würde jemandem ein Geheimnis enthüllen, das sie sich selbst noch nicht eingestehen kann. Nichtsdestotrotz belebt die Liebe, die sie in der Nacht für den schwarzhaarigen Mann empfunden hat, ihren Teint, sagt sie sich. Die Veränderung ist auf ihrer durchlässigen Haut sichtbar. Der Gefühlsschwall weckt sie unvermittelt auf. Ohne genauen Anlaß ist sie erregt, und Lawinen von Fragen zerreißen sie von innen her. Es ist ihr unmöglich, auszugehen. Am liebsten würde sie alles wieder abstreifen, was sie soeben mühevoll angezogen hat. Sie setzt sich auf die Bettkante, atmet tief durch und versucht, zur

Ruhe zu kommen. Ella wirft einen flüchtigen Blick auf die Uhr. Es ist erst sechs Uhr. Ihr wird gewahr, daß sie noch eineinhalb Stunden ausharren muß, bevor ihr Mann sie abholt. Unschlüssig überlegt sie, ob sie an die Hotelbar hinuntergehen soll. Aber Erinnerungen an unangenehme Begegnungen halten sie unentschieden zwischen den vier Wänden zurück, die ihr zum jetzigen Zeitpunkt in ihrer Lage am meisten Schutz bieten. Eineinhalb Stunden sind lang, wenn ihre Gesten nicht in sich ruhen. Ella würde gern mit Luis sprechen, ihm schreiben, aber sie weiß, es wäre unnütz. Die Worte sind Verräter. Sie ist von der Unfähigkeit erschöpft, irgend etwas tun zu können, und ahnt, daß ihre unfaßbaren Gefühle mit jeder Handlung aus ihr herausbrechen würden. So kommt sie zum Schluß, nichts zu tun, und legt sich wieder auf das Bett. Bevor sie es merkt, übermannt sie der Schlaf und taucht sie allmählich in eine Wirklichkeit, die zerrinnt. Als ihr Mann gegen Viertel nach sieben vom Empfang zurückkommt, findet er sie in ihrem schwarzen Abendkleid zum Ausgehen bereit auf dem weißen, zerwühlten Bett hingestreckt.

Yannick weckt Ella nicht. Nicht sofort, sagt er sich. Er bleibt eine Weile auf der anderen Bettseite sitzen und betrachtet sie aus der Entfernung. Dann hebt er die Beine, streckt sich halb aus, ohne die Schuhe auszuziehen. Er läßt die beschuhten Füße über den Bettrand hängen, hebt ein klein wenig seinen rundlichen Oberkörper, stützt seinen Kopf auf seine Ellbogen und schaut sie an. Sie ist immer noch genauso schön wie damals, als er sie kennenlernte. Er betrachtet sie. Der Erschöpfungszustand reicht bis in ihren Schlaf, verleiht ihren Zügen eine besondere Strenge. Sogar ihre entspannten Hände scheinen davon betroffen, die sich in den Falten der weißen Bettlaken verlieren. Die Lässigkeit ihrer Hände hatte in verblüfft, als er sie zum ersten Mal sah. Yannick hatte sich gesagt, daß Ella dem wenig interessanten Frauentyp angehört, der ein unnahbares Verhalten und Auftreten pflegt. Er hatte sich entschlossen, sie mit Kühle, ja beinahe mit einem Gefühl von Geringschätzung zu betrachten. Sie waren beide zu einem Abendessen eingeladen, das Freunde in Wien organisiert hatten. Ella kannte den Gastgeber, einer ihrer besten Freunde, er kannte dessen Frau, eine ehemalige Studienkollegin. Yannick konnte es nicht unterlassen zu denken, daß sein Freund und Ella zu einem gewissen Zeitpunkt ein Liebespaar gewesen waren. Ihre Verbundenheit war stark und einzigartig, seinem Geschmack nach zu vertraut. Er verachtete ihr Verhalten, es störte ihn. Inzwischen waren ihm beide wertvoll geworden. So hatte er beschlossen, sie nie zur Bestätigung seiner konfusen Gefühle aufzufordern, auch später nicht, als er die Frage unschwer hätte stellen können, ohne ihr Mißtrauen zu wecken. Von sich aus hatte sie nie etwas gesagt. Yannick hatte es vorgezogen, nichts Genaueres zu erfahren, da ihn die Frau zuerst überhaupt nicht interessierte, dann kaum. Schließlich schwieg er, weil es nicht mehr notwendig war, alle Gegebenheiten bis ins Kleinste zu kennen und sein Revier in einer Männerangelegenheit abzustecken. Er zieht den gegenwärtigen Augenblick vor und haßt es, in der Vergangenheit zu stöbern, egal ob es seine oder die eines anderen ist. Das Gedächtnis ist für Yannick ein eigenständiger Organismus, der dem menschlichen Körper nur hilft, ohne Schwierigkeiten zu funktionieren und nicht ständig die alltäglichen Gesten von Grund auf neu erlernen zu müssen. Es erspart ihm den Persönlichkeitsverlust, dessen schlimmster Alptraum für ihn die Krankheit Alzheimer wäre. Er sieht sehr wohl, daß ihre Erschöpfung bei der Ankunft in Helsinki ungewöhnlich ist. Um sich zu beruhigen, sagt er sich, daß ihre Arbeit daran schuld ist. Sie organisiert literarische Begegnungen, um den kulturellen Austausch zu fördern. Hin und wieder schreibt sie Artikel für eine Landeszeitung, vor allem Porträts. Tief in seinem Innern ahnt er sehr wohl, was er sich nicht eingestehen will. Die Arbeit allein kann sie nicht so stark schwächen. Ermattung ist zwar ein wohlbekanntes Phänomen bei ihr, vor allem in den Phasen, in denen sie noch schrieb. Er weiß, daß ihren Höhenflügen regelmäßig der Absturz folgt und sie, in einem sehr begrenzten Rahmen, eine Person ist, die keine Grenzen kennt. Tagelang, nächtelang kann sie wach bleiben. Es gefällt ihm, sie in ihren Erregungszuständen zu sehen. Sie steht dann außerhalb der Welt, scheint wie ein phantastisches Wesen Zentimeter über dem Boden zu schweben und gehört ihr um so stärker an. Ein leichtes Lächeln hängt in ihren Mundwinkeln, während sie die Handlungen ausführt, die sie sich zu tun vorgenommen hat. Auch nach ihrer Heirat hatte er die Erschöpfung bemerkt, die sich ihres Körpers bemächtigt hatte. Als lasteten die Vorbereitungen für die Lebensentscheidung gleich einem Stein auf ihr, konnte sie diesen tagelang, wochenlang nach der Eheschließung nicht abwerfen. Es ist wahr, sagt er sich jetzt wieder, während er sie beim Schlafen betrachtet, er hatte Angst, sie während der ersten Zeit allein zu lassen, war es auch nur für Stunden, um einzukaufen oder einem Arbeitstreffen nachzugehen. Er wollte vermeiden, daß sie ihm bei seiner Rückkehr eröffnete, ihre Heirat erfülle ihre Erwartungen nicht. Es sei ihr nicht möglich, so zusammenzuleben, sie wünsche auf der Stelle die Scheidung einzuleiten. Mit der Zeit hat er sich an ihre seltsamen Zustände gewöhnt, egal ob es ein Höhenflug oder das Fallen ist. Wenn er jetzt mit größter Sorgfalt überlegt, tief und überall sucht, wo sein schwächliches Gedächtnis ihm erlaubt hinzugelangen, hat er sie noch nie in einer so mächtigen Müdigkeit gesehen. Sie liegt wie eine Amazone da, die auf unblutigen Schlachtfeldern gekämpft hat. Er ist unschlüssig, sie zu wecken, stellt ihre Teilnahme am Kongreßdinner in Frage und gibt sich den verrücktesten Gedanken hin, die er nie gehabt hätte, wenn er allein gewesen wäre. Was geschähe, wenn sie nicht hingingen? Vielleicht ist es sein kühner Gedanke, vielleicht das Bewußtsein, daß er ihren friedlichen Schlaf schützen muß, die ihn zum Schluß kommen lassen, alles für die Dauer eines Abends hinzuwerfen. Er weiß, seine Delegationskollegen würden eine Haltung, die von persönlichen Wünschen diktiert wird, verurteilen, würden sein Handeln als unschicklich ansehen und falsch interpretieren. Wegen der drohenden Gefahr und der Zerbrechlichkeit, die vor seinen Augen ruht, hat er Lust, es darauf ankommen zu lassen. Einmal gegen die Erwartungen der Leute, einmal gegen die sozialen und beruflichen Verpflichtungen handeln. Genau in dem Augenblick trübt sich Ellas Schlaf. Sie erwacht und schlägt ihre bleischweren Augenlider auf. Ihre Augen suchen seinen Blick, bevor sie erfaßt, daß er anwesend ist und ihren Blick mit seinem beantwortet. Sogleich dreht sie sich ihm zu, nähert sich ihm. Sie läßt ihre Hand in das Loch gleiten, das Yannicks angewinkelter Arm formt, der auf den Ellbogen abgestützt ist. Seinen Arm zieht sie in ihre Richtung, bis dieser nachgibt und sein Körper auf die Seite, ja halb auf den Rücken fällt. Weich auflachend steht sie auf, wirft einen schnellen Blick auf die Uhr und sieht, daß schon halb acht vorüber ist. Herausfordernd sagt sie ihm, sie seien spät dran und müßten sich beeilen, um nicht zu spät zu kommen. Ihr unerwartetes Erwachen hat Yannicks Gedankenkette zerschlagen. Er steht auf, ohne auch nur den Bruchteil einer Sekunde zu zaudern. Im Badezimmer wäscht er sein Gesicht mit kaltem Wasser, kämmt seine Haare und betrachtet sich im Spiegel. Eine alternde Gestalt schaut ihn fremd an.

Zusammen verlassen Ella und Yannick das Zimmer. Sie gehen einen Hotelflur entlang, der so still ist, als wären die Gäste vor der Einförmigkeit und der mangelnden Wärme des Ortes geflohen. Ella mag Hotels nicht. So sehr sie den Zimmerservice schätzt, ob für das Frühstück oder für die Reinigung, so sehr verachtet sie die gedämpfte Atmosphäre der öden und unbehaglichen Gänge und Zimmer, die bar persönlicher Gegenstände sind. Yannick hingegen liebt die kleine geordnete Hotelwelt, deren vorgegebener Rhythmus ihn trägt, ohne daß er einen eigenen suchen müßte. Sie denkt, daß ihr Mann sich langfristig in einem Haus mit Familie nicht wohl fühlen würde. Er wäre kein guter Vater. So sehr er es zu werden wünscht, so sehr wäre er der Aufgabe nicht gewachsen, würde irgendwann das Haus fliehen, die Notwendigkeit der Regelmäßigkeit und des Alltags nicht mehr ertragen. Zwar sagt er das Gegenteil, aber sie kennt ihn und weiß, daß ihn das Reisefieber befällt, sobald er nicht unterwegs ist. Er braucht den Aufenthalt in der Fremde mehr als alles, um seine Wurzeln zu spüren. Sie denkt an Luis, an die schwarzen Locken, die seine abstehenden Ohren verdecken. Ungeordnet umrahmen sie sein Gesicht und schillern leicht von der Brillantine, mit der er sie zu zähmen sucht. Auf seiner weißen Haut scheint manchmal ein Schimmer Röte durch. Die Adlernase richtet sich stolz auf die Person, die er mit seinen schwarzbraunen Augen mustert und in den Bann zieht. Die leicht übergroßen Bewegungen versuchen, den Raubtierkörper mit unbeholfener Mühe umgänglich zu machen. Die breiten Schultern gehen in einen festen Hals über. Ein unsicherer Blick, der sich jeden Moment auf sie setzen oder sich für immer von ihr abwenden kann, hat sich in ihre Gehirnwindungen eingeritzt. Wo bist du? Was machst du? Was denkst du? Ich will es wissen. Jetzt. Sofort. Sie schlendert neben ihrem Mann her, lächelt, ist sich ihrer Täuschung bewußt und fühlt die Dringlichkeit, die erdachten Bilder in der gegenwärtigen Situation unerbittlich zu verjagen. Ihr Körper bebt. Ella schnappt nach Luft, die dünn wird, denn Yannick lächelt verliebt zurück. Sie erreichen den Fahr, stuhl, treten in dessen neutrale, annähernd warme Farbat, mosphäre ein, genug, um sich wohl zu fühlen. Das fahle Licht färbt ihre Haut rosa. Yannick berührt ihren Arm, streicht sanft darüber, faßt behutsam nach ihrer Hand, während sie ihn schweigend von der Seite ansieht. Ella stu, diert die Landschaft seines Gesichts, die durch Pigmente hervorgerufenen Veränderungen, sein vielfältiges Mienen, spiel, indes sie an Luis denkt. Da sie nichts Genaues über ihn wissen kann, gestaltet sie dessen Welt. Seine Wohnung und deren Stimmung, die Beschaffenheit der Wände, die ihn vor der Sonne, dem Schnee und dem Regen schützen. Sie versucht sich einen Innenhof ohne Grün vorzustellen, dann Wiesen und Wald in der Nähe seiner Wohnung. Er ist ein Mann, der von einem Fenster aus mindestens einen Baum und vielleicht die Zufahrtsstraße erblickt, sagt sie sich. Das Schlafzimmer ist winzig klein, nur mit Matratzen und Kissen ausstaffiert. Dort wiegt ihn der Schlaf und setzt ihn in einem neuen Tag ab. Das einzige Fenster hält Tag und Nacht ein schwerer dunkler Vorhang verborgen. Die Küche neben dem Schlafzimmer ist altmodisch und un, praktisch. Sie kann sich nicht entscheiden, ob er mit jeman, dem zusammenwohnt. Doch, denkt sie, eine vertraute Per, son, die ihn auf dem Lebensweg begleitet. Unzertrennlich bewältigen sie die Ereignisse des Lebens zusammen. Er schläft mit der Person, denkt sie weiter. Es ist eine wenig Aufsehen erregende Liebe, aber eine glückliche, so ausgeglichen, daß es sich nicht lohnt, alles hinzuwerfen und sich auf eine Geschichte ohne Anfang und Ende einzulassen. Sie fragt sich, ob er sich einem fremden Körper hingeben würde, der der ihre wäre, dessen Geruch er weder kennt, nein, das stimmt nicht, er kennt ihn, sie weiß allzugut, daß er ihn kennt. Vor dem unmittelbaren Aufsteigen des Verlangens, das sich ihrer bis auf einige Sekunden annähernd gleichzeitig bemächtigte, hat er gezögert, genau wie sie. Ihr Mann hat ihr eine Frage gestellt. Sie entgegnet:

»Entschuldige, ich habe dich nicht verstanden.«

Ein wenig gekränkt, dennoch geduldig, als wäre sie ein Kind, dem er die Geistesabwesenheit verzeiht, wiederholt er:

»Langweilt es dich nicht zu sehr, zum Dinner zu gehen?«

Sie schüttelt den Kopf. »Nein, ich freue mich, deine Mitarbeiter wiederzusehen. Ich freue mich, Leute zu sehen.«

Er scheint über ihre Antwort enttäuscht, denkt sie, denn er lächelt kaum. Es gelingt ihr nicht, sich zu erklären warum. Jedes Mal, wenn sie keine Lust hat, mit ihm auszugehen, ist er enttäuscht, und jetzt ist er enttäuscht, weil sie sich darüber freut. Sie wäre lieber mit Luis zusammen. Da dies nicht möglich ist, zieht sie es vor, von Leuten umringt zu sein, anstelle mit Yannick allein zu bleiben, und mit ihrer Lüge, die sie immer erneuert. Wenn sie in Gedanken zu Luis abschweift, tut sie so, als kenne sie ihn, obschon sie sich erst entdecken. Sie erforscht, welche sexuellen Beziehungen er mag, spürt, wie er berührt, wie er sich für eine begrenzte Dauer dem Möglichen hingibt, das sie zusammen hätten erleben können. Um zu erfahren, was hinter seinen Augen liegt, würde sie gerne zur Tat schreiten, seine Hände in jeder Tages- und Nachtsekunde auskundschaften, seinen Geruch einsaugen, ihre Zunge in seinen Mund tauchen, seinen Schweiß aus anderen herausriechen, seine Hautdichte ertasten, seine Muskeln entlanggleiten und sich in sein Fleisch verkriechen. Sie schreitet neben ihrem Mann weiter, inzwischen sind sie auf der Straße angekommen. Die Nacht ist noch nicht hereingebrochen, das Licht ist außergewöhnlich hell. Ach, denkt sie, die Sommernächte im Norden sind unvergleichlich. Wie gerne würde ich Luis in diesem schmeichelnden und milchigen Licht sehen. Zu sehr in ihren Gedanken versunken, hat sie weder die Hotelrezeption wahrgenommen noch den Weg genau verfolgt, den sie eingeschlagen haben. Jetzt schilt sie sich dafür. Wie werde ich den Weg zum Hotel zurückfinden, ohne mich zu verirren, wenn ich früher als mein Mann zurückkehren möchte? Ich müßte lernen, mich jederzeit zurechtzufinden. Sie hat einen ausgezeichneten Orientierungssinn, wenn sie geistesgegenwärtig ist. Zu oft träumt sie tagsüber vor sich hin, vertieft sich in alltäglichen Situationen in Gedanken. Ella hat das Gefühl, sich in der Einkaufsliste oder in Arbeitsanforderungen zu verlieren. Die Gedanken gehen in den Randgebieten ihres Gehirns spazieren. Sie entfernen sie von sich selbst und leiten sie in Gegenden, deren Existenz sie nicht für möglich gehalten hätte. Es kommt manchmal vor, daß sie ohne deutliches Vorzeichen die Stimmung während eines Essens oder eines Meetings nicht mehr erträgt, sie weiß es allzugut. Schwere peinigt sie. Sie muß unverzüglich aufstehen, den Ort verlassen, Luft schöpfen, um zur Ruhe zu kommen. Die guten Manieren und vornehmen Verhaltensweisen, die sich gehäuft vor ihr auftürmen, ekeln sie an. Hinter den Fassaden verbergen sich Ruinen und Kriegsfelder, Erfolgsneid, Leute, die bereit sind, alles zu opfern, um einen Punkt mehr für sich zu verbuchen. Sie gesteht sich in den Augenblicken zu, in denen sie ihr Inneres lüftet, mein Mann unterscheidet sich nicht von den anderen. Das ist sicherlich der Grund, warum wir keine Kinder haben wollen und auch nicht vorhaben, welche zu bekommen, sagt sie sich. Sie beharrt ein wenig zu sehr auf den beiden Sätzen, die sie soeben gedacht hat, um zu vermeiden, daß sie in ihrem Kopf wie ein Vorwurf gegen ihren Mann klingen. Ich will ebensowenig Kinder wie er. Er ist ja nie zu Hause, und ich weiß zu gut, daß mir die Situation so behagt, wie sie ist. Sein Leben wird sicherlich wie das seiner Kollegen verlaufen, der Arbeit gewidmet. Mit fünfzig, sechzig Jahren wird er mit jugendlichem Elan hochschnellen, nach vorn fliehen, mich vielleicht verlassen. Ein letzter Versuch, um zu retten, was noch zu retten ist.

Sie ist so schön, sagt er sich, ich weiß nicht, wie ich es verdient habe, sie zur Frau zu haben. Ich wäre lieber einfach mit ihr im Hotelzimmer geblieben, hätte mit ihr spielen, sie lieben, sie spüren wollen. Trotz der Vertrautheit und dem

Zutrauen scheint sie zerstreut zu sein. Die Distanz zwischen uns erlaubt mir nicht, mich ihr zu nähern, sie zu küssen, wie ich dazu Lust hätte.

Er ist ruhig, sagt sie sich. Genau dann berührt sein Arm ihren Oberkörper. Seine Hand gleitet langsam unter ihre Achsel, umschlingt die dünne Rundung ihres Arms, dringt bis zu ihrer Hand vor. Er legt seine auf ihre, läßt einige Finger zwischen dem Daumen und dem Zeigefinger verschwinden. Sie erkennt seinen Duft, seine Berührung, das Streifen seiner Haut auf ihrer. Stolz denkt sie, wie sehr er ihre Haut liebt. Er wiederholt es ständig, er liebe ihre Haut, wahrlich, die weiche Seide, sagt er, eine Haut so frisch wie eine Morgenblume. Dürfte er sie eines Tages nicht mehr berühren, würde er verrückt werden. Du wirst mir diese Pein nie antun, ich würde sie nicht überstehen, hatte er einmal sehr ernsthaft in Siena gesagt, nachdem sie sich in einem Hotelzimmer geliebt hatten, nie, versprichst du es mir? Sie hatte geantwortet, ja, bestimmt, Lieber, ich werde es dir nie versagen, meine Haut zu berühren. Ich verspreche es, hier, jetzt, und ich werde Wort halten, solange ich lebe. Welch eine Lüge, denkt sie, so etwas zu sagen, ohne etwas über die kommende Zeit zu wissen. Ich möchte sie nah bei mir spüren, denkt Yannick. Sie ist so abwesend, so fern. Es gelingt mir nicht, sie ganz nach Helsinki zu holen, bemerkt er, nervöser als zuvor. Auszugehen und sich unter Leute zu mengen erschüttert ihn nicht nur wie beim ersten Mal, sondern jedes Mal ein wenig mehr. Da er die Wahrscheinlichkeiten der Abläufe besser berechnen kann, peinigt ihn sein Wissen. Er hofft sehr, sich persönlich und beruflich angemessen zu verhalten.

Sie betreten die luftige lichtdurchflutete Eingangshalle des sehr modernen Kongreßgebäudes. Tageslicht dringt durch dessen kleine Fenster ein, vermischt sich diskret mit künstlichen, in regelmäßigen Abständen in die Decke eingelassenen Lichtquellen. Yannick kennt viele Leute, grüßt sie schweigend, indem er seine rechte Hand ausstreckt. Manchmal schiebt er seine Frau vor und sagt »meine Frau«, worauf sie lächelt, ebenfalls ihre rechte Hand ausstreckt und »sehr erfreut« sagt, oder ganz einfach »How are you?« Dann stockt die Diskussion, sie schweigt, lächelt und bleibt betreten vor den Leuten stehen, bevor ihr Mann sie weiterschiebt, nach links, nach rechts, von Paar zu Paar. Die Kongreßteilnehmer tragen Schilder, auf denen ihr Name steht, und erkennen sich schnell in der lärmenden Masse. Ebenso geschmückt ist ihr Mann, von dem sie sich lenken läßt, ohne sich den Kreisbewegungen um einen Anziehungspunkt zu widersetzen, dessen Kraft sie weder kennt noch versteht. Die vergangene Nacht ruht weit entfernt. Das Hirn ist mit dem Zirkus in der Gesellschaft beschäftigt. Sie beobachtet, wie Yannick sich mit ihr schmückt und ihre Begleitung auskostet. Sein Oberkörper ist noch aufgerichteter als gewöhnlich, und sein Kopf thront stolz darauf, stellt sie fest. Seine Hände werden nicht müde, Zeichen zu machen und einen Weg hierhin, dorthin freizuschaufeln, einer unvorteilhaften

Bewegungsentwicklung vorauszueilen, sie vor lästigen Begegnungen zu schützen oder sie auf erwünschte zuzuschieben. Sie setzt ein unabänderliches Lächeln auf und schreitet blind wie eine Trapezkünstlerin auf einem Seil, das sie mit jedem Schritt ertastet. Yannick ist trotz seines walartigen Körpers zum gewichtslosen Tänzer geworden, dessen Energie manchmal in kleinen Sprüngen explodiert. Er wirbelt in Pirouetten um sie herum, prescht nach vorne, eilt sofort zu ihr zurück und freut sich über seine leinenlose Freiheit. Von der übersteigerten Rennerei ist er leicht außer Atem, seine Wangen und seine Stirn sind mit Schweiß überzogen. Manchmal blickt sie ihn kurz von der Seite an und denkt, daß er bei ihren Begegnungen jünger wird. Trotzdem scheint es ihr unmöglich, immer mit ihm zusammen zu sein. Seine Aufmerksamkeit ist zu sehr auf sie gerichtet. Die gedrängte Zeit, die sie zusammen verbringen, wenn sie sich sehen, ermüdet sie. Ihr körperliches Verlangen wegzugehen stellt sich nach kurzer Zeit ein. Die Notwendigkeit wächst, Distanz zwischen ihren Körpern zu schaffen, damit sie zur Ruhe kommt und sich wiederfindet. Jedes Mal wenn er wegfährt, entsteht eine Leere, ein Windstoß setzt ein und wirbelt die angestaute Luft auf. Dann kann sie atmen, bis zum nächsten Mal. Es gab Momente, in denen sie dachte, daß sie etwas sagen sollte. In gewissen Lebensabschnitten bereitete sie sich ernsthaft darauf vor, mit ihm über ihre Beziehung zu sprechen. Sie übte, wie sie am deutlichsten ihre Gedanken und ihre Gefühle aussprechen könnte. Wenn sie zusammen waren, stand sie ihm gegenüber und wartete auf den richtigen Zeitpunkt, um zu sprechen. Mehrere Male am Tag war sie dabei, anzusetzen. Jedes Mal wurde sie durch einen Anruf, eine unerwartete Haltung ihres Mannes, eine auflodernde Freude unterbrochen. Es gelang ihr nicht, ihre Vorsätze umzusetzen. Ella ließ sie sogleich wieder fallen, denn sie ertrug nicht, ihn in Momenten der Freude zu bekümmern. Sie wußte, für ihn würde eine Welt zusammenstürzen, falls sie etwas sagte. Seiner Meinung nach führte er ein ideales Leben, an dem er nichts zu ändern wünschte. Er konnte immer mit dem Gedanken liebäugeln, seinen Traum zu verwirklichen, ohne ihn je in die Tat umzusetzen. In allen Farben malte er das Bild einer Familie mit mehreren Kindern und einem Kindermädchen. Er würde nicht mehr so viel arbeiten wie jetzt und das Reisen einstellen, nur Arbeitsbedingungen annehmen, die er dank seinem Können erwarten durfte. Sicher, sagte er dann mit einem leicht traurigen Gesichtsausdruck, wäre der Haushaltsetat, über den sie verfügten, nicht mehr so üppig. Das machte nichts, er würde seinen Sportwagen verkaufen, den er nur von Zeit zu Zeit aus purem Vergnügen fuhr. Der Großbildschirm und die Ledermöbel in seinem Büro an der Universität würden ihm ja bleiben. Jetzt muß sie während des Zirkus in der Gesellschaft trotz allem seine guten Absichten erkennen. Dennoch wägt sie den Wert seiner Aussagen sorgfältig ab. Sie kennt seine augenblicklichen Hochstimmungen, die er nur mit Mühe länger als einige Augenblicke andauern lassen kann. Ella weiß, daß er mit oder ohne Familie auf eine interessante Arbeit nicht verzichten könnte. Er begehrt die soziale Anerkennung und pflegt seinen guten Ruf, um weltweit als einer der besten Forscher auf dem Gebiet der Bakterienresistenz zu gelten. Wie ein Kind sucht er sowohl bei der Familienplanung als auch in seinen beruflichen Höchstleistungen um jeden Preis eine sofortige Befriedigung. Alles andere rückt in den Hintergrund. Deshalb kann sie sicher sein, daß es ihm nie gelingen wird, seine Familienwünsche zu verwirklichen. Eine innere widersinnige Bewegung treibt ihn immer an, sich beruflich zu bestätigen und seine persönlichen Anliegen hintanzustellen. Hätte sie einen geeigneten Augenblick gefunden, um mit ihm zu sprechen, dann hätte sie ihm sicherlich gesagt, ihre Ehe sei eine Farce. Er habe für ein Leben zu zweit kaum Zeit. Sie hätte ihm auch gesagt, der Unterschied zwischen Traum und Wirklichkeit sei für sie zu groß geworden. Yannick hätte eine ungläubige Miene gemacht, wenn er sie zum ersten Mal von ihren persönlichen Gefühlen und ihrem Innenleben hätte sprechen hören. Er hätte ihren Gedankengang sicherlich verneint und gesagt, er habe sich nichts Schlechtes dabei gedacht. Sie hätte allzugut gewußt, daß er ihr keinen Schaden zufügen wollte. Wenn sie ihn so wiedergefunden hätte, wie sie ihn eines Tages geliebt hatte, hätte sie ihn trotz seines guten Willens und seines Entgegenkommens verlassen. Ein bitteres Gefühl blieb bestehen, das über Jahre des Unverständnisses genährt worden war und das wahrscheinlich der Taubheit entsprang, die in ihrer Beziehung herrschte. Hätte sie gesprochen, hätte er weder ihre Argumente noch deren Inhalt verstanden, sie weiß es. Darum hatte sie vielleicht geschwiegen, bisher immer geschwiegen, eine Tatsache, die sie sich jetzt vorwirft, da sie von Anfang an hätte sprechen sollen. Zuerst hatte sie sich gesagt, daß die schlechten Gefühle zweifelsohne vergehen würden. Sie hatte es sich verwehrt, ihre Ehe in Frage zu stellen. Der Schritt war getan und sie hätte sich früher Sorgen machen sollen. Als sie gemeinsam erlebte Situationen in Gedanken absucht, stellt sie fest, daß es seltsame Begebenheiten und Dinge gegeben hat, die sie nie angesprochen hatte.

In der Zwischenzeit erreicht die Gesellschaft langsam den Speisesaal, ein großer hoher Raum mit gewölbter Decke, durch dessen Dachfenster Licht eindringt. Lange Tische sind ordentlich mit Besteck, Tellern und Gläsern gedeckt. Kerzen stehen sparsam hier und dort, eine Kleinigkeit, die verrät, daß es sich um ein Essen von Wissenschaftlern handelt, denkt Ella, während sie in Begleitung ihres Mannes einige Tische umrundet. Sie finden die Plätze, die vorbereitet, ihnen zugedacht und sorgfältig mit Tischkärtchen versehen sind. Ella ist erleichtert zu wissen, wo ihr Platz ist, und setzt sich. Yannick entfernt sich noch mehrere Male, um gewisse Kollegen zu begrüßen. Bei lustigen Abenden läßt er sich zu persönlichen Gesprächen mitreißen, die auf dem scheinbar gemeinsamen kollegialen Boden ein leichtes Ungleichgewicht nähren. Ein seltsames Gefühl bleibt bestehen, dem Yannick nun mit spontaner Herzlichkeit begegnet. Er kommt zurück und setzt sich links neben seine Frau. Zu seiner Linken sitzt die Frau eines Kollegen. Ella kennt sie seit Jahren vom Sehen und in ihrem erloschenen, in sich gekehrten Blick kann sie keine Lebensfreude entdecken. Sie hat keine Lust, ein Gespräch mit Yannicks Tischnachbarin zu beginnen. Links neben der Frau sitzt Yannicks enger Mitarbeiter, der jünger ist als er. Obwohl ihm die nötige Erfahrung fehlt, strebt er die Stelle seines Chefs an, ohne es zugeben zu wollen. Yannick hat schon mehrmals daran gedacht, ihn nächstens dazu aufzufordern, eine neue Stelle zu suchen. Seine angespannte ehrgeizige Haltung beginnt das Arbeitsklima zu trüben. Ein Hauch von Ehrfurcht hält ihn davor zurück, sich seinem Mitarbeiter gegenüber zu stellen, die Lage zu klären, die für ihn selbst mißlicher zu ertragen ist, als er es sich eingestehen will. Der Mitarbeiter ist an die dreißig Jahre alt, schön und ändert sichtlich seine Haltung, wenn Yannick mit seiner Frau ausgeht. Beschreibt ihr Mann Ella nachher im Hotelzimmer peinlich genau den Wandel, will er das unangemessene Verhalten seines Mitarbeiters aufdecken. Ella hingegen kann oder mag es nicht sehen. Sie kostet heimlich das Privileg dessen rückhaltloser Bewunderung aus. Auf einmal fühlt Ella in sich den Willen hochsteigen, zu reagieren, etwas zu bewegen. Sie würde gerne offen über ihre verworrenen Gefühle sprechen, ihrem Mann hier und jetzt vor allen anderen das Ereignis der vergangenen Nacht erzählen. Luis möchte sie zum Handeln anregen, damit sie sieht, ob seine Bewegungen, wie sie hofft, in ihre Richtung zielen. Als sie genauer überlegt, kann sie nicht sagen, was sie erwartet. Würde sie sich damit begnügen, genaue Begebenheiten zu beschreiben, legte sie sich im voraus in ihrer Vorstellung fest. Dementgegen wünscht sie seine zu entdecken. Besser noch, sie hätte glauben wollen, es sei nicht notwendig, zu sprechen. Ellas kaum wahrnehmbare Wünsche müßten wie seine sein, ohne diese auszusprechen. Es ist, als erwarte sie dieses Wunder vom Leben. Sie ist sich nicht im klaren, ob sie sich ein für allemal mit der Unmöglichkeit zufriedengeben muß, es zu erleben, solange sie einfach nur wartet, ohne zur Tat zu schreiten. Vielleicht wird es eines Tages stattfinden, denkt sie, vielleicht findet es jetzt statt. Sie bemerkt nicht, wie ihr Mann sich ihr nähert und sich ihr verliebt zuwendet. Zu sehr ist sie in die gedanklichen Möglichkeiten versunken, die das Erlebnis in der Nacht birgt. Im Augenblick, als er ihre Schulter berührt, schreckt sie unmerklich zusammen. Yannicks Blick verfinstert sich sofort. Beunruhigt fragt er, ob alles in Ordnung sei.

»Ja, ja, alles klar, danke«, antwortet sie, ohne sich Zeit zu lassen, Atem zu schöpfen. Sie fürchtet, ihre geheimsten Gedanken verraten zu haben, da ihr Mann sie überraschte, als sie an Luis dachte. Ihr Bewußtsein trübt sich. Verstört schaut sie sich um, erfaßt Einzelheiten der Essensszenen, die Gesichter der Leute, ihre Haltungen bei Tisch und in Gesellschaft. Als wäre sie ein Schwamm, sitzt sie hier, sieht und hört alles. Gleichzeitig fliegen ihre Gedanken einer anderen Welt zu. Sie ist buchstäblich geteilt. Ihrem Mann sollte sie von ihrem inneren Schnitt erzählen und ihm sagen, daß sie sich zwischen dem bis anhin geführten Leben entscheiden muß und der Möglichkeit, aus ihrem Alltag auszuscheren, sich zu verändern und auf andere Ufer zuzugehen. Bisher hat sie nichts getan, nur ihre kläglichen Versuche abgemurkst, bevor sie diese in die Tat umsetzen konnte. Sie weiß weder, wie er reagieren würde, noch wie sie ihr persönliches Innenleben neu gestaltete. Ella müßte all ihren Mut zusammennehmen, um ein einziges Wort zu sagen, sie weiß es, und noch unbeschreiblich viel mehr Mut, um ihr Leben tatsächlich zu verändern.

Die Suppe wird aufgetragen. Ella wartet, bis die Bedienerin einen Teller vor sie und vor ihren Mann hingestellt hat. Yannick ist seiner sicher und ausgezeichneter Laune, wendet sich allen zu, nimmt gleichzeitig an verschiedenen Diskussionen am Tisch teil und legt sein Allgemeinwissen an den Tag. Schweigend ist sie über ihre Suppe gebeugt, genießt langsam mit jedem Löffel den erstaunlichen Geschmack, der sich in ihrem Mund entfaltet. Sie nickt manchmal leicht mit ihrem Kopf, um die Äußerungen ihres Mannes zu bekräftigen. Dank Ellas Anwesenheit folgt Yannicks Mitarbeiter aufmerksam dem Tischgespräch und verfehlt keine einzige Gelegenheit, sie unvermittelt anzusprechen oder anzublicken. Sie verhält sich kühler als andere Male, spürt, daß sie höflich, beinahe frostig ist, ein Umstand, den ihr Mann ebenfalls zur Kenntnis nimmt. Innerlich jubiliert er über die Feststellung. Er erträgt es nur schwer, wenn sie mit anderen Männern herzlicher umgeht als mit ihm. Sie kennt die übertriebenen, beinahe tyrannischen Reaktionen, die Yannick zur Schau stellen kann, wenn er mit ihrem öffentlichen Auftreten und ihrem Verhalten in Gesellschaft nicht einverstanden ist. Heute abend würde sie es lieber vermeiden, in eine mißliche Situation zu geraten. Sie ist schon mehr als zur Genüge in eine unbekannte Gegend in sich selbst vorgestoßen, die sie genauer zu erforschen wünscht und vor der sie sich gleichzeitig ängstigt. Der innere Riß wird immer größer, bewohnt sie und lenkt ihre Handlungen in eine bestimmte Richtung, ohne daß irgend jemand anderer es ahnen könnte. Was wird Luis mit der Nacht machen? Am liebsten würde sie ihr Leben auf den Kopf stellen, die langweilige Ehe aufgeben, den Mann verlassen, mit dem sie verheiratet ist, den sie sicherlich liebt, aber jetzt, als sie augenblickliches Verlangen nach einem anderen Mann erlebt, sollte es ihr endlich gelingen, aus der Sackgasse zu entkommen, in der sie seit Jahren festsitzt. Eine Möglichkeit zeichnet sich ab, Ella braucht sie nur zu nutzen und die Schwelle zu überschreiten, von der sie immer geträumt hat. Schon viel früher hätte sie handeln und von Anfang an etwas sagen sollen, sie weiß es allzu gut. Sie hätte nicht geheiratet, wenn sie das Ende der Geschichte bedacht hätte, das sie sich wünschte. Nein, sie hätte nicht geheiratet, wenn sie auf ihre Gefühle gehört hätte. Die Geschichte hätte nicht stattgefunden. Sie hätte nach seiner Frage »Darf ich dich nach Hause begleiten?« nicht angefangen. Ella hätte geantwortet, sie gehe lieber allein nach Hause, denn sie wußte, daß er mehr wollte. Ob er mit ihr hochgehen könne, fragte er, um noch etwas zu trinken, einen Kaffee, einen Tee. Sie hatte gedacht, die Frage ist einfältig und dumm. Warum sagt er nicht einfach, daß er mit ihr zusammensein, sie kennenlernen, sich ihr nähern, mit ihr schlafen will. Er hat es nicht getan, nur gefragt, ob er sie begleiten dürfe. Da sie nicht wußte, ob sie ihn mochte oder nicht, hatte sie das Angebot angenommen, obschon sie strikt hätte ablehnen sollen. Wenn sie sich gut daran erinnert, hatte sie es ihm sogar vorgeschlagen. Eines Tages, als er zum x-ten Mal bei ihr einen Kaffee, einen Tee oder nach einiger Zeit einen starken Alkohol trank und als er gebettelt hatte, mit ihr das Bett zu teilen, hätte sie es ebenfalls verwerfen sollen, daß sie im gleichen Bett schlafen. Sie hatten keinen Sex, das nicht, sie war kategorisch gewesen. Sicherlich loderte deshalb sein Drang, sie zu erobern, immer ungezügelter in ihm. Was zuerst nur eine gegenseitige Zuneigung war, steigerte sich im Laufe der Wochen zu einer unerwarteten Anziehung. Das Warten offenbarte Yannicks Ziel, sie zu verführen. Ella wollte nicht mit ihm schlafen, allein aus dem Grund, weil er noch verheiratet war und seine Situation ihr nicht klar erschien. Auch nicht nach seinen Schilderungen, die ihr aufrichtig vorkamen. Sie verstand nicht, warum er mit einer Frau verheiratet war, und vor allem blieb, die er, wie er hervorhob, nicht mehr liebte. Nichts anderes mehr verband ihn mit ihr als die immer größer werdenden Verletzungen und Narben, die sie willentlich und gezielt einander zufügten oder neu aufrissen. Ihn frei zu wissen und nichts von ihm zu kennen, hätte sie vorgezogen. So war sie gezwungen, sich für die Person, die seine Frau war, zu interessieren. Ella kannte sie nicht und wünschte sich auch nicht, sie kennenzulernen.

Das Wissen um deren Existenz stellte Yannicks Vorgehens/
weise in Frage. Er wollte Ella um jeden Preis erobern, als
wäre sie es, die seine Situation klären könnte und müßte.
Beinahe zwei Jahrzehnte lang war diese weder harmonisch
gestaltet noch ein für allemal abgeschlossen worden. Sein
Verhalten quälte Ella. Sie war nicht mit ihm einverstanden.
Seine Handlungen ihr gegenüber und seiner Frau gegenüber
waren ihr ein Rätsel. Jetzt weiß sie nicht mehr, wie es ge/
schehen war und was sie soweit gebracht hatte, seine An/
näherungsversuche nicht länger abzuweisen. Nach dem Es/
sen bei den Freunden befanden sie sich irgendwann zufällig
nebeneinander an der Bar. Sie wollten beide etwas trinken,
bestellten gerade einen Drink und tauschten in einem leicht
angespannten Tonfall einige Worte aus, als ihr auf einmal
ihre Handtasche zu Boden glitt. Beide bückten sich gleich/
zeitig, um sie aufzuheben. Yannick roch den Duft ihrer
Haut, als er sich wieder aufrichtete. Er wußte ein für alle/
mal, daß die Frau, der Duft dieser Frau, der Grund für alle
folgenden Handlungen werden würde, denn für ihren Duft
wäre er bis ans andere Ende der Welt gegangen. Sogar heute
noch erzählt er nur die Geschichte über den Duft. Nichts
anderes habe er getan, als der Duftspur durch die Stadt zu
folgen, sagt er. Er konnte nicht mehr denken, nicht mehr
klar handeln. Der Verlust seiner Kontrolle war so groß, daß
er nicht mehr wußte, was er tat. Sein Verhalten ihr gegen/
über hatte sich schlagartig geändert. Er hatte sie darum ge/
beten, in den nächsten Tagen etwas mit ihm zu trinken. Sie
hatte angenommen, obwohl sie über seinen plötzlichen Ver/

haltenswechsel erheblich erstaunt war. Vorher war er hochnäsig, beinahe arrogant. Jetzt schien er geradezu an all ihren Bewegungen höchst interessiert. Am Anfang wußte sie nicht, was die Veränderung in seinem Verhalten hervorgerufen hatte. Er erzählte ihr erst sehr viel später, eines Tages, als sie miteinander geschlafen und vollends ihre Körper ausgekostet hatten, was die Quelle seiner Zuneigung für sie gewesen war. Sie bemerkte den Wechsel augenblicklich. Das Erstaunen, das dieser erzeugte, übte in ihr die Bereitwilligkeit aus, das vorgeschlagene Treffen, ohne zu zögern, anzunehmen.

»Mittwoch abend, geht das für dich?«
»Ja, das geht, wo sehen wir uns, im Chelsea?«

»Liebste, welchen Sommer haben wir in Griechenland verbracht?« fragt ihr Mann sie zwischen zwei Gabelladungen frischen Salats.

Die Soße tropft unmerklich auf den Teller, der unter ihm steht. Sie überlegt einen Moment, beobachtet die Wirkung der Erdanziehungskraft, der die Mischung aus Essig und Öl gehorcht. Nach einer kurzen Dauer antwortet sie:

»Vor drei Jahren, glaube ich.«

»Ja genau«, ruft ihr Mann aus, beißt herzhaft in den Salat, der sich auf seiner Gabel nur einige Zentimeter vor seinem Mund befindet. Dann dreht er sich wieder der Person ihm gegenüber zu, erzählt seine außergewöhnlichen Ferien in einem kleinen Hotel auf einer der unzähligen griechischen Inseln. Ella läßt sich von den Ferienerinnerungen leiten. Sie hätte diese nicht aus dem Vergessen an die Oberfläche der Diskussion ziehen wollen, führt eine Zeitlücke in Yannicks Erzählbewegung in Gedanken weiter aus, vertieft sich ihrerseits in den Verlauf ihrer Ferien und stellt fest, daß es eine trügerische Verschiebung ihrer beider Erinnerungen gibt. Er hatte die ganze Zeit über Sonnenbrand. Seine hochweiße Haut ertrug keinen einzigen Sonnenstrahl am Tag. Yannick war gezwungen, angekleidet zu bleiben, sich immer vollständig mit hellen Stoffen bedeckt zu halten, und fand nichts an den Badeferien am Meer faszinierend. Die Insel bot den Besuchern keine anderen Freizeitbeschäftigungen, als tags über die steinige Erde zu spazieren, die von der Hitze versengt war, oder am Strand die Frische des Meerwindes zu genießen. Inneres Entspannen bedeutete unweigerlich ein Innehalten aller Aktivitäten, zu dem ihr Mann kaum fähig war. Nach Irland, Schottland und Österreich war es der erste Versuch, Ferien in einem mediterranen Land zu verbringen. Während des Aufenthalts hatten sie sich zum ersten Mal gestritten. Sie verbrachte die Nacht in der Hotelhalle und ertrug den Gedanken nicht, weiterhin an der Seite ihres Mannes zu schlafen, der ihr vorgeworfen hatte, sie sei nicht offen genug. Er wünsche sich, sie sei zugänglicher und verfügbarer, wenn er da sei und Zeit habe, mit ihr zusammenzusein, hatte er unterstrichen. Sie solle nicht während ihres ganzen Urlaubs ein Trauergesicht ziehen, obwohl sie sich in einem Traumhotel an einem malerischen Ort auf der Erde befänden, fügte er hinzu. Ella hatte ihm geantwortet, sie könne so sein, wie sie wolle, auch wenn er da sei, oder eben gerade, weil er da sei. Ihre gute Laune hänge nicht von seiner Verfügbarkeit ab, die eher rar sei, sondern von ihrer Gemütsverfassung, von ihren Gefühlen, die sich nicht herumkommandieren ließen, wie er es wünsche. Die Ferientage haben zum ersten Mal die Spannungen zutage gebracht, die seit langem in ihren Inneren keimten. Während der ersten vier Jahre ihrer Ehe blieben sie verborgen und waren nicht zum Vorschein gekommen, obwohl sie sich in ihnen eingebürgert hatten. In ihrem Hirn lief sie ruhelos die Hotelhalle auf und ab. Sie versuchte zu verstehen, wie sie handeln sollte. Genau wie jetzt beim Abendessen in Helsinki drei Jahre nach jener Nacht, die sie sich in der Hotelhalle auf der kleinen griechischen Insel um die Ohren geschlagen hatte, befindet sie sich wieder am gleichen Ausgangspunkt ihrer damaligen Überlegungen. Sie weiß im Tiefsten ihres Selbst, daß von Anfang an der Wurm in ihrer Beziehung saß und daß sie die verzerrten Umrisse genauer hätte betrachten sollen. Nach dem Abend im Chelsea in Wien war er an ihrer Seite nach Hause getrippelt. Sie wohnte zu der Zeit im dritten Stock eines alten Stadthauses aus dem 19. Jahrhundert. Danach hatte er sie gebeten, eintreten zu dürfen. Sie hatte ihm in der Küche ein Glas Rotwein eingeschenkt, während er erzählte, er sei verheiratet, lebe in Düsseldorf noch mit seiner Frau im selben Haus, aber in getrennten Haushalten. Sie sprächen nicht mehr miteinander, schon seit Jahren nicht mehr. Der einzige Grund, noch mit ihr zusammenzubleiben, sei ihre schwere Krankheit gewesen. Sie war dem Tod um ein Haar entronnen, obwohl die Ärzte sie schon aufgegeben hatten. Er sei unfähig gewesen, sich in diesem Moment von ihr zu trennen, sagte er, habe sich wie ein Verräter, wie ein Feigling gefühlt. Nicht einmal sexuelle Beziehungen mit anderen Frauen habe er gehabt. Die Krankheit seiner Frau habe ihn dazu verurteilt, zu warten, bis sie sterbe oder gesund werde. Währenddessen sicherte er ihr einen hohen Lebensstandard in ihrem Haus, das sie sich teilten. Er wohne unten und sie im ersten Stock. So vermieden sie es, sich zu häufig über den Weg zu laufen. Sein Leben als Forscher gab er nicht auf. Er entwickelte damals ein erstes Medikament und befand sich in der ersten klinischen Testphase am Menschen. Die Versuche, Statistiken, die Dokumentation und deren Interpretation nahmen ihn ein. Sein Posten als Juniorprofessor an der Heinrich Heine Universität Düsseldorf sei nach drei Jahren verlängert worden, und im Sommer reihte er die Vorträge aneinander, um seine Resultate zu präsentieren. Seine Starrsinnigkeit, mit der er an allen möglichen Kongressen teilnahm, schien im Laufe der Krankheit seiner Frau noch entschiedener zu werden. Sie heißt Leni, hatte er gesagt, betonte die zweite Silbe einen Hauch zu stark. Die Ausbrüche aus dem Haus wurden immer zahlreicher, immer länger und führten zu immer ferneren Zielen. Die vorgeheuchelte Unterstützung war der Flucht gewichen, die nicht vollständig war, aber beinahe. Ella hatte sich viel später gesagt, wahrscheinlich hatte die sich gegen Yannick aufbäumende Wut Leni geheilt. Seine Ignoranz gegenüber dem Auflodern ihres nackten Überlebenswillens war es wert, bestraft zu werden. Ella konnte nicht genau herausfinden, wie sie zusammengelebt hatten. Er hatte ihr Düsseldorf und das Haus nie gezeigt. Vielleicht aus Angst, sie in sein voriges Leben hineinzuziehen, oder aus Sorgfalt, das Geheimnis des verschwommen dargestellten Zusammenwohnens zu wahren. Alles in allem beschrieb nichts anderes als eine gegenseitige Abhängigkeit der Eheleute, denen es nicht gelang, einander zu verlassen. Es gefiel ihnen, die Fetzen ihrer Geschichte im Leben des anderen nachzuschleifen und dieses soweit als möglich zu zerstören. Er hatte ihr erzählt, als sie eines Abends in Ellas Küche in Wien saßen, seine Frau Leni sei zweimal von ihm schwanger gewesen. Beim ersten Mal befand sie sich nach ihrer Flucht aus dem Osten in Westberlin auf der anderen Seite der Mauer, verharrte im Schweigen und wartete auf ihn.

Leni fuhr am letzten Freitag ihrer Ferien, die sie in Ostberlin verbrachte, nach Leipzig und nahm den Nachtzug, der über Dresden nach Prag fuhr. Sie arbeitete als Floristin in einem Blumengeschäft. Im RIAS, eine freie Stimme in Berlin, hatte sie gehört, daß immer mehr Flüchtlinge in der westdeutschen Botschaft in Prag ausharrten. Sie wäre bereit gewesen zu verhandeln, über die DDR auszureisen, wenn es sein mußte. Politischen Stolz hatte sie keinen, sie wollte nur raus. In Bad Schandau stieg die Grenzpolizei ein. Der Zug setzte sich in Bewegung. Die Tschechoslowakei war das einzige visumfreie Land, ihre Personalkarte genügte. Auf die Frage der Grenzpolizisten antwortete sie, sie besuche eine

Tante in Benice bei Prag. Jemand hatte einmal von diesem Ort erzählt, und sie hatte sich dessen Namen gemerkt. Der Mann neben ihr reiste nur mit einem Plastiksack und einem Apfel. Er wurde mit Fragen durchlöchert, wohin er fahre, er gehe einige Tag nach Liberec, warum, er fahre zu einem Freund, wieso er keine Zahnbürste bei sich habe, er fahre öfters hin, habe eine Zahnbürste dort, das sei doch die falsche Richtung, nein, er wolle in Děčín umsteigen. Sie nahmen seine Personalkarte und seinen Fahrausweis, gingen weg, ließen Minuten vergehen, bis sie wiederkamen. Leni hätte dem jungen Mann gerne etwas gesagt, aber Angst lähmte sie, ein Stasi könne sie im Zug aufgreifen. Beweismittel, ihr falsches Verhalten. Sie gaben ihm wortlos seine Papiere zurück, händigten Leni ihren Personalausweis aus und setzten die Kontrolle fort. Leni zitterte. Sie hatte ihr Geld vom Sparbuch abgehoben und trug es ins Jackenfutter eingenäht mit. Es war billig, sie wußte es. Ohne Geld hatte sie nicht weggehen wollen, auch wenn sie beim Wechseln einen großen Teil verlor. Frühmorgens kam sie in Prag an. Es war Samstag. Die Luft war frisch, und Leni merkte, daß sie zu leicht angezogen war. In Berlin herrschte sommerliche Hitze. Wie gelangte sie schnell und sicher in die westdeutsche Botschaft? Das Palais Lobkowicz mußte beim Hradschin sein, doch sie kannte die Stadt nicht, wollte nicht einfach losziehen, das könnte verheerend sein. Bei einem Verhör würde das nicht mit Benice zusammenpassen. Sie sprach kein Tschechisch und wollte niemanden ansprechen. Die Taxifahrer könnten Zubringerdienste für die Stasi machen. Dennoch suchte sie sich einen aus, der ihr sympathisch war, ein netter alter Mann mit ruhigen braunen Augen. Sie setzte sich auf den Beifahrersitz und sagte mit einem Finger vor dem Mund, německé Botschaft Westgermany. Der Mann nickte. Sie hielt ihm Geld hin, 20 DDR-Mark in Kronen, was viel zuviel war. Er nahm es, steckte es ein, fuhr los. Leni fürchtete sich, hielt sich bereit, die Fensterscheibe einzuschlagen, falls er die Zentralverriegelung betätigte, und ging in Gedanken ihre Chancen durch. In einem Hausflur standen zwei uniformierte tschechoslowakische Polizisten. Der Taxifahrer wendete ruhig, aber bestimmt und fuhr in Gegenrichtung weiter. Ab diesem Moment fühlte Leni sich sicher. Er setzte sie bei der Klinik ab, deutete mit den Händen, sie müsse in diese Richtung weitergehen, da sei die Botschaft. Sie dankte ihm, war aufgewühlt, drückte seine Hände und irrte eine Mauer entlang, kam in eine kleine Straße, folgte ihr. Dann sah sie den Zaun, dahinter Zelte, Rauch, der in den Himmel stieg, und Menschen, viele Menschen. Sie schlenderte langsam die Zaunstäbe entlang, als wolle sie nur gucken, registrierte die Milizpolizisten, deren Blicke ihr folgten. Die Leute hinter dem Zaun feuerten sie an, rüberzuklettern. Leni spazierte weiter. Blitzschnell drehte sie ab, erfaßte mit jeder Hand einen Gitterstab. Hände von der anderen Seite dienten ihren Füßen als Leitersprossen. Federleicht erklomm sie die Menschenleiter, überstieg in Sekundenschnelle den Zaun, fand mit einem Fuß Halt auf einer Schulter, ließ sich auf Hände fallen, die sie trugen. Sie hatte es geschafft. Als sie zurückblickte, sah sie, daß die Milizpolizisten sich nicht von der Stelle gerührt hatten. Leni fand das komisch.

Damals hatte Leni es vorgezogen, abzutreiben, um sich frei von Yannick zu fühlen. Sie hatte Angst, Mutter zu werden. Den Vater des Kindes wollte sie an ihrer Seite wissen und nicht allein der persönlichen Erschütterung ausgesetzt sein. Später, als sie das zweite Mal schwanger von ihm war, hatte sie schon einen Sohn aus einer anderen Beziehung. Sie wollte die Erfahrung der Mutterschaft nicht ein zweites Mal durchleben, für die sie nicht geschaffen sei und die sie nur bedrücke. Yannicks Abwesenheit gebe ihr kein Vertrauen, Kinder zu kriegen, hatte Leni viel später gesagt. Als Yannick Ella das Ereignis in ihrer Küche erzählt hatte, schien er die Haltung seiner Frau nicht verstehen zu wollen. Sie kam ihm ungerecht und egoistisch vor. Woher nimmt sie sich das Recht, alleine zu entscheiden und mir nichts zu sagen, hatte Yannick Ella gefragt. Ella wußte nicht, was sie ihm antworten sollte, denn sie kannte weder die beiden Betroffenen persönlich gut genug noch die Situation genau genug. Ihr war die ganze Geschichte scheißegal. Sie fragte sich vielmehr, wieso Yannick ihr ohne Zurückhaltung alles scham- und skrupellos erzählte. Um etwas zu antworten, sagte Ella, seine Frau Leni hätte vielleicht seine Unterstützung, die sie brauchte, deutlicher fühlen müssen. Er erwiderte lachend, sie habe seine Hilfe immer abgelehnt. Leni hatte die Entscheidung allein getroffen, sagte er, als er noch nichts wußte. Wenn er es gewußt hätte, sagte Yannick, hätte er alles darangesetzt, sie zu überzeugen, das Kind zu behalten, es auszutragen und zu gebären. Das Kind sei die Frucht ihrer gemeinsamen Liebe in dem Land gewesen, das die Mauer abschottete. Kurz bevor sie Ostberlin verließ, wurde sie schwanger, was er nicht hatte erfahren können. Den Brief hatte sie ihm erst nach der Abtreibung geschickt. Er habe damals gerade promoviert gehabt und konnte seine Karriere als zukünftiger Forscher nicht aufs Spiel setzen. Nach der Verteidigung seiner Doktorarbeit in Mikrobiologie arbeitete er in einem Universitätslabor der Charité an den resistenten Bakterien weiter, mit dem Hintergedanken, langfristig ein Medikament zu entwickeln. Er hatte 18 Monate NVA durchhalten müssen, um Medizin studieren zu können, und tausende Male auf die Zunge gebissen, wenn es ihn innerlich gerissen hatte. Jetzt wollte er nicht alles hinschmeißen und aufgeben. Ella trank in ruhigen Schlucken in ihrer Küche Rotwein. Sie hörte die Mißtöne in seiner Erzählung, die mit Ungeschick und wütender Hoffnungslosigkeit gespickt war. Wie hat Leni weggehen können, heimlich über die Grenze machen, ohne mir etwas zu sagen, sagte Yannick. Wie hat sie drüben ankommen können, ohne mich zu benachrichtigen? Sie war doch von mir schwanger, ich war der Vater? In seinen Augen glänzten Tränen der Niedergeschlagenheit, und er betonte das Unverständnis, das sich von diesem Zeitpunkt an zwischen ihnen niedergelassen hatte und ihn verletzte. Die Mauer habe wie bei anderen jegliche Kommunikation zwischen ihnen verhindert, sei das materielle Zeichen eines gescheiterten Austauschs, stelle die Bilanz einer menschlichen und politischen Niederlage dar. Leni hatte entschieden, das Kind, das sie von Yannick trug, nicht zu gebären. Sie hatte ihm geschrieben, als ihre Entscheidung getroffen war und als die Abtreibung stattgefunden hatte. Yannick war, wie sie es in ihrem Brief sagte, siebenundzwanzig Tage lang Vater gewesen, sie wolle, daß er es wisse. Er sei Vater gewesen und war es jetzt nicht länger. Kurz darauf lernte Leni einen Mann kennen, sagte Yannick und wurde dabei immer trauriger in Ellas Küche. Sie wurde wieder schwanger. Von Johann. Mit ihm sollte Leni ihr erstes Kind haben, das sie austragen würde. Leni hatte ihm zu der Zeit gesagt, was er auch immer fühle, was er auch immer tue, auch wenn er versuche, über die Grenze zu kommen, um sie zu sehen oder um zu ihr zu gelangen, es gebe nichts mehr an ihrer Entscheidung zu rütteln. Sie hatte Johann einige Tage nach der Ankunft in Westberlin getroffen. Er half ihr, sich schnell in das Leben im Westen einzugliedern. Die wertvolle Beziehung, die sie mit Johann führte, unterschied sich von derjenigen mit Yannick und trieb sie dazu, Yannick den Unterschied zu beschreiben, den es zwischen ihm und dem neuen Mann gab. So könne er verstehen, daß ihre Situation nie lebbar gewesen war. Vorher wolle sie ihm der Ehrlichkeit halber und aus Liebe mitteilen, denn sie habe ihn immer geliebt, er sei der Vater des abgetriebenen Kindes gewesen. Sie habe es trotz der Liebe, die sie für ihn empfunden habe, nicht austragen können. Also wollte sie es nicht behalten, unterstrich Yannick in Ellas Küche, schluckte dabei einen Mundvoll

Wein, als versuchte er seine Tränen unter der frischen roten Decke zu ersticken. Ella hörte zu, sagte kein Wort. Sie wußte nicht, wieso er ihr das Recht zugestand, die ganze Geschichte zu hören, ohne daß sie auch nur danach gefragt oder irgend etwas von ihm gewollt hätte. Er trug ihr vor, was sie sicherlich wissen wollte, zusätzlich auch noch alles andere, was sie nicht wissen wollte. Leni, erzählte Yannick weiter, hatte ihm in einfachen Worten ihre Unsicherheit ihm gegenüber beschrieben, sagte er. Yannick kannte die Windungen in Lenis Brief auswendig, und sie brachen an dem Abend in Ellas Küche ungeschminkt aus ihm heraus. Bevor Leni weggegangen sei, sei er zu ihr nach Hause gekommen, schrieb sie, sagte er, eine Gewohnheit, die er seit einigen Jahren gepflegt habe. Es gab Zeiten, in denen sie sich nicht mehr sahen. Dann kreuzten sie sich wieder, näherten sich einander an, als hätte die Zeit keine Distanz zwischen ihre Körper gelegt, die regelmäßig durch den Verlauf des Lebens auseinandertrieben. Ohne weiteres konnte es vorkommen, daß Wochen seit der letzten Begegnung vergangen waren, manchmal nur Tage. Seit dem letzten Mal waren es Monate. Sie kannten sich gut, hatten aber nie beschlossen zusammenzusein. Vor ihrer letzten Begegnung hatte Leni ihre Flucht sorgfältig vorbereitet, wollte ein neues Leben beginnen, das sie von den Einschränkungen und der ständigen Überwachung befreite, die der Staat diktierte. Sie litt darunter, wie die meisten, die von der Mauer eingesperrt waren. Die Flucht konnte nur unter Lebensgefahr und mit dem Verlust aller Verwandten einhergehen, die in dem verdammten Land zurückbleiben mußten. Sie war dort hineingeboren worden, lebte dort, als sie Yannick begegnet war. Dann ging sie in ein unbekanntes Land, in dem sie bleiben und das für sie die Öffnung auf die Welt bedeuten würde. Leni hatte es immer wieder gesagt. Yannick hatte ihr nicht geglaubt. Vor allem hätte er nie gedacht, daß sie fähig war, ihre Träume zu verwirklichen und zur Tat zu schreiten, ohne ihn in ihren Plan einzuweihen. Als er ihr Wegbleiben feststellte, nahm er an, daß ihr die Flucht gelungen war. Sofort hatte er entschieden, ihr zu folgen, sagte Yannick zu Ella, sobald als möglich. Doch das Warten hatte sich in die Länge gezogen. Er bekam das Visum für Ungarn nicht. Zu viele wollten im Herbst 89 nach Ungarn. Dort hob sich der Eiserne und gab den Blick auf Wien frei.

Yannick war unschlüssig, seine eigene Familie zu verlassen. Er fühlte sich feig. Sicherlich liebte er Leni, hatte aber immer geglaubt, es sei nicht notwendig, es ihr zu sagen. Da sie fort war, ohne ihn einzuweihen, begann er zu Recht an ihrer Beziehung zu zweifeln. Er wußte, daß sie ihn immer geliebt hatte. Sie hatte es ihm gesagt. Nun fragte er sich ständig, ob es stimmte. Ihr seinen Gefühlszustand mit einer Handlung zu beweisen, die ihn sein Leben kosten konnte, forderte von Yannick eine Kraft, die ihn gegen seinen Willen zur Bewegungslosigkeit verdammte. Kurz bevor Leni Ostberlin verließ, war Yannick bei ihr gewesen. Er wußte nicht, daß es vielleicht für immer ihre letzte Begegnung sein würde. Wer hätte gedacht, daß die Mauer wirklich schon kurz darauf geöffnet würde, sagte Yannick zu Ella und setzte eine unbegrenzte Anzahl von Fragezeichen. Es gab Hinweise, Perestroika, Glasnost, die Charta 77 und die Akte von Helsinki. Daß die DDR an fehlenden Anweisungen zusammenbrach, weil der Regierungschef krank und seine Nachfolge nicht geklärt war, sei doch unglaublich. Bevor Yannick zu Leni gefahren sei, habe er sie angerufen und die genaue Uhrzeit seiner Ankunft angekündigt. Er wollte herausfinden, ob er nach dem monatelangen Schweigen willkommen sei. Leni sagte ja, entzückt, ihn wiederzusehen, denn sie wußte zu gut, wie sehr ihr Herz unter seinem Schweigen litt. Er sei der Gast des Hauses, sagte sie ihm. So war er gekommen, wie er es in den letzten Jahren getan hatte. Sie war jung, am Anfang erst sechzehn Jahre alt. Eine wunderbare Jugend, sagte Yannick in Ellas Küche, dann dreiundzwanzig, bevor sie in den Westen ging. Leni glaubte an gewissen Zeitpunkten ihrer Jugend, sie sei etwas Besonderes für Yannick. Er sagte es ihr nie, nur kurz vor dem Geschlechtsakt einige schwebende Worte, die er in der sexuellen Erregung hersagte, oder danach, Worte, die sie mit ihrer Jugend nahm, mit der Einbildung ihrer Seele und dem Herzen ihres Kopfes. Nach dem Geschlechtsakt hatte er Leute zu sehen, Dinge zu tun. Sie fühlte sich oft im falschen Film, hätte es vorgezogen, Zeit mit ihm zu verbringen. Er verweigerte geradezu alles, was den Anschein gab, sie seien ein Paar. Über Leute, die ihre Liebe zur Schau stellten, spottete er. Die Angst quälte ihn, sich lächerlich zu machen oder zwischen den Krallen einer Frau festzusitzen.

Im tiefsten Innern konnte er sich jedoch nicht vorstellen, mit jemand anderem als mit ihr zusammenzusein. Er liebte Leni. Leni lernte gerade die Gesellschaft, die Leute, die Welt kennen, sagte Yannick, er war neun Jahre älter als sie. Von fernen Städten zu träumen war seine Lieblingsbeschäftigung. Leni ging das Risiko ein zu fahren. Er sprach von Reisen, von anderen Frauen, von New York, Paris, vielleicht auch von London, von Wien, vielleicht. Ella wußte es nicht mehr. Er habe sich bei Leni angekündigt, erzählte Yannick Ella. Als Gast. Er kam spätabends am 20. September bei ihr an, es war ein Mittwoch. Leni erinnerte sich noch Jahre später genau daran, sagte Yannick, denn Leni hatte das Datum noch haargenau im Kopf, als viel Wasser die Flüsse hinuntergeströmt war. Wie immer war er ängstlich und nervös, aufgeregt davor, was geschehen würde. Er trug das schlechte Gewissen auf sich. Die besondere Beziehung hatte er nicht sehen und ehren können, auch Leni wollte er darin nicht sehen. Er entschuldigte sich dafür. Leni dachte, er käme jetzt, um sie zu treffen, sie zu sehen, nur sie. Dann sagte sie sich, nein. Daß er einfach so kam. Er sprach viel von der vergangenen Zeit. Und dann sagte er es, er sei mit der Situation überfordert gewesen. Er sprach laut, dachte Leni mehrere Male, er sprach zu laut. Genau, dachte sie, er kommt, um sich zu beruhigen und um sein schlechtes Gewissen abzutragen. Sie schaute ihn an, er hatte sich verändert. Einzelne Haare an seinen Schläfen waren ergraut. Es stand ihm gut, verlieh ihm einen interessanten Ausdruck. Er wirkte reifer, wo doch sein Herz dasjenige eines unsteten Kindes war. Doch sie fand, er habe zugenommen. Sie sagte es ihm nicht. So schaute sie ihn an, aus der Ferne, mit viel stummem Raum hinter ihnen. Sie fragte ihn, wo er schlafen wolle, auf dem Sofa im Wohnzimmer oder in ihrem Bett. In ihrem Bett, mit ihr, antwortete er, wenn sie es gestatte. Leni sagte ja. Später bedauerte sie es, als sie im Bett lagen und er sich unablässig hin und her warf, ohne Schlaf und Ruhe zu finden. Sie war erschöpft. Müde verharrte sie in der Unbeweglichkeit, als würde die vor ihr liegende Flucht die ganze Kraft aus ihrem Körper saugen. Dieser Zustand bereitete sie schweigend auf das kommende Abenteuer vor. Ruhe haben. Ruhe. Endlich. Und ihn spüren. Das ja. Aber er warf sich hin und her, hin und her. Biß sie in den Hals. Er war ein wenig wild. War es immer gewesen. Sie erinnerte sich. Jetzt störte es sie, daß er sie sich von einem Augenblick auf den anderen aneignete, sie in den Hals biß, ohne zu spüren und zu fühlen, daß sie schon beinahe nicht mehr hier war. Vor allem nicht so, wie sie einmal gewesen war, und trotzdem. Nein, das war weit weg, all das. Sie hatte die Jahre in ihr Fleisch und ihren Körper eingeschrieben. Dann fühlte sie, daß er sogar unter der warmen Decke zitterte, die sie sich teilten. Sie war erleichtert, daß er gekommen war, das auch. Vielleicht war dies der Grund, warum sie wünschte, daß er komme. Damit jemand da sei. Ein vertrauter Körper. Ein begehrter Duft. Ein fleischliches Verlangen. Etwas, das sich auf die letzten drei Monate der Leere legte, eine Leere, die sie empfand, seit sie das Datum ihres Weggehens festgelegt hatte. Der Tag, den sie so sehr erwartete, nagte gefräßig alle Hoffnungen auf, zerstörte das Bild einer besseren Zukunft und löschte gleichzeitig die Vergangenheit, die sie floh. Es sei schrecklich zu sagen, eine Flucht ins Nichts. So sei es. Genau so, in die Leere gehen. Sie werde es immer so beschreiben, schrieb Leni Yannick.

Es war kalt, naß und schlammig in der Botschaft in Prag. Auf dem Gelände roch es nach Urin. Der Strom von Leuten nahm an diesem Tag drastisch zu. Leni wurde eine Treppenstufe zugeteilt, die sie mit einer anderen Frau teilte. Etwa 200 zusätzliche Betten der Bundeswehr wurden gebracht. Die Männer halfen, sie aufzubauen. Der sanitäre Zustand der Botschaft war bedrohlich. Gerüchte zirkulierten, es solle Verbesserungen für Frauen und Kinder geben. Die Stimmung war aufgeladen. Die Zeit verging mit stundenlangem Anstehen vor der Toilette oder für Essen. Zwei Männer aus Zelt 15 verdächtigten einen Mann als Stasi. Eine Prügelei konnte nur knapp verhindert werden. Als es dunkelte, ging Leni in den Park, schöpfte Luft, stolperte über Menschen, Menschen, überall Menschen, bedrohlich und beruhigend zugleich, dachte sie. Sie konnte es sich nicht erklären, Erwartung lag in der Luft. Tatsächlich erschienen Leute auf dem Balkon. Leni drängte sich nach vorne. Ein Raunen ging durch die Menge, was hat er gesagt, liebe Landsleute, glaube ich. Auf einmal herrschte Totenstille. Leni hörte: »Wir sind zu Ihnen gekommen, um Ihnen mitzuteilen, daß heute Ihre Ausreise...« Tosender Jubel legte sich über Genschers Wunderwort. Leni taumelte. Sie war in

Tränen, die Leute um sie auch. Sie wurde umarmt, umarmte wildfremde Leute, konnte es nicht glauben, es ging zu schnell. Die Bewegung war groß. Leni eilte zu ihrer Treppenstufe, sammelte ihre Habseligkeiten ein. Vor der Botschaft standen DDR-Busse. Einige weigerten sich einzusteigen. Sie fürchteten eine Falle, wurden jedoch von Botschaftsangehörigen, Beamten des Auswärtigen Amts vom Gegenteil überzeugt. Abseits des Stadtzentrums, im Bahnhof Prag-Libeň, verließen volle Flüchtlingszüge im Stundentakt mit jeweils einem Diplomaten und von außen mit einem Vierkantschlüssel zugesperrten Türen den Bahnsteig. Der Weg führte über die DDR aus der DDR. In Plauen stiegen Stasibeamte in den Zug, sammelten die Personalkarten in Plastiksäcken ein.

»Sie sind aus der Staatsbürgerschaft der DDR entlassen.«

Einige warfen ihr DDR-Geld vor deren Füße oder aus dem Fenster. Leni verhielt sich ruhig. Ihr Magen zog. Sie schob es auf die Anspannung. Als sie die Grenze überfuhren, weinte sie. Wie weiß die Häuser hier sind, dachte sie und erinnerte sich an die Leute, die ihnen nachgewinkt hatten. Ihr Zug war ein Zeichen der Veränderung. In Hof wurden sie aufgeteilt. Sie sagte, sie wolle nach Westberlin, habe dort eine Brieffreundin. Von Frankfurt aus flog sie und konnte nicht fassen, daß ihr möglich war, was 23 Jahre lang als Staatsverbrechen galt. Sie wurde nett behandelt, nicht wie eine Politische, nicht wie Vieh. Der Bruder einer Freundin hatte diese im August aus Ungarn angerufen, er gehe nach Österreich. Kurze Zeit später holte die Stasi deren Personalausweis ab. Zum 40. Jahrestag wollte die DDR uhe haben. Doch das Vieh bricht aus dem Käfig, dachte Leni, es will raus.

Tagsüber war Yannick im Labor in der Charité. Er arbeitete, ob sie zusammen waren oder nicht. Yannick sagte immer, Ostberlin sei eine schöne Stadt. Leni dachte, die Stadt gleiche einem Museum, und die Leute, die dort wohnten, gehörten zum Inventar des alten Museums, das Jahr für Jahr mehr Staub ansammelte. So viele Denkmäler, Gebäude, Kunstwerke, Künstler, Musiker, Schauspieler, Schriftsteller, Maler, nirgendwo auf der Welt wurde die Kunst so emsig gepflegt. Jetzt, nachdem sie den Zeitpunkt ihres Weggehens festgelegt hatte, gebe es Tage, an denen sie in eine zukünftige Sehnsucht tauche und auch denke, daß ihre Stadt, die sie für immer verlassen werde, eine schöne Stadt sei. Meistens war das Bild eines Gefängnisses dominanter als die verborgene Schönheit der bekannten Gebäude. In den Ferien in Ungarn vor zwei Jahren hatte sie sich wie ein Zweitklassemensch gefühlt. Sie hatte kaum Geld und wurde verlacht. Freiheit ist etwas anderes, hatte sie damals gedacht, und sie wollte die Freiheit. Deshalb mußte sie alles hinter sich lassen. In ihrem Kopf verwünschte sie all die Kunst, die überall lauerte, und den Ehrgeiz, die Kunst zu heben, die Hartnäckigkeit, Künstler zu erzeugen und von der Kunst zu sprechen. Abends kam Yannick zurück, legte sich ins Bett und wartete lesend auf seine Frau, tat so, als lebten sie seit Jahren zusammen. Er spielte mit dem abgeklatschten Bild, was sie lustig fand. Sie lachten beide über die unangemessene Situation. Ihre Beziehung war und blieb zufallsbedingten Momenten unterworfen. Sie entschieden willkürlich, wann und ob sie nach unbeabsichtigten Begegnungen in der Stadt die Nacht zusammen verbrachten oder nicht. Wenn sie sich manchmal bei Leuten trafen, genügte nur ein Blick, um zu einer Entscheidung zu gelangen. Nichts Weiteres hatten sie je entschieden. Sie sprachen nie über sich, über ihre Gefühle, ihre Wünsche und ihre Bedürfnisse, da sie nicht wußten, was sie sagen sollten. Leni sagte sich oft, die Ungewißheit, wo der andere stehe, gehöre einer Vergangenheit an, die sie bald verlassen werde. In der Vergangenheit zu verweilen bedeute, sich im Dreck zu wälzen. Sie zog es vor, sich nicht mehr an die alten Geschichten zu erinnern und ihn nicht so zu kennen, wie sie ihn einst gekannt hatte. Er nahm sie nicht wahr und machte sich über ihre Mädchenträume lustig. Die Leute ändern sich nicht, hatte sie gedacht. Dies sei sicher. Sie finde es schade, daß es ihnen nicht gelungen sei, ihre Geschichte bewußter zu leben. In der dritten Nacht war er zärtlich wie selten, die Zärtlichkeit eines Verliebten. Sie liebten sich nicht, sie sagte ihm, er solle aufpassen, sie sei in der fruchtbaren Phase ihres Zyklus und sie nehme die Pille nicht. In der fünften Nacht war das Verlangen gleich stark bei beiden. Sie liebten sich. Sanftweich. Ohne zu sprechen. Sie kam. Er kam in ihr. Ein wunderbarer Moment. Sofort danach schimpfte sie auf ihn ein, schlug ihn. Er sagte schnell, er habe sich nicht zurückhalten können, er habe den Kopf verloren. Sie erwiderte, er wisse sehr wohl, sie sei in ihrer fruchtbaren Phase, er hätte aufpassen sollen, es sei nicht das erste Mal, sie habe ihm vertraut. Leni war zornig. Es sei nicht in Ordnung, es sei einfach schwachsinnig, sagte sie und unterstrich dabei jeden Buchstaben, um das Gesagte zu vergrößern und aufzublasen, als genügten die Worte nicht, während Yannick sich rechtfertigte. Er war verblüfft über die Energie, die bei Leni frei wurde und die er nicht für möglich gehalten hätte. Sie könne es nicht glauben, sie sei am Ende. So ist es, genau so, sagte sie sich, schau dir den Mann an, schau ihn dir genau an, Yannick, wie er dir gegenübersteht, der Frau, die ohne weiteres von ihm schwanger sein könnte. Nachdem er in ihr gekommen war, antwortete er schlagfertig und ruhig, sie sei diejenige, die ihn hätte anhalten und zurückhalten müssen. Sie antwortete trocken, sie habe gedacht, es sei wohl an ihm zu wissen, ob er sich zurückhalten könne oder nicht, von dem Moment an, wo er wisse, daß es nicht angebracht sei, in ihr zu kommen. Es sei ja nicht das erste Mal, daß er aufpasse, oder? Hätte sie ihn nicht gekannt, nicht gut gekannt, hätte sie einen Gummi gefordert oder jegliche Nähe verweigert. Yannick schwieg. Dann sagte er ihr, sie solle nicht die Nerven verlieren, sie solle erst sehen und abwarten, nichts sei sicher. Sie dachte, du wirst nicht sehen und abwarten, ich bin es, in jedem Fall bin ich es. Er fügte hinzu, daß sie sehr wohl eine Lösung finden würden, im Falle daß, gebe es Möglichkeiten, oder sie könne abtreiben. Sie erwiderte, dies sei bedrückend, sie wisse es von anderen Frauen, es sei traurig, sehr traurig und schwer zu verarbeiten. Er erwiderte, es sei nicht so kompliziert und die heutige Medizin sei sehr fortschrittlich. Sie dachte, so denkt der Mann. Er trägt die Kinder nicht im Bauch und fragt sich nicht jeden Tag, wonach das aussieht, was in seinem Bauch wächst. Dieses Gefühl, etwas im Bauch gebe auf eine vollkommen unbekannte Weise vor, wann essen, wann schlafen, wann trinken. In der Dunkelheit sah sie ihn nicht. Er sagte noch, sie seien nicht dumm und könnten sprechen, falls sie schwanger sei. Sie hatte den Eindruck, in den Zustand einer Ware degradiert zu werden. Angst stieg in ihr auf. Er verteidigte sich, entlastete sich, verfocht den Umstand, er sei ein Mann, der vor einer Frau, die ihn stark errege, den Kopf verliere. Sie wisse doch, sie habe ihn schon immer mit ihrem knabenhaften Körperbau, der trotz allem Frau sei, erregt. Irgendwann schwieg sie, sagte nichts mehr. Sie fühlte sich verlassen, ihr fehlte die Kraft, noch irgend etwas hinzuzufügen. Leni wollte nicht weiter leere Behauptungen formulieren, wußte aber, daß sie schwanger war. Im Kopf rechnete sie die Tage nach, sie ahnte, daß die Rechnereien vergebens waren. Sie rechnete dennoch. Noch einmal. Als sie seinen regelmäßigen Atem in der Nacht hörte, stand sie auf, setzte sich in die Küche, schenkte sich ein Glas Rotwein ein, zündete eine Zigarette an und nahm einen Kalender, um die Tage und die Daten noch einmal auf dem Papier zu prüfen. Nichts half. Die tote Liebe schwängerte sie, sie wußte es, denn einst habe sie ihn geliebt, auch wenn er es nicht habe sehen können. Sie trank Wein, rauchte. Leni sei gleichzeitig traurig und aufgebracht gewesen, weil er ruhig schlief und sie keine Ruhe fand, obwohl sie die Ruhe unbedingt nötig hatte. Ruhe. Sie legte sich wieder hin.

Am nächsten Tag schlief Leni lange. Yannick saß am Küchentisch und wartete auf sie, so habe sie es interpretiert. Er fragte sie, ob sie mit ihm in die Stadt gehen wolle. Sie verneinte, sie habe zu tun. Kurz darauf ging er los. Sie kleidete sich an und begab sich zu ihrer Gynäkologin. Die Praxis war an diesem Tag geschlossen, ein Montag. Und am folgenden Tag auch. Einen Moment habe sich Angst in ihr breitgemacht. Wohin sollte sie sonst gehen? Sie ging nach Hause zurück, weinte vor Zorn, suchte die Telefonnummer der Charité heraus, schaute aus dem Doppelglasfenster, dessen Kitt abbröckelte, und dachte, ich will kein Mensch zweiter Klasse mehr sein, ich will die Wahl haben. Das ist das mindeste. Dann ging sie zur Telefonzelle an der Ecke, verlangte die Gynäkologieabteilung. Ein Mann war am anderen Ende der Leitung, sagte, jetzt sei niemand mehr auf der Abteilung, der ihre Fragen beantworten könne. Sie bestand darauf. Er sagte ihr, sie solle sich einen Augenblick gedulden. Eine andere Männerstimme sagte ihren Namen und fragte sie, was los sei. Sie habe diese Nacht sexuellen Verkehr ohne angemessene Verhütung gehabt. Ein Unfall. Sie wolle es vermeiden, schwanger zu werden. Morgen früh ab sieben Uhr solle sie in der ambulanten Station vorbeikommen, sagte er ihr. Sie fragte, ob es dann nicht zu spät sei. Es gebe Möglichkeiten, eine Pille, die bis zweiundsiebzig Stunden lang nach dem Verkehr wirke, wurde ihr gesagt.

Sie hängte auf, beruhigte sich. Nachts vergaß sie im Schlaf die Dinge, die tags über sie herfielen. Yannick kam erst spät heim. Sie schlief schon.

Am Morgen klingelte der Wecker. Leni stand auf, duschte sich, zog sich an und ging zur Charité. Es war nicht weit, fünfzehn Minuten Fußweg. Jetzt gehe ich in die Charité, wo Yannick arbeitet. Zum Glück schläft er bei mir zu Hause, so muß ich nicht Angst haben, ihm über den Weg zu laufen. Sie schwitzte. Der September war zu warm. Die Straßen zeigten sich frühmorgens grau und dreckig, von der Kohle geschwärzt, mit der die Häuser im Winter geheizt wurden. Leni kam an, begab sich in das siebte Stockwerk, gab ihren Krankenkassenschein beim Schalter ab. Sie solle sich in die rosafarbige Abteilung begeben und dort warten, wurde ihr gesagt. Plastikstühle standen in Reihen bereit, das Licht war glanzlos. Viele Frauen mit runden Bäuchen und meist ernsten, niedergeschlagenen Gesichtern saßen herum. Die Frauen waren allein, nur eine oder zwei warteten in Begleitung ihrer Männer, die anscheinend die zukünftigen Väter waren. Leni stellte fest, wie verlassen und traurig alles war. Lange geschah nichts. Von acht Uhr bis neun Uhr dreißig, nichts. Nur neue Ankömmlinge, die sich setzten. Dann wurden Namen genannt. Die betreffenden Frauen standen auf und gingen auf verschiedene Türen zu, die ihnen von Krankenschwestern angewiesen wurden. Sie habe sich Mühe gegeben, den Moment nicht zu verpassen, in dem sie gerufen wurde. Um zehn nach zehn war sie an der Reihe.

Eine Krankenschwester um die Fünfzig rief sie auf, habe auf eine Türe gezeigt, sei ihr gefolgt und habe sie hinter sich geschlossen. Sie hatte ein angenehmes, freundliches und offenes Gesicht. Leni trat in das winzige Kabinett ein. Sah drei Frauen vor einem Bildschirm sitzen und fragte sich kurz, welche der drei wohl die Ärztin sei. Die müdeste. Sie setzte sich auf den Stuhl, der ihr zugewiesen wurde, erzählte, was sich zugetragen hatte. Log ein wenig. Sie sagte, der Gummi sei gerissen. Ihr wurde ein Zettel ausgehändigt, damit sie sich absichere, und ihr wurde gesagt, sie solle sich in die zweite Etage begeben, an die Tür mit der Nummer 708 klopfen, die erste Pille sofort einnehmen und die zweite frühestens zwölf Stunden später, höchstens vierundzwanzig Stunden danach. Sie bedankte sich. Anschließend begab sie sich geradewegs in den zweiten Stock und hielt den Zettel hin. Ein alter Herr nahm ihn entgegen, las ihn, warf ihr einen verächtlichen Blick zu und entfernte sich, um das Medikament zu holen. Er fragte sie, ob sie die erste Pille sofort einnehmen wolle. Sie antwortete, ja. Wortlos brachte er ihr ein Glas Wasser. So verurteilt er mich, dachte sie, beurteilt den Irrtum, ich fühle alles, es sei schrecklich gewesen. Sie schluckte die Pille und kehrte nach Hause zurück, legte sich hin. Yannick schlief noch. Morgen geht er, sagte sie sich, am Freitag werde ich wegfahren, für immer. Dann werde ich ihn nicht mehr vor mir stehen sehen, ihn, der ruhig weiterschlief, während sie schwer an ihrem Bauch trug. Leni mußte warten. Sie war sich sicher, daß das Medikament seine Wirkung tun würde. Und dann sei alles gut, es sei getan, er weit weg, die tote

Liebe weggeräumt, in der Vergangenheit in die Ecke gestellt, und ich werde fortgehen, sagte sie sich. Alles komme wieder in Ordnung, sie fange bei Null an. Yannick stand auf, schlug vor, das Frühstück zuzubereiten. Sie nahm an. Sie mußte pragmatisch bleiben. Am Abend gingen sie ein letztes Mal ins Fengler essen. Sie schwiegen einander an. Der Geigenspieler spielte für Geld Herzschmerzmelodien für Verliebte. Stumm hörten sie zu. Nichts blieb zu sagen. Leni wollte nicht sprechen und wußte auch nicht, was Yannick dachte. Sie gingen zu ihr nach Hause. Er zahlte das Essen. Sie nahm die zweite Pille, während er sich die Zähne putzte. Sie legten sich ins Bett. Einander wieder fremd. Jeder auf seiner Seite. Am nächsten Tag ging er. Es war frühmorgens. Er küßte sie. Sie ließ es geschehen. Schloß hinter ihm die Tür, kehrte ins Bett zurück und schlief weiter. Dann räumte sie die Wohnung auf. Wusch die Laken. Nahm ein Bad. Bevor sie zwei Tage später geflohen sei, rief sie ihn vor der endgültigen Wegfahrt nicht mehr an, obwohl er ihr eine Nachricht hinterlassen und sie gebeten hatte, ihn zurückzurufen. Nein. Sie rief nicht an. Sie habe die Kraft nicht gehabt. Sie wußte noch nicht, ob die Pille gewirkt hatte. Der Zwang war geblieben, zu warten, um es zu wissen. Manchmal schüttelte sie Unruhe. Der Funken eines Zweifels. Dann ging es vorüber.

In der Stadt auf der anderen Seite der Mauer sei eines Nachts starke Besorgnis aufgekommen. Ihre Brüste hatten sich verändert. Schlagartig durchfuhr ein Stechen Lenis

Magen, ein kleiner Schmerz, der nicht wirklich weh tat. Sie habe nicht mehr schlafen können. Stand auf. Habe geweint. Sie redete nicht darüber. Nicht einmal ihrer Freundin, bei der sie untergekommen war, habe sie davon erzählt. Jetzt fühlte sie sich allein. Mit der Angst im Bauch. Jeden Tag. Zu jeder Stunde. Es sei unbeschreiblich, die allgegenwärtige Angst, das fortwährende Gefühl. Nichts zu wissen und sich jederzeit Fragen zu stellen. Und die Müdigkeit. In ihr. Tage vergingen. Sie war auf der anderen Seite der Grenze, nicht weit weg von ihm, einige Kilometer Luftlinie. Zwischen ihnen war die Mauer, unüberwindbar. Eines Abends in einer Bar wurde sie beinahe ohnmächtig. Der Schmerz war plötzlich, durchfuhr sie, unvorhersehbar, zerriß sie einen kurzen Augenblick lang. Sie mußte sich Mühe geben, das Bewußtsein nicht zu verlieren. Biß sich in einen Finger. Und seit dem Zeitpunkt wußte sie es. Schon zwei Wochen später. Unwiderruflich. Sie war sich sicher. Am nächsten Tag machte sie einen Test, und auf beiden Fenstern erschien eine blaue Linie. Sie war schwanger. Leni überlegte, ob sie ihn anrufen solle, aber sie wußte, es war zu gefährlich. Nein, wegen der Mauer und seinen Rechtfertigungen sei es ihr nach den Erklärungen nicht möglich gewesen, nein, unmöglich, sie habe es nicht tun können. Sie vertraute ihm nicht. Um ganz sicher zu sein, suchte sie einen Gynäkologen und machte einen Termin aus. Montag, der 16. Oktober um acht Uhr. Der Mann untersuchte sie, stellte ihr Fragen, untersuchte sie noch einmal, machte einen letzten Test, und das Ergebnis bestätigte sich. So, Sie haben die Wahl, habe er gesagt. Wollen Sie das Kind behalten oder nicht? Sie habe geschwiegen. Nach einer kurzen Stille habe sie gesagt, es sei nicht möglich, daß sie das Kind behalte. Sie sagte nichts anderes. Sie dachte, es sei traurig, mit dieser Neuigkeit im Bauch alleine zu sein. Auf dem Boden einer toten Liebe, die sich rechtfertige und verteidige, die sich klammheimlich davonschleiche und sich schütze, sei es nicht möglich. Und so antwortete sie ziemlich kalt, nein, sie könne es nicht behalten. Der Gynäkologe sah sie an und fragte sie, ob sie sicher sei. Sie antwortete, ja. Er fragte sie, wirklich. Sie sagte, ja wirklich. Er sagte ihr, wann sie wiederkommen solle, um die Abtreibung durchzuführen. Sie fragte ihn, ob es schmerzhaft sei. Der Gynäkologe antwortete, zwei Wochen lang danach solle sie nichts machen. Keinen Sport. Aufregungen vermeiden, die nicht notwendig seien. Nicht rauchen. Keinen Alkohol trinken. Viel schlafen. Sich ausruhen. Gut essen. Nichts weiter. Dann stand sie auf. Als sie hinausging, hörte sie die Assistentin sagen, der Test koste fünfzig Mark. Ohne etwas zu erwidern, bezahlte sie, zählte in ihrem Kopf das Geld, das sie gespart hatte und das jetzt wie Sand durch ihre Finger rann, machte einen Termin für 23. Oktober und einen für den 7. November, zur Kontrolle. Sie trat aus dem Gebäude. Als sie die Eingangsschwelle des Hauses überschritt, seien Tränen über ihre Wangen gerollt. Sie sei auf die tote, abwesende Liebe wütend gewesen, die jenseits der Mauer in einem anderen Land in der gleichen Stadt gefangen sei, die sich den Anschein gab, eine andere zu sein. Sie war auf Yannick böse, der sich um nichts kümmerte, was die Nacht, das Kind anging. Sie behielt alles für sich, um seine Ignoranz und seine Dummheit zu rächen. Das Kind trug sie im Bauch, sie spürte es. Er wollte nichts davon wissen, es sei nicht der richtige Zeitpunkt, hatte er gesagt, und sie wolle es auch nicht, sie wolle im Moment kein Kind, nicht wahr, hatte er gefragt. Von da an verschloß sie sich, vertraute ihm ihre Gedanken und ihre Gefühle nicht mehr an. Sie warf es sich vor, die tote Liebe noch ein Mal angeschaut zu haben. Vergangene Dinge sollte man im Gedächtnis ruhen lassen, wo sie waren, und nur da. Sie kehrte in ihr Zimmer zurück, nahm seine Briefe hervor, die sie mitgetragen hatte, denn er sei die einzige Liebe ihrer Jugend gewesen. Auch die Briefe waren tote Briefe. Sie schmiß sie in den Abfalleimer, warf sie weg, um sie in der Ferne, an einem Ort ihres Gedächtnisses aufzubewahren. Nur da. Genau.

Am 23. Oktober um fünfzehn Uhr habe sie ihren Termin beim Gynäkologen gehabt, um abzutreiben. Sie sei nervös gewesen. Habe Angst gehabt. Man ließ sie warten. Sie zitterte leicht, versuchte, an nichts zu denken. Das war ihr nicht möglich. Dann wurde sie gerufen. Anscheinend war sie die letzte Patientin. Der Gynäkologe wies ihr einen Stuhl zu. Sie setzte sich. Er nahm auf der anderen Seite des Tisches Platz und stellte ihr Fragen, ob sie ihrer Entscheidung sicher sei. Sie antwortete, ja, sie sei sicher. Dann erklärte er ihr Schritt für Schritt den Eingriff. Sie fragte, ob es schmerzhaft sei. Er antwortete, der Anfang nicht, aber die

Öffnung des Muttermundes ja. Es gebe keine Möglichkeit, diese Körperstelle zu betäuben und sie schmerzunempfindlich zu machen, außer er schläfere sie ganz ein, was er lieber nicht tun wolle, da dies immer mit einem Risiko verbunden sei. Hingegen werde er den linken und rechten Rand des Muttermundes anästhesieren, wenn der Muttermund soweit vorbereitet sei, um ihn zu öffnen, dann ein kleines Sauggerät einführen. Danach werde er die Gebärmutter zusätzlich ausschaben, um einer Infektion vorzubeugen. Sie streckte sich auf dem Gynäkologenstuhl aus. Er begann mit der Arbeit. Übte langsame Bewegungen aus. Arbeitete sorgfältig. Sprach während der Arbeit. Er sagte ihr, sie solle die Augen offen behalten, sich nicht nur einzig und allein auf das Bauchzentrum konzentrieren. Sie folgte seinen Worten. Habe die Decke betrachtet. Das Zimmer. Die Vorbereitung am Muttermund erzeugte eine erste Spannung in ihrem Bauch. Ein Gefühl zwischen Ziehen und Schmerz. Die Empfindung war seltsam. Was schmerzte, sei das Anästhesieserum, das sich ausbreitete. Feuergleich schlug es um sich, erstreckte sich über den Bereich des Bauches bis in den Rücken und verbrannte sie von innen her. Ihr Atem ging stark. Dann öffnete er den Muttermund und erweiterte ihn. Der Schmerz sei schneidend gewesen. Sei vom Magenzentrum aus losgeschossen und habe im ganzen Körper um sich gegriffen. Sie erstickte Schreie, hielt hervorquellende Tränen zurück. Schweiß bedeckte ihren Körper, ihre Muskeln spannten sich an, wurden hart. Der Vorgang des Öffnens dauerte lange, er konnte nur langsam arbeiten. Schritt für

Schritt. Und dann sei es soweit gewesen. Er führte die Saugpumpe ein. Noch ein letzter stechender Schmerz habe ihre Innereien durchfahren, nur kurz dieses Mal. Er zog die Saugpumpe heraus, mit einem Handinstrument kratzte er die Reste aus. Sie habe gefühlt, wie das Bild schwand. Schwarz habe sich vor ihren Blick gelegt. Er sagte ihr, der Blutdruck sinke, es sei normal. Er gab ihr etwas, um den Blutdruck wieder zu erhöhen. Wartete neben ihr. Wartete einige Minuten. Dann fühlte sie, daß es wieder ging. Sie sei aufgestanden, habe sich angezogen. Er zeigte ihr, was er entfernt habe. Einen Haufen Zellen und Schleimhaut. Deutlich unterstrich er, daß es auf den ersten Blick unmöglich sei, auszumachen, was das Kind sei. Er begleitete sie hinaus, half ihr, in den Mantel zu schlüpfen. Die Sekretärin fragte sie nach der Versicherungsnummer ihrer Krankenkasse und sagte, so, das mache 656 Mark. Sie hielt ihr wortlos das Geld hin. Sie erhielt keine Quittung. Nichts. Es war also nicht so legal, wie es zu sein schien. Sie trat ins Freie, habe Kraft in sich gespürt, die zurückgekommen sei, habe nur gefühlt, daß sie stark geschwitzt habe. Im Zimmer legte sie sich ins Bett und schlief sechzehn Stunden lang. Ihr Bauch war leicht angeschwollen. Sie habe den Schmerz nicht mehr gespürt. Die Unruhe sei weg gewesen. Sie habe einen Zeugen gefunden, der ihre Angst und ihre Schwäche geteilt habe. Sie habe es jemandem gesagt, der es gehört habe. So, sagte Yannick in Ellas Küche, um das Schweigen zu brechen, habe sie dem Vater des Kindes, das jetzt tot sei, sagen wollen, seine Spermien seien fruchtbar und er sei vom

25. September bis zum 23. Oktober, auf den Tag genau, vier Wochen lang Vater gewesen, ohne es zu wissen, und dieser Vater war ich.

Ella sah Yannick an. Er war müde von der Erzählung, wie er sein einziges Kind verloren hatte. Erst nach der Abtreibung hatte er den Brief erhalten. Yannick konnte nichts mehr machen. Er war auf der anderen Seite der Mauer festgenagelt und konnte niemandem nichts sagen, sogar der Brief, den sie ihm geschickt hatte, war gefährlich. Wochenlang trug er ihn auf sich. Die fortschreitende Zeit drängte ihn zu der Entscheidung, wegzugehen und seine Familie endgültig zu verlassen. Er hegte keine Hoffnung mehr, das nicht, er war es sich schuldig, die Sache zu Ende zu bringen oder es mindestens zu versuchen. Er liebte sie. Dieses Gefühl hatte nicht nur ihr Weggehen bekräftigt, sondern wurde bestärkt, als er ihren Brief erhielt. Ihr Verlust sowie der des Kindes schufen in ihm die Gewißheit, daß er sie heiraten wollte, sagte er. Ella dachte in ihrer Küche, daß der Mann, der vor ihr saß, eine Ruine war. Sie konnte ihm unmöglich helfen, wie auch immer. Warum hatte sie nicht alles an dem besagten Abend abgebrochen, warum hatte sie es nicht vorher beendet, oder an den folgenden Abenden, in den folgenden Nächten, in denen er zu ihr kam und klagte. Sie hatte nicht die geringste Vorstellung, wie sie irgend etwas an seinem Schicksal verändern sollte. Wollte sie ihn retten? Sich aufopfern, ihm ermöglichen, nachzuholen, was ihm damals durch die Hände geglitten war, ohne daß er sich dessen bewußt geworden war? Hätte er in der Nacht dieses 25. Septembers anders reagiert, was wäre geschehen? Wäre Leni bei ihm geblieben? Hätte sie das Kind ausgetragen? Hätte sie auf der anderen Seite der Mauer auf ihn gewartet? Ella wußte die Antwort auf ihre Fragen nicht und wird sie nie wissen. Die Knoten der Geschichte waren schon zu sehr verhärtet. Ella konnte sie unmöglich lösen, vor allem nicht sie, da nicht sie die Knoten gemacht hatte.

Am 9. November sah Yannick am Abend fern. In den Nachrichten hieß es, die DDR-Grenzen seien ab sofort offen. Neugierig und ungläubig begab er sich an die Grenzübergangsstelle Friedrichstraße. Eine Masse wartete, rief, aufmachen, wir wollen nur einmal sehen, aufmachen, wir kommen wieder. Er konnte nicht ausmachen, ob Leute durchgelassen wurden. Noch waren die Schlagbäume geschlossen. Immer mehr Menschen fanden sich ein, riefen, winkten. Die Grenzwächter hielten dem Druck nicht stand. Gegen Mitternacht strömte das Volk nach dem Westen. Einige jubelten, sobald sie die Grenze überschritten hatten, andere hoben den rechten Arm zum Zeichen des Sieges oder klatschten. Yannick ließ sich mitziehen, nahm die Gesichter von zwei Grenzwächtern wahr, die verdutzt und unbeteiligt dem wegströmenden Volk nachsahen, dem sie dienten. Sie nannten es fluten. Leute fielen sich in die Arme. Wahnsinn. Ja, Wahnsinn. Eine Menschenkette tanzte auf der Mauer, auch schon vor dem Brandenburger Tor, wie Yannick sah, als er zügigen Schrittes dort ankam. Menschen auf der Mauer reichten denen die Hände, die heraufsteigen wollten. Das Bild steht auf dem Kopf, dachte Yannick, oder vielleicht steht es jetzt erst richtig. Nach dem Mauerfall blieb er auf der Westseite, ging jeden Tag an die Mauer, sah zu, wie Kinder, Soldaten, Zivilisten sie mit Bohrern, Hämmern und Kränen abbauten, abrissen und niedermachten. Die Stücke fielen wie Spielzeugsteine. Er unternahm alles, um Leni in Westberlin aufzuspüren, wollte mit Fleisch und Seele erleben, daß es zu spät war. Was er sah, konnte er nicht glauben. Leni war wirklich mit Johann zusammen, und im Winter wurde sie schwanger. Ihr erstes Kind, das in Wirklichkeit das zweite war, sollte Hans heißen. Yannick mischte sich in ihr Leben. Je größer Lenis Bauch wurde, desto weniger konnte sie ihn abschütteln. Einmal stand Yannick mit einem Strauß roter Rosen vor Lenis Tür, als Johann von der Arbeit nach Hause kam. Er war Bibliothekar. Yannick erinnerte Leni mit ungeschickten Zeichen daran, daß er hier war. Hans war von Anfang an ein Problemkind. Johann, der Vater von Hans, spielte nur die Rolle eines Ersatzes, der Leni half, sich vom schrecklichen Trauma zu erholen, ihre erste Liebe bei der Eliminierung deren Frucht verloren zu haben. Der Stolz rüttelte Yannick wach. Er unternahm alles menschenmögliche, um Leni zu beweisen, daß er sie mehr liebte als Johann.

Yannicks Verlassen des Landes, das einst DDR hieß und jetzt wie ein müder Motor zu funktionieren aufhörte, war nur durch sie bedingt, durch ihre Abwesenheit, ihre Abtreibung und ihre Flucht. Yannick wollte erreichen, daß Leni sich von Johann trennte, zu ihm zurückkehrte und mit ihm lebte. Leni war über seine Anträge entzückt. Wie sehr hätte sie sich früher gewünscht, daß er sie machte. Freude erfüllte sie, daß sie über seine Gefühle gesiegt und ihm verständlich gemacht hatte, durch welche Hölle sie gegangen war. Sie nahm eine gewisse Anzahl der Zeichen, die nur ihr galten, an. Die Blumen, die Einladungen in feine Speiselokale, wo er all sein Geld ausgab, das er mühevoll mit einem schlecht bezahlten Postdoktorandenposten an der Freien Universität Berlin verdiente und zusammensparte. Er mietete nur ein kleines Zimmer, verzichtete jahrelang darauf, in einer Wohnung zu leben, begnügte sich, sich im KaDeWe an Lebensmitteln aus aller Welt satt zu sehen und billige Malzeiten zu sich zu nehmen, die er auf der Straße kaufte. Sein Leben hatte sich zu einem winzigen Kreis zusammengezogen. Er drehte sich geduldig und nachsichtig um einen Punkt gleich einem Pferd an der Longe. Mit der Zeit erweichte er Lenis Widerstand, und es war für ihn ein Sieg, als sie sich nicht mehr weigerte, ihm in sein erbärmliches Zimmer zu folgen und ihn so wie früher zu lieben.

Nichtsdestotrotz waren die Nachwirkungen dieser Handlung gewalttätiger, als sie es sich vorgestellt hatten. Schnell mußte Leni sich zwischen den beiden Männern entscheiden, mit denen sie das Bett teilte. Der Vater von Hans wich taktvoll zur Seite. Er war niedergeschlagen, daß sie ihn mit dem Mann betrog, vor dem sie sich gerettet und über den sie sich so oft beklagt hatte. Im Laufe der Tage zersetzte Johann sich allmählich, während Leni sich zu einer Entscheidung durchrang und die Wahl mehr und mehr auf Yannick fiel. Johann hätte sogar akzeptiert, daß sie mit beiden Männern schlief, obwohl es weder seine Art noch sein Geschmack war. Er hätte die für ihn unerträgliche Lage ihretwillen angenommen, um einen Teil von ihr bewahren zu können. Das Warten unter dem Damoklesschwert zerstörte seine Hoffnung und sein Vertrauen noch mehr, das er sowohl in die Menschen als auch in die Welt gesetzt hatte. Das Leben werde ihm die angemessene Ernte, die er erwarten durfte, schon bescheren. Von einem Augenblick auf den anderen hatte Leni ihn jedoch fallengelassen, genauso wie sie ihn damals gefunden hatte. Es war an einem Tag, als er sich sagte, daß er noch Aussicht darauf hatte, sie vielleicht zurückzugewinnen, wenn er sich nur aufopferte, ohne zu rechnen. Leni nahm ihr gemeinsames Kind Hans, zog mit Yannick zusammen, den sie verlassen und verachtet hatte und mit dem sie sich nun wieder versöhnte. In Johanns Ohren klang es nach so vielen Anfeindungen und Schmähungen gegen Yannick seltsam, als sie ihm jetzt sagte, sie liebe Yannick. Sogleich hatte Yannick sich mit Arbeit überladen, sagte er in Ellas Küche, um seine Angst auszulöschen, sie möglicherweise durch ein Mißgeschick wieder zu verlieren. Er versuchte, die Ergebnisse seiner Doktorarbeit weiterzuinterpretieren, und verfaßte mehrere Artikel über seine bisherigen Forschungsergebnisse. Manchmal sagte er Leni, er würde den Schmerz, den eine Trennung von ihr in seinem Körper hervorrief, nicht überleben. Das Blut würde durch die Risse hinausfließen und er an den Folgen sterben, dessen war er sich sicher. Er arbeitete ehrgeizig. Im geheimen hegte er die Idee, ein neues Antibiotikum zu entwickeln, sagte aber niemandem etwas. Zwei Stunden pro Woche unterrichtete er an der Freien Universität Berlin. Es gelang ihm auf die Weise, zu zwei Kongressen im Ausland eingeladen zu werden. Er reiste nach Paris, dann nach London, ohne jedoch dabei Vergnügen zu empfinden, jetzt bezahlte Reisen genießen zu können und Erfolg zu haben, von dem er vor fünf Jahren noch geträumt hatte. Die Anerkennung wurde von der einzigen Eroberung in den Schatten gestellt, die ihm alle seine Mühen wert waren, seine Leni. Die Aufgaben häuften sich, ebenfalls die Verantwortung. Nach wenigen Jahren hatte er sich den Ruhm eines jungen Wissenschaftlers zusammengeschmiedet, einige Artikel in nationalen Zeitschriften veröffentlicht, von denen einer durch die internationale Presse aufgeschnappt worden war. Seine Forschungsergebnisse überschritten auf einmal die Landesgrenze. Spürbare Nachwirkungen gefährdeten seine hart und schwer erkämpfte Idylle. Auf dem Kongreß in London wurde ihm eine Juniorprofessorenstelle angeboten, die auf drei Jahre begrenzt war. Er nahm die Arbeit in Düsseldorf an, lebte die Woche über dort. Nach zwei Jahren folgte ihm Leni. Der funkelnde Ruhm hatte sie gezähmt, und sie war damit einverstanden, ihn zu heiraten. Yannick hätte gerne Kinder mit ihr haben wollen. Sie verweigerte ihm diesen Wunsch aus Angst, dieselbe Hölle wie mit Hans noch einmal durchleiden zu müssen, der jetzt mehrheitlich bei seinem Vater lebte. Sicherlich hatte sie sich das Kind gewünscht, aber ihr gefiel die Mutterrolle nicht. So beantwortete sie in regelmäßigen Abständen seine Frage, die er mit der gleichen Geduld immer erneuerte. Später, als sie wiederum schwanger war, hatte sie ihm erwidert, es sei für sie ausgeschlossen, das Kind auszutragen. Sie schuf sich ihren Platz, indem sie sich weigerte, mit ihm Kinder zu haben. Das Glück, das sie mit ihrem Mann zu teilen schien, kehrte sie nach außen, lebte es aus, wenn sie in Gesellschaft waren. Je mehr Anerkennung Yannick fand, desto mehr gefiel es ihr, die hingebungsvolle Gefährtin zu spielen, die ihm immer beistand. Ihr einziges Ziel war der Erfolg ihres Mannes, bis sie eines Tages, ohne Ankündigung und ohne Vorzeichen, schwer krank wurde. Ein Lymphkrebs nagelte sie ans Bett und verunstaltete ihren schönen Körper. Die Therapien verheerten ihre Haut, ihre Haare fielen aus, und die Lebenskraft entwich aus ihr, als wäre sie eine zerbrochene Blumenvase. Sie kapitulierte, und ihr Mann, der sich ihres Kampfes nicht bewußt geworden war, verlängerte seine Stelle um drei Jahre. Im Sommer reiste er begeistert zu den Bühnen unzähliger Kongresse, als wäre er blind geworden. Er wollte leben, alles in sich einsaugen und war unfähig, die Anlässe an sich vorüberziehen zu lassen, die von nun an sein Leben bestimmten. In Colorado lernte er nachmittags Ski fahren, während Leni sich in Düsseldorf zu den vorgeschriebenen Therapien schleppte, die nichts zu nützen schienen. Ich hätte sie pflegen sollen, ich hätte die Reisen einstellen sollen, ich hätte sie lieben sollen, doch ich konnte nicht, sagte er in Ellas Küche. Ich war ihr böse. Ihre Weigerung, Kinder zu bekommen, verstand ich nicht. Dies war mein innigster Wunsch. Er wußte genausogut wie Ella, daß er log. Seine Stimme klang hohl und hallte wie das Echo einer Glocke in ihren erregten Köpfen, das zum Mitleid aufrief.

Hier in Helsinki, Jahre entfernt von der damaligen Situation, begegnet Ella Yannicks wahrer Natur in einer ähnlichen winzigen Einzelheit wie vor acht Jahren. In ihrer Wiener Küche hatte sie ihn unweigerlich als eine Person wahrgenommen, kennengelernt und beurteilt, die bereit wäre, Frau und Kinder für eine gesellschaftliche Opportunität und den persönlichen Erfolg zu verraten. Ella ist nun versucht, seine berechnenden Seiten messerscharf zu sehen, um vielleicht heute oder morgen eine Entscheidung gegen ihn und gegen das Leben mit ihm zu treffen. Dieses nährt sich je länger je mehr demjenigen seiner Exfrau an. Die von Yannick ausgehende Kraft bedingt ihren Alltag. Seine erste Frau hatte Ella am Anfang der Geschichte mit ihrem Mann wertvolle Informationen weitergegeben. Sie waren mit dem rächerischen Charme getränkt, der sie nach den Jahren ihrer Krankheit begleitete, als sie wieder an der Oberfläche der Lebenden auftauchte. Zwar war sie von Yannick materiell unterstützt worden, aber er hatte sie mit ihren Gefühlen allein gelassen. Zuerst hatte Ella Lenis Angaben nicht ernst genommen, stempelte sie als die einer Verrückten ab. Leni hatte die Angewohnheit angenommen, sich gestylt zu kleiden und sich auf übertriebene Weise zu schminken. Ihre Züge waren schreiend hervorgehoben, die Lippen blutrot, ihr Gesicht gepudert und gleichmäßig geglättet wie eben gefallener Schnee, um ihre richtige Haut zu verbergen. Auch ihre Hände waren bei Anlässen in Gesellschaft jederzeit mit feinsten Häkelstoffen oder hauchdünner Seide bedeckt. Sie gab beträchtliche Summen für ihre auffällige avantgardistische Kleidung aus. Diese diente dem einzigen Ziel, alle Blicke auf sich zu ziehen und sich gleichzeitig vor ihnen zu schützen, um eine mögliche Annäherung zu vermeiden, die zu riskant war. Erst im Laufe der Zeit hat Ella den vielschichtigen Sinn von Lenis einfachen Worten zu verstehen geglaubt. Mit theatralischem Auftritt hatte Leni Ella den Brief bei einer Preisverleihung überreicht, die Yannicks Schaffen zugedacht war. Leni hatte sich eingeschleust, um die Frau zu sehen, die von nun an ihren Platz der leidgeprüften Gefallenen neu besetzen sollte. Sie machte sich über Ellas jugendlichen Mut lustig, sich an eine Person binden zu wollen, die einzig und allein auf sich orientiert war. Jetzt, nach sieben Jahren Ehe, bestätigt Ella dies mit Widerwillen. Ihr rundlicher, um nicht zu sagen dicklicher Mann hatte sich wahrhaftig als eine Person entpuppt, die über andere Leute hinwegging. Er ist sich dessen nicht bewußt, bemerkt es nicht, tut es ohne Bösartigkeit, ja mit einem Kinderlächeln in den Mundwinkeln. Yannick macht, was er will, hatte Leni ihr bei der Preisverleihung vor acht Jahren gesagt. Ja, das ist richtig, er macht, was er will, und er wird es immer tun.

»Wie entwickelt sich Ihr Programm für die Lesungen?« fragt Yannicks Assistent sie in diesem Augenblick.

Ella ist so urplötzlich aus ihren ernsthaften Gedanken gerissen, daß sie sich nach links dreht und über den Rücken ihres Mannes und der Frau des Freundes hinweg sagt:

»Sehr gut. Ich habe einige interessante Autoren kennengelernt. Ich denke, für nächstes Jahr wird es mir gelingen, ein spannendes Programm zusammenzustellen.«

»Ah, das klingt sehr interessant«, sagt der Assistent, lächelt ihr warm zu, was ihr Mann sofort bemerkt.

Sein Körper ballt sich zusammen und versteift sich, damit Ella und der Assistent bemerken, daß ihr belebtes Gespräch hinter seinem Rücken ihn verletzt.

»Wie ist die Darstellung Ihrer Studie gelaufen?« fragt Ella.

Yannick hat so getan, als führe er die angeregte Diskussion mit dem ihm gegenübersitzenden Nachbarn weiter. Jetzt lehnt er sich nach hinten, drängt ihnen die Masse seines Körpers auf, quetscht sie in die Lücke zwischen seiner Frau und seiner Tischnachbarin und mischt sich in ihr Gespräch ein.

»Sehr gut ist es gelaufen«, antwortet er in leicht aggressivem Tonfall anstelle des Assistenten. Dieser befindet sich ungewollt im Hintergrund der Diskussion und signalisiert hinter Yannicks Rücken mit einer Grimasse zu dessen Frau seine Meinungsverschiedenheit bezüglich Yannicks Verhalten.

»Liebste, bald wird er an meiner Stelle arbeiten, und ich

werde mit dir in die Ferien fahren können«, sagt Yannick und lacht dabei schallend los.

Ella bleibt mit ihren großen grünen Augen in die des Assistenten getaucht, gibt ihm stumm recht und ignoriert Yannicks Blick auf sie sowie dessen Bemerkung vollständig. Der Assistent lächelt forciert. Sie reagiert nicht, lächelt nicht, schwenkt ihren Blick langsam und schweigend auf ihren Mann, der sich darüber belustigt, was er gerade gesagt hat. Hiermit ist das Gespräch zwischen dem Assistenten und Ella vorerst beendet. Ohne gegen das Defensivmanöver ihres Mannes anzukämpfen, richtet sie sich wieder vor ihrem Teller auf. Ja, denkt Ella, manchmal ist er wie eine Dampfwalze, die über mich hinwegrollt, mich zerquetscht, mich erstickt und mein Leben in einem Sekundenbruchteil zerstört. Ich kann mich nur damit begnügen, Tausende Glasscherben zusammenzukleben. Er drückt alles langsam platt, ja, seine erste Frau hatte trotz allem recht behalten. Jetzt muß ich handeln, denkt sie. Dieses Mal wäre es besser, das Erdulden und das Warten auf etwas, das nie kommt, endgültig zu beenden. Nichts wird sich je ändern, dazu ist es zu spät. Es ist unmöglich, daß er sich verändert. Er ist nicht einmal fähig, zu sehen, was ich sehe, er hört es nicht einmal, kann es nicht hören, wie könnte er auch. Sein Leben würde in sich zusammenbrechen, wenn er sich seine zerstörerische Kraft und seine wandelnde Selbstsucht eingestehen müßte.

Champagner wird ausgeschenkt. Ella stimmt mit einem Kopfnicken zu, ihr Glas könne aufgefüllt werden, währenddessen Yannick seines anhebt, wartet, bis sie bedient worden ist, sich ihr dann zuwendet, um mit ihr anzustoßen. Er sagt Cheers, sie sagt Auf dein Wohl. Sie lächelt und spürt, daß ihr Lächeln augenblicklich in den Mundwinkeln steif wird. Die Gefühlsleere und die Starre haben sich ihrer wieder bemächtigt. Sie verfügt über keine Waffe, um sie zu bekämpfen. Sie trinkt, fühlt die Wirkung der Bläschen, die sich in ihrem Körper verteilen, während der Hauptgang aufgetragen wird. Roher Wildlachs ist mit wenig Cognac bespritzt, dann mit feingehacktem Dill bedeckt in einer Salz- und Zuckermischung einige Tage lang gebeizt worden. Die Lachsscheiben sind auf in Rondellen geschnittene und goldbraun geröstete Kartoffeln gebettet. Ein frisches Kräuterbouquet schmückt den Teller und duftet blumig. Ella drückt einen Zitronenschnitz über dem Gericht aus, nimmt sich einige Kapern und Zwiebelringe, zerteilt die Kartoffeln und ißt langsam. Obschon sie während der letzten vierundzwanzig Stunden kaum etwas zu sich genommen hat, hat sie keinen Appetit. Das Erlebnis mit Luis hat sie so sehr zum Erbeben gebracht, daß ihre Nerven noch immer irritiert und aufgeschürft sind. Ihr Körper nährt sich von der Luft der Nacht. Sie erinnert sich an Luis' sanfte, feingliedrige Hände auf ihrer Haut. Ihr fieberhafter Geist gleitet auf den Wogen dieser einsamen Freuden dahin. Die schrille Stimme ihres Mannes tönt in ihren Ohren. Sein unmäßiges Glücksgefühl verrät eine unausgesprochene Angst und bejaht eine Gefahr, die Ella in sich birgt. Noch kann er sie nicht sehen, ahnt sie aber schon. Manchmal sagt sie sich, daß er nichts fühlt, daß er überhaupt nichts fühlt. Solange er sich in der Bekräftigung seiner Bedürfnisse und seiner Interessen befindet, ist alles gut. Wenn sie sich entscheidet, nichts zu sagen, kann sie ihre Zweifel für sich behalten. Doch sie wird dann wahrscheinlich wie seine erste Frau enden. Krank, von innen her zerfressen, eine lebendige Tote, die in einem Leben begraben wird, das nicht mehr das ihre ist. Dinge schlucken, ja, das ist eine Möglichkeit. Sie besteht immer, aber schlucken heißt auch im Zaum halten, beschränken, aufbewahren, im Schatten hochziehen. Der Schatten ist günstig. Im Dunkeln keimen gleichzeitig Pflanzen, die sie nicht sogleich sieht und die ihr früher oder später zum Verhängnis werden. Sie entschließt sich, doch mit ihm zu sprechen, und überlegt, wie sie ihre Angstattacken überwinden kann. Diese kehren wieder, tauchen hauptsächlich auf, wenn sie das Eis brechen und aussprechen will, was sie spürt und vorhat zu tun. Yannick ist in bester Laune, fühlt sich durch die Anwesenheit seiner Frau leicht, eingefaßt und aufgerichtet, als verteidige ihn eine ganze Armee. Sie ist die einzige Person, der er neben seiner Mutter und seinem Bruder vertraut. Niemand hat ihm je so nahegestanden und ihm die Kraft vermittelt, einen beständigen und festen Grund unter seinen Füßen zu haben. Dafür ist er ihr dankbar, auch wenn er ihre Begeisterung nicht mag, die sie manchmal überschwenglich für wildfremde Leute entwikkelt. Dann schwappt Panik in ihm hoch, Ella zu verlieren.

Yannick stört die Kontakte, die seine Frau mit anderen pflegt, obwohl er ahnt, daß er ihre Rachgier entflammen könnte. Er weiß, daß er zu weit geht, kann es jedoch nicht unterlassen. Seinem Assistenten vertraut er nicht, glaubt, dieser sei korrupt und nur darauf aus, eine vorteilhafte Stelle an sich zu reißen. Über diesen Umstand hinaus ist sich Yannick nicht bewußt, wieviel Arbeit diese Person schon für ihn geleistet hat, für niemand anderen als für ihn. Er ist beeinflußbar und nicht beständig, sagt Yannick zu Ella. Yannick erträgt das Interesse nicht, das die beiden füreinander haben, und bekämpft es. Sie denkt, er reagiert wie ein gieriges, böses, egoistisches Kind, will niemand anderen vor sich sehen. Einem Kind würde sie die Haltung verzeihen, sie würde ihm alles verzeihen, aber einem Erwachsenen?

Seine Mutter Pauline ist die einzige Person, die es unbestreitbar und unveränderlich immer an der Seite ihres Mannes aushält. Ihre enge Beziehung macht beide Dritten gegenüber aggressiv und erhält ihre gegenseitige Abhängigkeit aufrecht. Ella kannte nur ihre Familie, die ihre Kinder jung in das soziale Leben hinauskatapultierte. Sie sollte sich allein zurechtfinden. Ihre Eltern waren mit sich beschäftigt und hatten es versäumt, Ella eine Erziehung mitzugeben, in der ein inniges Verhältnis gepflegt wurde. Die Haltung ihrer Schwiegermutter beängstigt Ella. Sie kommt ihr eigennützig vor. Yannick beklagt sich immer über die Handlungen seiner Mutter. Gleichzeitig kann er ihre Anwesenheit nicht entbehren. Er sieht sie hin und wieder. Weniger, seit

sie verheiratet sind. Regelmäßig unterzieht er sich ihren Prü‑
fungen. Wenn er sie besucht, kocht Pauline für ihn oder für
sie beide, falls Ella ihn bei seltenen Gelegenheiten beglei‑
tet, um die Familienbande nicht zu zerschneiden. Ella hat
immer den Eindruck, daß er ein Jugendlicher ist, der seine
Dummheiten und das späte Zubettgehen nach Zechereien
rechtfertigt. Es lastet schwer auf ihr, diese Haltung bei Yan‑
nick zu beobachten, so wie der Umstand, daß Pauline einen
Schlüssel zu ihrem Haus besitzt. Ella hat es ihm schon meh‑
rere Male gesagt. Aber er hört nicht hin und erwidert ihr,
für ihn sei es durchaus normal. Er habe nur Angst um Ella,
wenn ihr jemals etwas zustoßen sollte, ohne daß jemand
zu ihr gelangen und ihr helfen könne. Eben, hat sie geant‑
wortet, also werde ich zu Hause sein, und deine Mutter
braucht keinen Schlüssel. Und wenn du hinfallen würdest,
allein im Haus eingeschlossen wärest und niemand deinen
Unfall bemerken würde, wenn nicht unter glücklichen Um‑
ständen meine Mutter vorbeikäme, die dich telefonisch nicht
erreichen könnte, obschon sie wüßte, daß du zu Hause bist?
Daraufhin hatte er seiner Mutter gegen Ellas Willen den
Hausschlüssel ausgehändigt. Obwohl sie wochenlang auf
ihn wütend gewesen war, ist er nicht mehr auf seine Ent‑
scheidung zurückgekommen. Manchmal, wenn sie gemein‑
sam auf Reisen sind, gießt Yannicks Mutter die Pflanzen
in ihrem Haus. Pauline kann es nicht unterlassen, gewisse
Gegenstände einige Zentimeter zu verrücken. Sie legt Yan‑
nicks saubere Wäsche in den Schrank, verändert dessen
Ordnung, putzt ihn vollkommen heraus. In ihrem Haushalt

tut sie ihre unsichtbare Anwesenheit kund. Da sie dort keinen Platz hat, muß sie sich einen schaffen. Ella sieht diese Spuren, wenn sie zurückkommen. Sie ist über das Eindringen einer fremden Person in ihre Privatsphäre beschämt. Yannick ignoriert es sowie die Aufräumarbeiten seiner Mutter, aus Gewohnheit oder aus Gleichgültigkeit, vielleicht um Kleinigkeiten nicht mehr Gewicht als notwendig beizumessen. Sieht Yannick seine Mutter und diese fragt ihn, ob er die gebügelten Hemden, diese oder jene Veränderung bemerkt habe, dann antwortet er immer, ja, sicher, Mutter, danke. Ella findet seine Haltung von einem verblüffenden Desinteresse. Hält sie es ihm vor, erwidert er, seine Mutter brauche ihn und es koste ihn nicht viel Aufwand, damit sie sich nützlich und geliebt fühle. Sein Wegbleiben im Westen, wie Pauline immer noch sagt, obwohl die Mauer nur noch das Symbol der früheren Trennung war, und sein wochenlanges Schweigen, ohne sie zu benachrichtigen, wo er war und was er machte, nährten bei ihr die schlimmsten Befürchtungen. Nach ihrem Wiederfinden war die gewählte Entfernung von einer Sekunde auf die andere zusammengeschrumpft. Als müsse sie ihm seine Unabhängigkeitstat und seine jugendliche Befreiung verzeihen, gestattete er ihr seitdem, an seiner Haut zu kleben, um sich nicht vorwerfen zu müssen, einen Zusammenbruch seiner Mutter ausgelöst zu haben. Ella hat ihn schon mehrere Male gefragt, ob er auch an die Folgen denke, die das Eindringen in die innerste Privatsphäre für sie habe, wie unangenehm es ihr sei, wie sehr es sie störe. Yannick lacht dann nur, schließt sie in seine

Arme. Ach Liebste, sei nicht so hart mit meiner Mutter, sie ist ganz allein. Ella erwidert schnell, ja, ganz allein, weil sie mit allen Leuten schrecklich unkultiviert und kleinbürgerlich ist. Sie harrt in ihrem verschlossenen Geist aus. Weit über Sechzig und in guter körperlicher Verfassung, terrorisiert sie jüngere Personen, die sich an ihren Rhythmus, an ihre Überzeugungen anpassen sollen. Ich würde gerne denjenigen sehen, der sie erträgt. Pauline hat keine Freundin. Ella ist sich sicher, daß sie schlecht über sie spricht, wenn sie nicht anwesend ist, sie weiß es. Yannick tut immer so, als sei dies nicht wahr. Er wirft nur ein, seine Frau sei manchmal zu unabhängig.

Ella hebt den Kopf, sieht, wie ihr Mann sich noch einmal Fisch auftragen läßt und die Hände aneinanderreibt. Er fängt ihren Blick sofort auf.

»Dieser Fisch ist so köstlich, ich kann nicht widerstehen«, sagt er, entschuldigt sich beinahe, leert mit einem Schluck sein Weißweinglas und streicht über seinen Bauch.

Seine Frau sieht, wie die Wirkung des Alkohols sich auf seinem Gesicht abzeichnet. Seine Augen starren die Leute oder die Dinge zu lange an. Sein Mund wird schwerfällig, die Zunge drückt bleiern, die lauten Worte haben etwas von verzerrten Blasen. Wie gewöhnlich wird er klebrig und beinahe traurig, wenn er zuviel trinkt. Sein Leben als berühmter Wissenschaftler löst sich in seinen alkoholgetränkten Venen auf und tanzt auf dem unbeständigen Parkett seiner Gefühle. Sie denkt an Luis, den jungen Mann mit dem hoch aufgeschossenen schlanken Körper und dem geraden Blick. Seine Augen leuchten unerfaßbaren Edelsteinen gleich in einem immer anderen Schwarz, verwahren sorgfältig, was er an Wertvollstem im Inneren birgt. Sie würde ihn gerne wiedersehen, will wissen, was er tut. Auf ihn wartet sie. Dies ist die einzige Beschäftigung, seit sie ihn kennengelernt hat, sie wartet. Wenn er anruft und sie fragt, wie es ihr geht, wird sie ihm so antworten, ich warte auf dich, seit ich dich gesehen habe, seit ich dich getroffen habe, warte ich nur noch auf dich. Jetzt oder jederzeit könnte sie sich vom Tisch erheben und weggehen. Ihr Mann würde ihre Müdigkeit verstehen. Er würde zweifelsohne mit seinen Kollegen bis in die Nacht hinein weiterzechen, die Welt neu erschaffen, in einem der bequemen Sessel sitzen und entspannt eine Zigarre bester Qualität rauchen. Etwas hält sie zurück. Ella steht nicht auf. Vielleicht bleibt sie, um das Geheimnis nur für sich zu behalten, in ihr, um ihn nicht zu verraten, ihn, den sie liebt, ohne zu wissen, welche Bedeutung eine Liebe für sie hätte. Sie wüßte nicht, wo anrufen, oder wenn sie anriefe, wüßte sie nicht, was sagen. Ella hätte keinen Mut, ihm zu sagen, ich warte, komm, ich warte auf dich. Den Umstand, zur Verfügung zu stehen, würde er mit Sicherheit falsch interpretieren. Sie muß es laut vor sich hersagen, es ist unsinnig, so mit einem Unbekannten zu sprechen, ganz und gar unsinnig. Alles wäre zu sagen, absolut alles, sie fühlt es glasklar, hier und jetzt. Ihr Leben ist eine immerwährende Wiederholung, die ihr Angst macht. Am liebsten würde sie fliehen oder eine andere Beziehung eingehen, eine, die nicht auf Angst, sondern auf Vertrauen gebaut ist. Sie zögert. Ella hat so etwas noch nie gemacht. Sie weiß vor allem nicht, ob der junge Mann wie sie denkt und fühlt. Luis hat nichts gesagt. Nichts hat stattgefunden außer seine Hand in der ihren. Ihre Blicke waren in die Ferne des dunklen Wassers gerichtet, ihre Münder haben sich in Schweigen gehüllt und in einem Kuß gefunden. Sie wäre gerne weiter gegangen. Ihre Hand hätte leicht den Stoff des weißen Hemdes zurückschieben können, das er an diesem Tag trug. Ella hat es nicht gemacht. Sie hätte seine Haut streifen und mit ihren Fingern die Dichte des epidermischen Gewebes aufspüren können, auf einmal mit augenblicklichem Glück auf seine Taille fallen, sich in der Hüftbeugung auf dem Rücken ausruhen und sanft nach unten gleiten, wo die Rundung des Gesäßes wie eine Welle ansteigt, die dem Zentrum des Körpers erwächst. Dann wäre sie der organisch geschwungenen Linie gefolgt, schließlich beim Beinansatz angelangt und hätte die Hand von da auf gleich bleibender Höhe nach vorne gezogen, wäre um das Bein geglitten, hätte sie zwischen die Beinen treiben und sie auf sein erwachendes Geschlecht legen können. Wahrscheinlich haben beide etwas vom anderen erwartet, und das gegenseitige Warten hat jede Handlung, jeden Schritt, jede Bewegung erstarren lassen. Sie bedauert es. Jetzt kreist ihr Gehirn ohne Unterlaß um das immergleiche Ereignis, versucht eifrig, die Wahrscheinlichkeiten der möglichen Reaktionen zu kennen, zwischen denen sie hätte wählen können. Was wäre geschehen, wenn sie die Bewegung ausgeführt und den Mut gehabt hätte, sie zu Ende zu bringen? Schnelle Bilder defilieren vor der Leinwand ihres Hirns, verzerren ihre Vision der Gegenwart, überlagern sich. Die Lichtblitze werden unscharf, und die Nachbildung verwischt sich. Sie fühlt sich weder in der Gegenwart noch in der nahen Vergangenheit wohl, ist von frenetischen Kreisgängen aus ihrem eigenen Hirn katapultiert und der Zentrifugalkraft unterworfen. Ellas Selbstbekräftigung wäre schon in der Handbewegung enthalten, wenn sie vor dem anderen Mann steht und der augenblicklichen Lust folgt, ihn zu berühren, die Bewegung auszukosten und nach den Folgen zu handeln. Sie würde ihr Leben umkrempeln, ihre Möbel in einen anderen Raum stellen, sie neu anordnen, damit sie sie sich wieder aneignen kann. Yannick ignoriert ihre Ängste, sie werden nicht angesprochen. Sie muß ihr Gesicht wahren, das Gesicht, die Maske, um den wahren Grund nicht zu enthüllen, der sie zersetzt, der sie erzittern läßt, sie auslöscht. Nein, die Gesellschaft würde es ihr nicht verzeihen. Gerne hätte sie Kinder mit Yannick haben wollen, eine Familie gründen, ein normales, gesundes Leben führen. Ella ist zum Schluß gekommen, je mehr sie versuchte, die in ihr keimende Angst zu umgehen, desto mehr ist diese in der Finsternis angewachsen und hat die Situationen ausgelöst, die sie um jeden Preis vermeiden wollte.

Der Kaffee wird gebracht. Ella nimmt keinen, sie weiß, daß sie danach nicht einschlafen kann. Statt dessen beobachtet sie die Leute, überlegt, wie sie sich davonmachen kann, ohne daß ihr Mann sich gezwungen fühlt, sie zu begleiten. Sie gibt vor, sich nicht wohl zu fühlen, und flüstert ihm leise zu, sie gehe sich ausruhen, sie lege sich schlafen. In ein Gespräch vertieft, winkt er ihr flüchtig zu, es sei in Ordnung, er werde nicht allzu spät nachkommen. Sie erwidert, es sei kein Problem, sie sei erschöpft. Kurzerhand steht sie auf, um zu verhindern, daß sie durch eine zusätzliche Frage zurückgehalten würde, sagt dem Assistenten auf Wiedersehen, eine distanzierte Bewegung auf ihn zu, um das Andauern der vertrauten Annäherung soweit als möglich zu verkürzen. Drei Küsse auf dessen Wangen, die sie kaum berührt, die rechte, die linke, die rechte. Ihre Hände sind weit vom Körper entfernt, um zu vermeiden, daß er eine oder beide ergreift. Er reagiert bekümmert auf ihr vorzeitiges Weggehen und bleibt eine Weile stehen, beobachtet, wie sie sich von Yannicks anderen Arbeitskollegen verabschiedet, die sie aus Gewohnheit beinahe ihre Freunde nennen. Als wäre ihr Gang auf mechanischen Kugellagern in Schwung gebracht worden, durchquert sie den Saal, geht auf die große Türe zu und tritt ins Freie. Als sie unter dem offenen, mit Luft getränkten Himmel ankommt, beobachtet sie aufmerksam ihre Umgebung. Sie spürt, sie kommt zu sich zurück. In der Anwesenheit ihres Mannes ist sie wie von sich selbst abgetrennt. Ella versucht die ganze Zeit nur zu verstehen, was geschieht oder, um genauer zu sein, was zwischen ihnen nicht geschieht. Der Ehemann bleibt sitzen, verjagt eifersüchtige Gedanken, beobachtet seinen Mitarbeiter, um zu erwägen, ob dieser nach kurzer Zeit ebenfalls einen Abgang vortäuscht, was seinen Verdacht bestätigen würde. Seine Frau und sein Assistent leben die gegenseitig empfundene Zuneigung außerhalb seines Blickfeldes vielleicht aus.

Yannicks Lippen plaudern weiter, seine Kehle lacht, sein Körper verschlingt jetzt freimütig die aufgetragene Nachspeise. Es gibt keinen Anlaß mehr, um seine Gelüste vor den scheinwerferartigen Blicken seiner Frau zu verhehlen. Er stopft sich mit Süßigkeit voll und tötet die Unsicherheit ab, die sich seiner bemächtigt. Traurigkeit steigt in ihm hoch. Er bleibt allein zurück, wo Ella doch hier ist, im Hotel auf der anderen Seite des Parks, aber so weit von ihm entfernt, als wäre der Park mit Wasser angefüllt und als würde das Kongreßgebäude auf dessen Ozean weggetragen. Mit dem zwischen ihnen hängenden Schweigen ist er erstaunt, daß sie während ihren kurzen Begegnungen jeweils zusammenfinden. Wie haben sie es bis jetzt gemacht? Yannick weiß es nicht, und er hat den Eindruck, daß sie immer voneinander abgeschnitten gewesen sind. Sie leben in verschiedenen Käfigen, deren Gitter sich zwar berühren, aber in denen keine Tür eingebaut ist, um durch die eine hinaustreten und durch die andere eintreten zu können. Er sagt sich, sie leben in Parallelwelten, nehmen sich an, sehen sich, ohne sich zu sehen. Sie sprechen miteinander, ohne daß ein wahrer Austausch möglich wäre. Der andere bleibt der Spiegel seiner selbst, eine leere kalte Fläche, die ein unfruchtbarer Boden für die Liebe ist. Die Spitzen des Eisberges, auf denen jeder von ihnen treibt, entfernen sich unmerklich voneinander, und ihre Begegnung verwandelt sich in Wahrheit in eine sich langsam vollziehende Trennung.

Am Anfang ihrer Geschichte hatte er sich gesagt, die Liebe komme noch. Eines Tages wird Ella ihn lieben und mehr als nur Zärtlichkeit für ihn empfinden. Er war damals hoffnungslos von der Beziehung mit seiner ersten Frau Leni geschädigt. Heimlich hatte er gedacht, es würde ihm gelingen, seine zweite Frau davon zu überzeugen, seinen Traum zu verwirklichen. Dies war einer der Gründe, warum er sie ausgewählt hatte. Ella schien ihm offen und verfügbar zu sein, ohne zu viele persönliche Forderungen zu haben. Auf dem gemeinsamen Weg wurde ihm klar, daß sie sich verriet, obwohl sie anscheinend in die gleiche Richtung weiterging wie er, und nur in diese, er überwachte sie tyrannisch. Gegen seinen Willen stellte er fest, denn es fiel ihm schwer, eine solche Wahrheit anzunehmen, daß sie ihre Persönlichkeit beschnitt, ihre Intimsphäre aufgab und dabei ihre Freiheit verlor, die ihr eines Tages mehr wert gewesen war als alles andere. Schweigend ertrug sie sein Herrschen, ohne ihm jedoch alle Rechte zuzugestehen.

Ella dachte, augenblickliche Liebe sei nicht möglich, bevor sie auf Luis gestoßen war, ohne auf ihn gewartet zu haben. Sie hatte aufgehört, darauf zu hoffen, einen anderen Mann zu treffen, für den sie fähig wäre, sogleich starke Gefühle zu empfinden. Nach einer enttäuschenden Geschichte sind ihre Zukunftsträume eines Tages wie Blasen in der Luft zerplatzt.

Ella lebte in Genf, als sie Michel eines Tages bei einem Spaziergang im Plainpalais kennenlernte. Er hatte sie nach der Zeit gefragt, er war in Eile. Seine gleichmäßigen Züge glänzten vom Schweiß, oder vielleicht kam dieser Glanz von einer zu fettigen Hautcreme, die er vor dem Hinausgehen aufgetragen hatte. Es war an einem Sommermorgen im Juli. Er kam eilig angerannt, fragte sie nach der Zeit, rannte, ohne sich zu bedanken, in die entgegengesetzte Richtung davon.

Ella geht in Helsinki durch die gepflegte Parkanlage in Richtung Hotel. Die Bäume duften in der nächtlichen Kühle nach Grün, und sie erinnert sich, sie fand Michel unhöflich. Dann hatte sie sich gesagt, er müsse ein schlimmes oder dringendes Problem zu lösen haben. Sie hatte sich auf eine Bank gesetzt und sich in die Lektüre eines Krimis vertieft. Von Zeit zu Zeit mochte sie diese Abwechslung, vergaß die Gegenwart und schweifte in andere Welten ab, die sie gleichzeitig anzogen und zurückstießen. Sie las im Krimi, der aus der Perspektive der Mörderin erzählt war, die entdeckt zu haben schien, daß ihr Mann, ein Chirurg, sie mit einer Frau betrog, deren Gesicht sie bei einer Schönheitsoperation geerbt hatte, die ihr Mann an ihr durchgeführt hatte. Zum Zeitpunkt, als eine Frau einen Mann in einem Auto zum Halten bringt, das komischerweise dem des

Mannes glich, schüttelte sie eine unbekannte Stimme und riß sie aus der Lektüre. Es war der Mann, der sie unlängst nach der Uhrzeit gefragt und den sie komisch gefunden hatte. Jetzt stand er vor ihr, warf seinen Schatten auf sie, dankte ihr für ihre unvermittelte Reaktion und entschuldigte sich für sein unhöfliches Wegrennen. Während sie ihm zuhörte, fragte sie sich, wieviel Zeit wohl inzwischen vergangen war. Es gelang ihr nicht, zu schätzen, ob es eine Stunde, eine halbe Stunde, zwei Stunden oder mehr waren. Er fragte sehr ruhig, ob er sie zu einem Kaffee ins Papillon oder ins Remor einladen dürfe. Sie nahm an, obwohl sie ihn nicht kannte. Normalerweise wies sie unvermittelte Angebote zurück, die ihr immer zweifelhaft vorkamen. Als sie sich erhob, nahm sie ihn besser wahr. Sein einfacher und offener Blick zog sie an. Sie sah seinen schlanken, dünnen, eleganten Körper. Seine dunkle Leinenhose fiel großzügig auf seine Lederschuhe. Das weiße Hemd reichte lässig bis zu den Schenkeln, bedeckte Gesäß und Bauch, als würde er anstandshalber seine intimsten Zonen hinter einer doppelten Schicht Stoff verbergen. Seine blonden Haare tanzten leicht um sein Gesicht, dessen klare Züge sich ihr einprägten. Jetzt war seine tiefe Stimme angenehm weich, sang leicht, vorher war sie ihr hart und schneidend vorgekommen. Sie empfand unverzüglich Vergnügen, ihm nahe zu sein. Eine Vertrautheit breitete sich in ihr aus, als kennten sie sich schon seit langem.

Michel war Übersetzer, kam aus der deutschsprachigen Schweiz, lebte seit fünfzehn Jahren in Genf und hatte an dem Tag ein Treffen, das er beinahe versäumt hätte. Sie bestellten einen Kaffee, er mit Zucker, sie mit Milch, und näherten sich einander über Gemeinplätze an, als hätten sie aufgrund einer öffentlichen Anzeige in einer Zeitung eine Verabredung ausgemacht. Suche junge, ernsthafte Frau, um das Leben mit ihr zu teilen, Nationalität spielt keine Rolle, Kinder willkommen. Die zuerst unpersönlichen Fragen wurden konkreter, ohne daß sie es wollten oder vorgeplant hätten, und veränderten sich im Laufe des Gesprächs. Michel wußte nach der ersten Begegnung, daß sie eine Lehre als Laborantin machte, obwohl sie mehr von der Literatur und von Büchern angezogen war. Sie spielte mit dem Gedanken, alles hinzuwerfen und eine Lehre als Buchhändlerin anzufangen. Ella wußte, daß er Begleitdokumente für eine nationale Telefongesellschaft übersetzte und verschiedene andere Bedienungsanleitungen. Sie haben sich nach dem Kaffee, während dessen sich das Gespräch belebte und schließlich persönlicher wurde, wie zwei Menschen getrennt, die sich gefunden hatten. Nach kurzem Zögern gaben sie sich drei unpersönliche Küsse auf die Wange, die mit Glücksgefühlen angefüllt und von der Überzeugung getragen waren, daß sie sich sehr bald wiedersehen würden.

Michel hatte sie noch am selben Abend angerufen, um ein Treffen auszumachen.

»Guten Abend, ich bin es... Hast du Lust, ins Konzert in die Usine zu gehen?«

Ohne die Freude verraten zu wollen, die sie augenblicklich überkam, hatte sie ihm geantwortet:

»Ja, gerne, mit großem Vergnügen.«

Die tanzende Masse in der Usine verschlang sie und entfernte sie gleichzeitig durch den immerwährenden Rauch voneinander. Es war unmöglich auszumachen, ob der Nebel durch die unzähligen Zigaretten entstand, die geraucht wurden, oder von einer Rauchmaschine produziert wurde, um die Wirkung der Musik mit geheimnisvoll erleuchtetem Gewebe zu vergrößern. Michel hatte gefühlt, wie ihr Körper sich seinem annäherte. Nach den kurzwährenden Berührungen auf ihrem Rücken und ihren Armen, die sein Verlangen nach ihr unweigerlich anfachten, wußte er, daß er die Zärtlichkeiten ausdehnen wollte. Die Musik, die in ohrenbetäubender Lautstärke spielte, ließ in ihren Köpfen und in ihren Körpern die sich wiederholenden Bässe wie Lebenssaiten erzittern und trieb sie Wellen gleich immer wieder aufeinander zu. Diese verspritzen auf felsigen Klippen in alle Richtungen, erheben sich weiß und schaumig gegen den Himmel, werden zu einem Wassertropfen und fallen vom Nordwind gepeitscht in ein Meer. Er hätte sie gerne in die Arme geschlossen, mit ihr getanzt. Sein scheuer und zurückhaltender Charakter hatte ihn gebremst, sich ihr sogleich zu nähern und ihr sein größer werdendes Verlangen zu enthüllen. Gegen halb zwei verließen sie die Usine, das Konzert war schon lange zu Ende. Es blieben nur noch einige verlorene Seelen, die nicht wußten, wohin sie gehen und was sie machen sollten. Geduldig warteten sie in Gesellschaft, bis ihnen die Augen widerstandslos zufielen. Sie pflegten keinen Kontakt, blieben dennoch unter Leuten. Ansonsten hätten sie sehen müssen, wie einsam sie waren. Ella und Michel verließen das Gelände, stiegen über leere Bierbecher aus Plastik, die auf dem Boden verstreut herumlagen. Sie gingen Seite an Seite, glichen ihre Schritte, ohne es zu wollen, dem Takt des anderen an, der ihre Vorwärtsbewegung vereinte. Dabei wurden sie immer langsamer, bis sie beim Wagen ankamen, der in einer kleinen Querstraße abgestellt war, unweit von der Place des Volontaires. Zuerst öffnete er die Beifahrerseite, ging dann hinten um den Wagen herum und setzte sich ans Steuer. Er wartete, bis sie bequem saß, den Sitz zurückgerückt und die Rückenlehne aufgerichtet hatte, um nicht halb an seiner Seite zu liegen. Als ob er darüber nachdenken würde, wie er weiter vorgehen sollte, um ihr seine persönlichsten Gefühle zu offenbaren, die jetzt sein Fleisch und seinen Kopf zum Brodeln brachten, suchte er mit einer unerträglichen Langsamkeit den Zündschlüssel. Er führte ihn in die längliche Öffnung, drehte ihn, drückte gleichzeitig auf die Kupplung und die Bremse, legte den ersten Gang ein und fuhr ruhig los. Die Fahrt verlief in der gleichen Langsamkeit, und tiefes Schweigen begleitete sie. Gleich zweier Spinnen hielt es sie schwer und dick am Rand eines großen Netzes zurück, als hätten sie sich damit einverstanden erklärt, zusammenzuarbeiten, was höchst selten vorkommt. Spinnen sind einsamkeitsliebende Tiere, die sich allein der Nahrungssuche, der Vergrößerung ihrer Leistung und ihres Netzes hingeben. Beide vermieden es, den anderen anzusehen. Michel wünschte über alles, seine Hand zu heben, sie nach rechts auszustrecken und auf ihr Bein zu legen. Dort hätte er ihre Hände ruhig ineinandergefaltet gefunden, als würde Ella ihm in Gedanken Mut zusprechen, daß er die Bewegung ausführte, zu der sie sich nicht entschließen konnte. Er kannte die Stadt Genf gut. Sie entdeckte einen neuen Weg. Er wußte, wohin er fahren sollte. Zu Beginn des Abends hatte er sie zu Hause abgeholt, unten geklingelt, im Wagen auf sie gewartet und bei offenem Fenster eine Zigarette geraucht. Jetzt, als er wieder am gleichen Ort angelangt war, parkierte er den Wagen am Straßenrand. Er stellte den Motor ab, blieb unbeweglich sitzen, ohne auch nur den Kopf in ihre Richtung zu wenden. Wie er wartete sie, verharrte im Schweigen und sagte nichts. Die Worte waren in entscheidenden Zeitpunkten so linkisch. Sie fürchtete sich, das eine dem anderen vorzuziehen. So verging Zeit in der Stille, zwischen ihnen das Netz. Michel befreite seine rechte Hand aus der Wiege seiner Schenkel, überquerte mutig den zentralen Graben, der die beiden Sitze trennte, erreichte die Haut ihres Gesichts und bremste die Bewegung ab, um eine zu brüske Berührung zu vermeiden. Ella hob ihr Gesicht, wendete es ihm zu. Sie sah seine Hand bei sich anlangen und verfehlte nicht eine einzige Sekunde ihrer Annäherung. Anstatt sanft ihre Haut zu berühren und über ihre Wange zu streifen, wie sie es erwartet hatte, senkte seine Hand den Lauf, legte sich auf ihre linke Schulter, rutschte hinter den Nacken, glitt über den oberen Teil ihres Rückens und den hinteren Teil ihres Halses. Sie stieg weiter an, mischte sich in ihre Haare, grub sich in ihre offenen Locken und streichelte sie angenehm sanft. Sie hatte in der Zwischenzeit ihren Blick in den seinen gesenkt, als wolle sie ihn fragen, was er zu tun gedenke. Er übte mittels der Hand, die hinter ihrem Kopf war, leicht Druck aus. Langsam näherte er sein Gesicht ihrem. Ohne zu zögern oder irgend etwas zu sagen, fanden sich ihre Lippen weich und warm. Kurze Zeit verharrten beide reglos berauscht, dann küßten sie sich.

Nach dem Gespräch wurde Michel eine interessante Stelle in Paris vorgeschlagen. Das Zusammenfallen der beiden Ereignisse erschütterte ihn. Er hatte sich die Frage gestellt, warum es ruhige Jahre gab, ohne größere Vorfälle und ohne aufsehenerregendes Gefühlsleben, einige Bettgeschichten ausgenommen. Es waren Begegnungen mit unbedeutenden Frauen, die ihn nicht berührten und die er nicht schön fand. Sie waren nicht zu vergleichen mit Ella. Ihr Gang, ihre Gesten, wie sie einen Gegenstand hochhob, lösten in ihm schon Wellen der Zärtlichkeit aus, die er in sich nicht für möglich gehalten hätte. Ella wurde ihm in kurzer Zeit genauso wichtig wie er selbst. Er liebte sie, wie er nie eine Frau geliebt hatte. Um die Qualität ihrer Beziehung zu verbessern, suchte er Mängel in sich auszumerzen. Er konnte sich nicht mehr vorstellen, etwas ohne sie zu tun. Sie vereinigte lose Charakterzüge in ihm, als wären es Puzzleteile. So gelang es ihm nicht nur, von Genf wegzugehen, sondern auch, dorthin zurückzukehren. Er wußte, daß sie auf ihn wartete. Das Leben war ihm in der Phase ein blühendes Bild. Die Kontraste unterstrichen die jeweiligen Farben der gebündelten Blumen. Die Düfte mischten sich zu einem überwältigenden Parfüm, das er nie in Worte zu fassen vermochte. Er war trunken von ihr, von der Geschichte mit ihr. Sich von ihr zu trennen und sich zu töten waren ihm einerlei. Im Gegensatz zu seinem dunklen Charakter öffnete er sich, lächelte leicht und hegte sogar den Plan, mit ihr Kinder zu haben. Vor ihrer Begegnung schien ihm der Gedanke lächerlich. Er hatte den Fortpflanzungswunsch bei seinen Freunden und seinen Bekannten nicht verstanden. An welchem Ort sich der Wechsel vollzog, wußte er nicht. Eines Tages, als er in Paris aufstand, wünschte er, sie sofort zu sehen. Er wäre fähig gewesen, alles stehen- und liegenzulassen, zu ihr nach Genf zu fahren, um in ihrer Nähe zu sein. Wäre es auch nur für den kurzen Augenblick, ihren lauwarmen Atem zu schmecken, der seine Haut erwärmte, wenn sie ihren Kopf auf seine Brust legte und dort in einem Vertrauen einschlief, das ihn ungemein aufwühlte.

Ella hat Yannick nie gesagt, sie habe ihn nicht sofort geliebt. Sie hat ihm erzählt, sie entwickle in der Anerkennung stärkere und dauerhaftere Gefühle für ihn. Eine leidenschaftliche Verliebtheit würde ihr wahrscheinlich nur das Herz brechen, wenn die Liebe versiegte. Sicherlich hat gegenseitige Achtung einen einfachen und ehrlichen Umgang zwischen ihnen aufrechterhalten, aber Liebe hat sich nie in ihrer Partnerschaft eingefunden, denkt Yannick und läßt sich eine zweite Nachspeise bringen. Sie schätzte und schätzt immer noch ihre finanzielle Unabhängigkeit. Die Sorglosigkeit, die mit dem Lebensstandard einhergeht, ist sicherlich angenehm. Seit die Pharmaindustrie die Möglichkeit wittert, ein revolutionäres Antibiotikum mit ungeahnter Wirkung auf den Markt zu bringen, wird er mit Preisgeldern und Zuschüssen nur so überschüttet. Um welchen Preis, ja um welchen Preis, erträgt Ella in ihrem Leben eine Beziehung, die sie einsam zurückläßt, fragt er sich jetzt und läßt die kalten Kastanienfadennudeln auf seiner glühenden Zunge schmelzen. Dennoch zieht sie das Alleinsein einem Familienbild vor, das der Gesellschaft und der Familie vorgespielt wird. Nein, das hätte sie nie tun können, trotz der Anerkennung, ja trotz der Freundschaft, die zwischen ihrem Mann und ihr herrscht.

Yannick erinnert sich, Ella hatte anfangs lange gezögert, bevor sie seinen klaren beharrlichen Annäherungsversuchen nachgab. Die ausschlaggebende Erschütterung fand nur einige Tage, nachdem er zum ersten Mal bei ihr geschlafen hatte, statt, denkt er. Sie waren beide zu einem Fest eingeladen, das von Arbeitskollegen gegeben wurde. Ella beendete zu der Zeit ein sechsmonatiges Praktikum in einem Forschungslabor in Wien. Er war aus beruflichen Verpflichtungen eingeladen. Wegen Ella versuchte er, so viel Zeit wie möglich in Wien zu verbringen, und ging auf eine Zusammenarbeit mit dem bakteriologischen Labor in Wien ein, nur wegen Ella. Der seltsame Umstand war, daß sie nicht von der Einladung des anderen wußten. Sie hatten nie zusammen darüber gesprochen, obwohl sie sich zu der Zeit öfters trafen. Yannick war über das vollkommen unerwartete Aufeinandertreffen an dem Abend erstaunt und stark erschüttert. Er fühlte, daß sie von weitem den Bewegungen zusah, die er machte, und die Leute beobachtete, mit denen er sprach. Obschon er versucht hatte, ein unvorbereitetes Treffen zu vermeiden, verging nicht viel Zeit, bis Ella merkte, daß er nicht nur mit seinen Mitarbeitern gekommen war, sondern auch mit Leni. Diese hatte Yannick eine unangenehme Überraschung bereitet und sich in letzter Minute zu dem Fest mit eingeladen, von dem sie, er wußte nicht wie, erfahren hatte. Leni brachte Yannicks verliebten Geist durcheinander. Ihre Anwesenheit kündigte das unausweichliche Unglück seines Lebens an. Yannick war noch viel verblüffter, seine neue Liebe beim selben Anlaß zu treffen. Aus Angst und aus Feigheit hatte er den Versuch unternommen, sich den beiden Frauen gegenüber neutral zu verhalten. Er blieb gerade stehen und ließ sich von seinem inneren Durcheinander, das ihn beherrschte, nichts anmerken. Jetzt muß er es sich eingestehen, sagt er zu sich und verschlingt dabei Fadennudeln, er vermied, sich sowohl der einen als auch der anderen gegenüber zu verraten. Yannick war unangenehm daran erinnert, was er der jungen Frau Ella erzählt hatte, deren menschlichen, moralischen und sozialen Wert er noch nicht kannte. Beschämt dachte er während des unglücklichen Aufeinandertreffens an die Zärtlichkeiten, die er mit ihr ausgetauscht hatte. In seiner traurigen Verliebtheit war er der Spur ihres Duftes gefolgt. Er hatte sich verführen lassen, sie wieder und wieder zu suchen, sich auf sie zu legen, dort einzuschlafen, um die warmen Erschütterungen zu spüren, die ihre Seidenhaut wie winzige Elektroschocks durchliefen. Leni will nicht mehr mit mir schlafen, hatte er Ella gesagt, als hätte er sich keine Schuld vorzuwerfen und immer fehlerlos gehandelt, als wäre er jederzeit bereit, seine Verbitterung und sein Unverständnis zu mildern. Nähere ich mich ihr, bedeckt sie ihr Gesicht mit einem Kissen. Am Anfang der sexuellen Verweigerung sagte sie ihm, er solle es einfach machen, als wäre sie nicht mehr wert als eine Prostituierte, die er bezahlte. Da er ihren Lebensunterhalt sicherte, ohne je eine Bemerkung über ihre Ausgaben fallenzulassen, war dies in gewisser Weise der Fall. Er machte es schnell, von einer Lust angetrieben, die er nicht benennen konnte, hatte er in Ellas Küche erzählt. Er schlürfte genüßlich Whisky und entschuldigte sich dafür. Der Geschlechtsakt war selten, und er mußte davon profitieren. Seit zwei, drei Jahren ist nichts mehr zwischen uns, nichts, hatte er in weinerlichem Tonfall traurig gesagt. Kein Kuß, keine zärtliche Berührung, nichts als Leere. Ella hatte ihm in ihrer Küche zugehört, wie er von seiner gescheiterten Ehe sprach. Ohne daß sie es wollte oder daß sie es sich nachher erklären konnte, hatte er ihr leid getan. Jetzt, als sie ihn mit seiner ersten Frau auf dem Fest sah, war Ella von deren Anwesenheit überrascht. Er hatte ihr nichts gesagt, obwohl er sie hätte informieren können. Ella war aufgebracht, fühlte sich gleichzeitig von ihm preisgegeben und befreit. Entgegen ihren Erwartungen hinterließ sein Verrat einen bitteren Geschmack in ihrem Gaumen. Um so besser, daß ich seinem Klagen und seinen Bitten widerstehe, ihn in seinem Unglück zu bemitleiden, sagte sie sich an dem Abend. Er verdient, was er sich selbst zusammengeschustert hat. Wäre sie ehrlich gewesen, hatte sie immer an seinen Worten gezweifelt. Jetzt war sie erleichtert, ihm nicht eine Sekunde lang geglaubt zu haben.

Yannick und Leni saßen an einem Tisch im Zentrum des Raumes. Es war unmöglich, sie zu übersehen. Enge Mitarbeiter, die von Konkurrenzunternehmen umgarnt waren, defilierten an ihnen vorbei. Sie schüttelten sich die Hände, begrüßten einander und tauschten Lächeln aus, die herzlich gemeint, aber in der Ausrichtung und im Nutzen für die kommende Zeit berechnet waren. Ella hatte irgendwann entschieden, sich von ihm zu lösen, und lehnte es nicht mehr ab, wenn sie zum Tanzen aufgefordert wurde. Sie empfand Lust dabei, ihren Körper zum Rhythmus der Musik zu bewegen, tanzte, egal mit wem. Von Zeit zu Zeit warf sie einen Blick auf die Gruppe, um zu sehen, ob alle noch da waren. Wenn dem so war, vergrößerte sie ihre Schritte und ging stärker auf die Musik ein. Leni war reich geschmückt, ohne Zurückhaltung bemalt und mit einer solchen Pracht gekleidet, daß es schwierig war, die Augen von ihr abzuwenden. Yannick saß brav am Tischende neben ihr, hatte den Platz des abgesetzten Patriarchen inne. Ella dachte an die Verdammten von Visconti. Yannick herrschte unbeweglich, beinahe stoisch über den Schatten seines Reiches, das seit langem in sich zusammengestürzt war. Er genoß seinen Status und beugte sich jetzt widerstandslos der grausamen Lage. Er hatte Angst, durch seine Unfähigkeit und seine Lähmung die zu verlieren, die er gehofft hatte, seit kurzem erobert zu haben.

Yannick dachte über sein Leben nach. Er fühlte sich angespornt zu handeln, da er sich in der Sackgasse befand, die durch die Anwesenheit der beiden Frauen auf einmal klar vor seinen Augen aufblitzte. Die eine hatte er geliebt, die andere liebte er. Er wollte sein Leben umkrempeln, wie beim Empfang von Lenis Brief über ihre Trennung und die Abtreibung. Yannick bemühte sich, Ella, seine Liebe, nicht aus den Augen zu verlieren, zu sehen, was sie machte, mit wem sie tanzte. Im gleichen Atemzug verfluchte er Lenis Idee, ihn unvermittelt in Wien zu besuchen. Sie mußte gefühlt haben, daß es zu Ende war, sagte er sich. Nun war er nach langen Jahren des brav hingenommenen Wartens von ihr weggegangen, er, ein vergessener Soldat, der dem Befehl treu blieb, trotz des Hungers, der ihn innerlich verzehrte, und trotz des Schmerzes, der in ihm Tag für Tag ungelindert brannte. Warum ertrug er die Launen seiner Frau? Aus Angst, sie zu verlieren? Dem Wunsch gehorchend, mindestens einer Person zu gefallen, die nicht seine Mutter war? Er hatte keine Kraft gehabt, sie von der Idee, nach Wien zu kommen, abzubringen. Jetzt in Helsinki sagt er sich, er war nicht genug überzeugend gewesen, und bestellt einen Espresso, während er die Nachspeise verdaut. Im Grunde hatte er nicht einmal versucht, sie von ihrem Vorhaben abzubringen. Er mußte, unterstrich dabei das letzte Wort, das seine Pein und seine Gefangenschaft in einer verwesenden Beziehung ans Tageslicht förderte, später, als er den gesamten Vorfall in Ellas Küche erzählte, er mußte sich schließlich Lenis Verlangen beugen. Yannick saß eingeklemmt und mit klopfendem Herzen da, hatte weder Ella noch seiner Frau während des Festes etwas sagen können. Er verhielt sich unauffällig, folgte dem Vorbild des perfekten Mannes, um wenigstens eine Haltung zu haben, versteifte seine Muskeln und ließ sie zu Eis werden. Am Abend selbst hatte er in der unangenehm lächerlichen und verschiedentlich drückenden Situation ausgeharrt. Unfähig, irgend etwas zu sagen, zitterte er innerlich, daß das Schicksal ihn für seine Ohnmacht und seine Leere bestrafen würde. Wie ein Kämpfer, der den Schild hebt, um das Gesicht des Gegners nicht mehr zu sehen, war er zwischen den Mauern stehengeblieben, die er selbst errichtet hatte. Er hatte die Tränen in seinen Augen hinuntergeschluckt sowie die Marter oder die Wut, zu töten. Ich muß da durch, sagte er sich. Als hätte Leni eine Veränderung bei ihrem Mann gefühlt oder aus dem glanzvollen Fest herausgelesen, blieb sie, amüsierte sich und gab an diesem Abend die perfekte, liebenswürdige, hingegebene Ehefrau. Sie verdächtigte die Anwesenheit einer Person, die sie nicht sehen sollte, denn sie war beharrlich und schlau, dachte Yannick. Er wußte, daß sie mit einer hellseherischen Intelligenz ausgestattet war, die Gabe ging ihr leider für ihre eigene Person ab. Die Begegnungen, die nach sechzehn Jahren Zusammensein nur noch selten zwischen ihm und seiner Frau stattfanden, dienten oft nur dazu, ihnen zu bestätigen, daß nichts, aber wirklich nichts in ihrer Beziehung harmonierte. Diese bestand nicht mehr, hatte vielleicht nie bestanden oder hatte wie eine Verräterin eines schönen Tages das Feld geräumt. Auf der gesellschaftlichen Ebene galt der Schein als Waffe, ein Privatleben aufrechterhalten zu können, das Yannick im harten Konkurrenzkampf und im Kreis seiner Kollegen weniger verletzlich machte, ob er es wollte oder nicht. Die Tatsache, eine Frau zu haben und sie sich wahren zu können, galt in den Forschungskreisen als Zeichen der Integrität. Eine familiäre Unterstützung sicherte die große Kunst des immerwährenden Ausgleichs zwischen Berufs- und Privatleben. Der Abend ging fröhlich weiter. Leute kamen, andere gingen. Unbekannte und Bekannte näherten sich einander an. Der Raum füllte sich mit Rauch und vergeblichen Worten, die voller Hoffnungen gesagt wurden, gleichzeitig leer und dazu verurteilt waren, zu sterben, kaum waren sie ausgesprochen. Der Neoklassizismus der Säulen, der durch den falschen Marmor noch unterstützt wurde, gab die Staffage ab für eine Gesellschaft, die mehr scheinen wollte, als sie in Wirklichkeit war.

An besagtem Abend wußte Ella, daß sie die Wahl hatte, wegzugehen oder zu bleiben, und wenn sie blieb, sich zu amüsieren. Im Laufe der Nacht, die sie mit all ihren Sinnen auslebte, vergaß sie Yannicks Anwesenheit. Sie tanzte, gab sich den Armen hin, die sich für sie öffneten, folgte den Körpern, die sie im Rhythmus der Musik durch die Zeit führten, und spürte sich. Ella glaubte, Yannick sei unwiederbringlich verloren, und fühlte sich wieder ganz und frei. Sie hatte keine Erinnerung an die Gesichter, ließ sich gehen, entdeckte, daß sogar Leute, die sich an Gerüchte und Aussagen anderer klammerten, schön waren. Das allgemein verbreitete Gefühl des Alleinseins verlockte Ella, nicht darüber nachzudenken, was sie tat. Sie spaßte, flirtete, amüsierte sich, erzählte Witze, war auf jeden Fall für die Dauer des Abends die ideale Verwirklichung der Gesellschaftsdame, leicht, so leicht, daß sie nichts wiegte. Einige Männer wären drauf und dran gewesen, Ella mit einem einzigen Finger hochzuheben, sie zu sich nach Hause zu tragen, um ihre Lust in ihren Körper zu tauchen. Als Müdigkeit sie in den ersten Morgenstunden überkam, ging sie mit der Freundin Natascha nach Hause. Diese war bei Ella in Wien zu Besuch, um sie in der Ausstattung der alten Stadt zu treffen. Mit der müden Freundin, die an ihrem linken Arm klebte, sagte Ella auf dem Weg zum Ausgang Leuten auf Wiedersehen. Der Assistent eines Direktors, Mitarbeiter aus dem Labor, mit denen sie während der langweiligen Stunden beim Warten auf einen nächsten Auftrag ein wenig Spaß gehabt hatte. Sie sollten erst dann zu arbeiten anfangen, wenn ein Vorgesetzter ihnen grünes Licht gab, obwohl die Informationen im vorhinein bekannt waren. Arbeitszeit hätte gespart werden können, aber nein, in Wien gilt die

Leiter der Hierarchie, die sich zweifelsohne an dem rächt, der es wagt, sie zu umgehen oder zu verkennen. Während der Wartezeit war ein starkes Band mit der einen oder anderen Person entstanden und hatte sich über die Monate ihres Laborantenpraktikums in Wien gefestigt.

»Auf Wiedersehen, ja, ich bin müde, ja, ich gehe jetzt, auf bald, wir sehen uns noch vor meiner Rückreise, nicht wahr? Trinken wir zum Abschied einen Kaffee im Griensteidl oder im Schwarzenberg?«

Mutig tauschte sie ihre Telefonnummer und ihre Adresse mit einigen Leuten aus. Sie wußte, daß sie nicht anrufen würde, daß sie nichts schreiben würde, sie wußte es und tat es der Unwahrscheinlichkeit zum Trotz.

Ella ging, ihre Freundin Natascha haftete an ihr. Zufällig, sagte sich Ella, obschon sie wußte, daß sie sich belog, warf sie einen flüchtigen Blick zum Tisch, an dem der Verräter Yannick einige Stunden lang über seinem eingestürzten Reich gethront hatte. Zu ihrem Erstaunen sah sie, daß er leer war. Welche Bedeutung sie dem verlassenen Ort zuschreiben sollte, wußte sie nicht. Die Haltung ihrer inneren Blockade war das einzige Mittel gewesen, das sie der auf sie zuströmenden Wassermasse des Sturzbaches entgegensetzen konnte, die Yannicks eingebrochener Staudamm freisetzte. Sie lobte sich, ihre Gefühle in einer Hochburg verwahrt zu halten, und sagte zu Natascha:

»Es ist sehr gut, daß ich ihm nicht geglaubt habe, sehr gut.«

Natascha lachte schallend los. Sie nickte, ihr Kopf wollte ihr nicht gehorchen, wiederholte wie eine Idiotin die gleichen Worte, die Ella eben ausgesprochen hatte, und kicherte vor sich hin, während Ella sie zum Ausgang schleppte. Ella war in dem Moment klar, daß sie nicht das gleiche vom Leben erwartete wie Yannick. Sie müsse es sich immer wieder vorsagen, sagte sie sich, mit lauter Stimme, damit sie es hörte, damit sie es mit ihren Gefühlen verstünde und es sich endlich glaubte. Natascha schwankte neben ihr her. Ella, eine Jeanne d'Arc einer amputierten Liebe, führte sie mit eisernem Arm. Gleichzeitig von Wut und Traurigkeit erfüllt, hielt sie die Gefühle in sich zurück, obwohl diese ihr Inneres zerrissen und ihr vom Kopf bis in die Füße Schmerzen bereiteten. Sie schritt weiter durch die breiten Gänge. Der Boden war mit einem scharlachroten Teppich ausgelegt, ihre Schritte verschlangen Blut, das nach stillem und hartem Kampf dahinfloß. Natascha, ein Bleigewicht auf ihrer rechten Seite, setzte gehorsam in der Geschwindigkeit, die sie vorgab, einen Fuß vor den anderen. Sie gingen nebeneinander, verließen den neoklassizistischen Palast, der luftdurchtränkt schien, in Wahrheit nicht nur den Sauerstoff auffraß, sondern auch das Leben. Als sie im Erdgeschoß des Gebäudes angekommen waren, machte Ella sich ans Werk, das schwere, übermäßig hohe und breite Holztor aufzustoßen. Die beeindruckende Architektur vermittelte ihr immer den Eindruck, ein erbärmliches menschliches Wesen zu sein. Sie schob Natascha in das erstaunlich klare Licht eines grauen Morgens, überquerte in der kalten Luft die breite vierspurige Straße, die sich zu Stoßzeiten ständig mit den ärgerlichsten Verkehrsstaus schmückte, die weder vorwärts noch rückwärts flossen, und rief, mit einer Natascha, die jederzeit schrill loslachte, ein Taxi. Es sollte sie nach Hause bringen, in ein kleines Zimmer, das sie während ihres Praktikums in Wien bewohnte. Einsam fuhr der Wagen dem Ring entlang, am Schwarzenberg vorbei, an der Staatsoper, der Hofburg, dem Historischen und dem Kunsthistorischen Museum, dem Volksgarten, dem Parlament, dem Rathaus, dem Burgtheater, der Universität und der Votivkirche. Dann bog der Wagen links in die Währingerstraße ab und verließ das Stadtzentrum. Nachdem er die Volksoper umrundet hatte, schwenkte er in die Fuchsthallergasse, verlangsamte und kam vor dem Haus mit der Nummer elf zum Stehen. Der Weg durch die schlafende Stadt war schön. Die imponierenden Gebäude schienen trotz der Zeit, des Windes und des Regens unveränderlich zu bleiben. Der Fahrer schaltete das Licht im Innern des Wagens an, las den Zähler ab und sagte in typisch wienerischer Singweise, indem er die Vokale zu lange betonte und sie künstlich streckte, als wären sie dehnbare Gummibänder:

»Daas maaacht hundertfüünfunneunzig Schiilling, bittschöön.«

Ella rundete auf zweihundert auf, verlangte eine Quittung und stieg aus dem Wagen. Sie öffnete die rechte vordere Wagentür, glitt mit ihrer Hand unter Nataschas rechte Achsel und übte freundlich Druck aus, damit sie sich erhob. Mit einigen Schwierigkeiten half sie ihr, das Gleichgewicht zu finden, denn diese mochte ausgiebig trinken. Der metallische Knall riß sie aus ihrer leeren Müdigkeit, als sie die Wagentür zu geräuschvoll schloß. Sie schwankte vom Alkohol, den sie in ungewohnten Mengen genossen hatte. Der Aufwand war unmenschlich, eine markerschütternde und zugleich schreckliche Situation auszuhalten und der Wahrheit zu einem Zeitpunkt in die Augen zu sehen, den sie nicht ausgewählt hatte. Natascha sagte nichts, marschierte gehorsam an ihrer Seite, trat ins geräumige Treppenhaus, stieg die Treppe hoch, klammerte sich dabei am Treppengeländer fest. Sie ging einige Stufen zu weit, derweil Ella sich vor ihrer Tür hinkauerte. In ihrer halb ausgeleerten Handtasche suchte sie die Schlüssel, hatte schon Angst, diese während des Abends verloren zu haben und zurückfahren zu müssen, dann fand sie sie. Warum war er weggegangen, ohne ihr etwas zu sagen? Wie hatte er den ganzen Abend ausgehalten, ohne sich ihr zu nähern oder ihr ein Zeichen zu geben, wobei sie ja auch nichts gemacht hatte. Sie hatte sich sehr bewußt von ihm entfernt, damit er sich ihr nicht nähern konnte. Also was wollte sie eigentlich?

Die gleiche Frage stellt Ella sich jetzt. Auf dem Rückweg ins Hotel in Helsinki sucht sie den richtigen Weg. Bevor Yannick ihr behäbig und sicherlich angetrunken vom Dinner nachkommt, das ihn mehr ermüdet als vergnügt, kann sie sich noch eine Weile allein einschließen. Sie weiß nicht, welche Richtung sie einschlagen soll, wechselt ständig zögernd den Weg. Die in ihr kreisenden Gedankengänge saugen sie auf, führen sie zum immer selben Punkt, an dem sie keine Entscheidung treffen kann. Sie würde Luis am liebsten aus ihren Gedanken verjagen, die Nacht ins Klo schütten, wenn sie im Hotelzimmer ankommt, und auf die Spülung drücken, damit sie weggeschwemmt wird. Schließlich folgt sie einem anderen Weg, kommt im richtigen Stockwerk an, erkennt den Gang wieder, der den anderen Gängen in den anderen Stockwerken gleicht. Sie irrt sich in der Richtung, anstelle nach links zu gehen, geht sie nach rechts, muß bis zum Fahrstuhl zurück, um sich zurechtzufinden und ihre Schritte in die Gegenrichtung zu lenken. Endlich findet sie ihre Zimmernummer, und die Tür öffnet sich nach dem Hinhalten der Magnetkarte. Sie ist erleichtert, ihrem Mann fern zu sein, sich aus dem Ablauf des Abends geschält zu haben. Am liebsten würde sie Luis anrufen und mit ihm sprechen, den sie vor einigen Augenblicken aus ihrem Gedächtnis hatte löschen wollen.

Das wichtigste scheint Ella jetzt ihr Verlangen, einen Schnitt zu machen und sich für dieses Leben oder für ein anderes zu entscheiden. Vielleicht würde sie festzustellen, daß ihr weder das eine noch das andere entspricht. Dann ginge sie auf ein unbekanntes neues zu. Das Gefühl, handeln zu müssen, offenbart sich so deutlich, daß sie darüber nachsinnt, wie sie bei einer Entfernung von tausenden Kilometern von Luis' Wohnort aufgewühlt sein kann. Sie weiß nicht einmal, ob er zu Hause ist, und wenn ja, mit wem.

Wie könnte sie Luis erreichen? Im Angesicht des Sees hat sie die ganze Nacht geschwiegen. Luis wollte alles oder nichts. Er sagte es nicht, denn er hätte sich vor einer Fremden zu weit vorgewagt. Ihre möglichen Reaktionen kannte er nicht und fürchtete sie ebenso wie den Wutausbruch einer zu impulsiven Mutter. Die Angst quälte ihn, die Freude des kleinen Jungen abzutöten, dem seine erste Glanzleistung auf dem Fahrrad gelungen ist, während die Mutter nur die neue, nun zerschlissene Hose sieht und sich fragt, wie sie sie flicken soll. Der eingeschüchterte Junge krümmt sich vor der aufblitzenden Brutalität und den Schreien, die er nach seiner gelungenen Leistung nicht verdient hat, in eine verängstigte Stummheit. Sein Körper, sein Blick, seine Hände sprechen, ebenso wie ein stummer Ruf einen ergebenen Hund zu seinem Herrn zurückkehren läßt. Ella zögerte und spürte Luis' Unentschlossenheit. Jetzt möchte sie seine Stimme hören, ihm sagen, ich will dich sehen. Wo bist du, ich komme zu dir. Ich komme, allein, um dich zu sehen. Sie weiß nicht, wo er hingegangen ist. Sein Telefon war nicht in Betrieb. Am Flughafen hat sie all den notwendigen Mut zusammengerafft, um ihn anzurufen, bevor sie die gesicherte Zone verließ, wo Yannick auf sie wartete. Es klingelte nicht einmal. Sie zieht die Schuhe aus, entkleidet sich, legt sich in Unterwäsche und Strumpfhose auf das zerwühlte Bett. Ella sieht das Leben, als wäre es eine gerade Schiene, auf der sie vorwärtsgleitet. Bei der fortwährenden Bewegung erblickt sie Wälder um sie herum, hübsche warmgelb leuchtende Häuser, die sie durch den graurosa Dunst der Abenddäm-

merung anlocken. Sie beobachtet aufregende Städte, Acker,
land, Ebenen, Seen, das Meer. An manchen Orten würde
sie gerne innehalten, die Landschaft betrachten, die andere
Luft atmen. Die Fortbewegung ist stärker als ihr Verlangen,
anzuhalten, und sie wird mitgerissen. Sie gleitet weiter vor,
wärts. Ihre gesammelte Kraft reicht nicht, um den Lauf zu
ändern.

Du bist weit weg, hatte Ella Michel nach Paris geschrieben,
du weißt es, du fühlst es auch, nicht wahr. Du fühlst die
Kilometer zwischen uns, auf deinem Körper, auf deinem
Herzen, in deinem Kopf. Ich sage mir, du mußt sie fühlen.
Sie haben das gleiche Gewicht hier in Genf wie in Paris.
Es tröstet mich, dich morgens auch traurig zu wissen, we,
gen der Kilometer, wenn du schwerfällig aufstehst, um dir
einen Kaffee zu machen, den du allein in deiner blauen Kü,
che trinkst. Deine Küche ist wie ein Aquarium, ein Paket
Wasser, das von Staumauern zusammengehalten wird. Die
Sonne spiegelt sich im blauen Wasser. Deine ganze Woh,
nung strahlt, sogar im Winter während der großen Kälte in
Paris. Du wärmst sie mit der Sonne aus deinem Herzen. Ich
mache Kaffee, gieße ihn in eine Tasse, lege mich wieder hin,
trinke den Kaffee im Bett, wie ich es zu tun pflege, wenn du
ihn mir ans Bett bringst. Ich schlafe wieder ein, du mit mir.
Der Kaffee neben dem Bett erkaltet. Meine Zeit verbringe
ich so. Der Tag beginnt besser, nicht in der Einsamkeit,
sondern in unserer Liebe. Manchmal frage ich mich, fühlst
du die Augenblicke, in denen du weggehst und hierher,

kommst? Spürst du, wie du dich von dir entfernst? Ich stelle mir vor, unsere Bewegungen finden gleichzeitig statt. Sagte Ella Michel in Glücksmomenten oder in einem Brief, der vom Verlangen durchtränkt war, mit ihm zu verschmelzen, sie wolle Kinder mit ihm haben, dann dachte sie genau das, was sie sagte.

Ella sieht Luis, wie sie Michel gesehen hatte. Michel war eine körperliche und geistige Eindeutigkeit. Sie haben sich gesehen und erkannt, näherten sich an und entdeckten eine tiefere Verwandtschaft, als sie erwartet hätten. In das augenblickliche Vertrauen war eine Furcht geboren, die anfangs unsichtbar in ihre Geschlechter eingegraben war. Luis ist für Ella wie ihre erste Liebe. Deshalb zögert sie, obwohl sie unausweichlich und unergründlich von ihm angezogen ist. Die Liebe, die sie damals für Michel empfand, war wie ein Schleier vor ihren Augen geblieben. Als sie Luis sieht, bewegt sich dieser, hebt sich und gibt den Blick auf Landschaften frei, deren reine und durchdringende Farben sie liebt. Unersetzbar schön liegen sie vor ihr. Die Gesetzlichkeiten sind und bleiben unabänderlich. Geraten sie in Vergessenheit, schwärzen winterliche Nebel oder frühlingshafte Gewitter den Himmel. Sie keilen die Wolken grob zwischen den Bäumen ein und lassen einen kalten Wind pfeifen, der das Seewasser schlägt. Auf dessen Schaum tanzt ein Boot, als machte sich irgendein Gott einen Spaß daraus, die Erdschichten von unten nach oben zu kehren. Sie wird Luis wiedersehen. Nur schon, um ihn zu sehen. Sie will die Verwirrung in seinen Augen sehen. Der Gedanke, daß er vor ihr wankt, würde sie versichern und ihren inneren Sturm besänftigen. Sie wollte sich ihm ganz hingeben, wie ihrer ersten Liebe. Dann teilte sie eine Nacht mit ihm, wüßte ihn bei sich, fühlte seinen Körper ihrem Körper nah und drückte die Eindeutigkeit, die von ihm ausgeht, an sich, und danach in allen folgenden Nächten.

Neben Michel hatte sie vertrauensvoll und tief geschlafen. Er stand der Außenwelt verletzlich gegenüber. Michel blieb neben Ella und hörte ihrem Schlaf zu, den er so geliebt hatte. Bis zur Nacht mit Luis hat sie nie wieder über die Einsicht gesprochen, daß ihre Liebe damals von Anfang an dem Verlust geweiht war. Michel hatte ihre Zunge gelöst. Während des ersten Tanzes näherten sich ihre Körper und schmolzen zusammen. Ihr Atem mischte sich, und ihre Hände verschränkten sich ineinander. Ihre langsamen Bewegungen wurden unmerklich weich. Stimmengewirr umgab sie. Die Gesichter um sie herum verschwammen. Die Luft war mit Leuten aufgeladen, entfernte diese von ihnen und verwischte sie. Auf einmal tauchte eine Frau neben ihren Köpfen auf, flüsterte ihnen ins Ohr. Sie machen einem Lust auf Liebe. Sie wußten nichts darauf zu antworten. Ihre Körper waren von dem uneingeschränkten Eindruck des Augenblicks frisch durchtränkt. Mit Michel hatte sie noch andere Male getanzt, denkt Ella im Hotelzimmer in Helsinki. Es war ebenso schön wie das erste Mal. Yannick hingegen haßt das Tanzen, obwohl er so tut, als möge er es. Mit Michel tanzte sie, als wäre es der einfachste Ausdruck ihrer Gefühle. Sie ließen ihre Köpfe auf der Schwelle des Tanzes sitzen. Ihre Körper kannten die Schritte. Es gibt Momente, in denen sie an den Gefühlen für Luis zweifelt, die sie einige Stunden lang für ihn empfunden hat. Sein Körper war gleich einem Bogen gespannt und biegsam, Weiden im Wind, und zog sie an sich. Sie spürte sein hart gewordenes Geschlecht in der rundlichen Höhle zwischen seinen Beinen, und der Stoff seiner Hose rieb gegen den ihres Kleides, das sie an dem Abend trug. Ihm nahe sein. Ihn riechen. Seine Wärme. Dies hätte ihr genügt. Luis wollte mehr. Er wollte alles. Sie umfassen, sie umarmen, sie im Gleichtakt der Wellen wiegen, im Dunkel der stillen Nacht tanzen und ihre Hände einige Stunden lang unzertrennlich ineinander ruhen lassen. Er ist so jung, dachte sie, er hat aus Nervosität schweißfeuchte Hände. Hätte jemand ihnen eine Weile am verlassenen Seeufer zugeschaut, hätte er im Tanz die Gestalt der Liebe gesehen, die Liebe, ganz und gar. Warmes Wasser streifte ihre Füße, und einige Vögel, die keinen Schlaf fanden, begleiteten sie mit ihren Schreien. Ella kommt in Helsinki nicht zur Ruhe, nachdem sie Yannick mit seinen Mitarbeitern zurückgelassen hat. Ihre Unruhe ist in gewisser Weise die Ankündigung, seiner Jugend unmöglich nachgeben zu können. Es ist ein Uhr. Yannick ist immer noch nicht da. Sie quält sich, versucht zu schlafen, aber sie ist froh, daß er noch nicht zurück ist. Sonst müßte sie vortäuschen zu schlafen, um nicht mit ihm schlafen zu müssen. Welche Worte. Mit ihm schlafen. Ficken. Die Bedürfnisse eines erfolgssüchtigen Mannes befriedigen, und diejenigen einer vereinsamten Frau. Augenblicklich. Ein schneller ungeschminkter Akt, der den niedrigsten Bedürfnissen gehorcht. Bumsen. Ficken. Sofort. Manchmal ist sie es müde.

Ella hatte Yannick schon gesagt, seine Überstürzung, lieblos in sie einzudringen und sie sich anzueignen, störe sie. Sie wußte, daß sie das gleiche Bedürfnis hatte. In den Momenten konnte er sich nicht zügeln, die ungerechten Vorwürfe in sich zurückzubehalten. Sein Gesicht färbte sich feuerrot, die Worte knallten explosionsartig aus seinem zu feuchten Mund. Er sagte ihr, es sei nicht wahr, er liebe sie, sie löse die Art aus, wie er sie liebe, es seien ihre Phantasien, ficken, was für ein Wort, er liebe sie, hatte er verzweifelt geschrien, er liebe sie. Yannick verstand nicht, was sie sagen wollte. Sie hatte nicht versucht, sich aus der Bewegung, die unweigerlich ihnen beiden entsprang, auszuschließen. Fehlte ihnen die Zeit, war es ihnen schwer, Zärtlichkeiten sprechen zu lassen. Auf dem Hintergrund der zu großen Einsamkeit verloren sie die Sanftheit. Ella wehrte sich gegen Yannicks verzweifelte Anläufe, die ihre gemeinsame Zärtlichkeit verschütteten. Der Bewegungsdrang, die rohen Gesten und der Mangel an Zeit enthüllten, auf jeden Fall für sie, die Gefühlsarmut, das Ungleichgewicht in ihrem Gefühlsleben, das im harten Wechsel von Bestehen und Nichtbestehen nie wirklich erblühen konnte, sagt sie sich jetzt. Mit Michel hatte sie nie Diskussionen über die Sexualität geführt. Ihre Körper gaben sich einander hin, von der Lust getrieben, den anderen zu befriedigen, ihm höchste Lust zu verschaffen und ihm dabei zuzusehen. Darüber verlor sie den Kopf, und es machte sie glücklich. Niemals hätte sie irgendeine Geste zu grob interpretiert, auch wenn ihre sexuellen Schweifzüge sie schrecklich erschöpften. Nie empfand sie Schmerzen oder hatte das Gefühl, eine Grenze überschritten zu haben, die sie nicht hätte überschreiten wollen. Michel erwiderte ihre Blicke und ihre Gesten. Er entdeckte eine unbekannte männliche Lust, spürte die Zuckungen, die von ihr ausgingen und die sein Geschlecht umfaßten, das in ihrem enthalten war. Ella hatte versucht, Yannick den Unterschied zwischen der Wirklichkeit, die sie lebten, und derjenigen, die sie zu leben wünschte, zu erklären. Er wollte sie nicht anhören. Seine Ohren waren mit Wachs angefüllt, als er sich auszog. Beim Anblick ihrer Nacktheit richtete sich sein Geschlecht auf, seine Hände wurden klebrig, unermüdlich. Anstelle Ella zu pflücken und sie zu öffnen, verjagte er sie. Sie fand keine Ruhe mehr. Vor allem jetzt nicht, als sich das Bild von Luis vor ihre Augen setzt. Um seine Gier zu zähmen, will sie ihren Mann in die Hoden schlagen. Seinen Körper begehrt sie nicht mehr, aufgeschwemmt, weißhäutig, voll und fest, wie er ist. Er schwitzt leicht, gibt sich nicht hin, sondern will sie erobern, besitzen, haben. Kein Vorspiel. Erst war sie traurig darüber, doch jetzt ist sie froh, wenn es schnell geht. Manchmal übereilt sie die Bewegungen, wenn sie ihm einen runterholt, denn sie macht es gut, und er kommt schnell. Dann kehrt Ruhe ein, und das Leben neben ihm wird ertragbarer. Außer den körperlichen

Angriffen läßt er sie in Frieden und erweist sich als eine Person, die im ehelichen Alltag entgegenkommend ist. Wenn sie sich zu offen über sein sexuelles Verhalten beschwert, ist es schon vorgekommen, daß er auf ihre Vorwürfe antwortet, es sei für ihn normal, das Verlangen für die Frau an den Tag zu legen, mit der er verheiratet sei. Er verstand die Geringschätzung ihrer Sexualität nicht, auch nicht den Haß, mit dem sie darüber sprach, und er pochte darauf, sie solle ihre schwarzen Gedanken fallen und sich gehen lassen. Für ihn war die Beziehung am innigsten, wie er ihr zu erklären versuchte, wenn die vorgespielten Fassaden nicht mehr notwendig seien und er seine Gefühle oder seine sexuellen Regungen ausdrücken könne, ohne zaudernd Angst zu haben, das schöne glatte Gesicht seiner Frau mit einer falschen Geste zu zerknittern. Das Vertrauen und die Liebe erreichten den Höhepunkt, wenn jeder sich dem anderen hingab und sich ihm überließ, fand er. Er ist verrückt nach ihr, er sagt es und sie weiß es. Ohne Unterlaß sagt er, ich bin verrückt nach deiner Seidenhaut. In der Sonne färbt sich ihre Haut schnell dunkel und wird matt, was ihren schlanken feinen Körper stark erscheinen läßt, obwohl sie nicht groß ist. Ihre Formen sind nicht sehr weiblich. Ihre Brüste sind klein und hart. Manchmal wird sie für einen Jungen gehalten, wenn sie nur Jeans und ein T-Shirt trägt. Lieber sieht Yannick sie in eleganter Kleidung. Er scheut keine Geldausgaben, um ihre Garderobe zu bereichern oder ihr Schmuck zu schenken. Als Verfechter starker Farben besucht er unermüdlich Boutiquen und kauft für Ella ein, als hätte er es sich zu seiner Freizeitbeschäftigung gemacht. Sie hingegen zieht einfache und schlichte Kleider vor, ob es in der Wahl der Farbe oder des Schnittes sei. Hocherfreut bringt er seinen Fang zurück, wie er seine Neueinkäufe nennt, entfaltet sie erregt und neugierig vor ihren Augen, um zu sehen, wie sie reagieren wird. Mit einem kurzen Blick, als hätte sie stundenlang überlegt, was ihr stehen könnte oder nicht, wählt sie die Stücke aus, die sie anprobieren will, und gewährt den Teilen überhaupt keine Aufmerksamkeit, die sie nicht augenblicklich ansprechen. Würde sie alles in Betracht ziehen, was er ihr bringt, ertränke sie in den Kleidern, so brennend ist das Jagdverlangen ihres Mannes. Sie könnte nicht einmal im Laufe eines Jahres alles anziehen, so unstillbar ist sein Durst, sie zu erfreuen. War sie am Anfang über sein Verhalten entzückt, wurde sie dessen im Laufe der Zeit sehr schnell überdrüssig und erträgt die Anprobierstunden wie einen auferlegten Zwang. Auf ihren Geschmack nimmt er keine Rücksicht. Sie legt dies als Zeichen dafür aus, daß er sie nicht so liebt, wie sie ist. Er muß sie nach seinem Bild gestalten, das er sich von ihr macht. Yannick schenkt ihr Schmuck, den sie nicht trägt. Sie mag keinen Schmuck, findet es unangenehm und überflüssig, welchen zu tragen. Im übrigen verliert sie die Schmuckstücke beim Händewaschen, auf Spaziergängen. Ach, der Ohrring mit der echten Perle, wo hab ich ihn hingelegt? Sie erinnert sich nicht an die Verluste, bemerkt sie erst, wenn er sie darauf anspricht.

»Liebste, hast du einen Ohrring verloren, ich sehe nur noch einen?«

»Ach ja, so etwas.«

Stundenlang können sie darüber reden, wo der Ohrring wohl stecken könnte. Sie sucht im Kopf die Orte ab, aber findet nichts. Damit er ihre Gleichgültigkeit nicht erkennt, verzerrt sie blitzartig ihr Gesicht, als wäre ihr das schlimmste Unglück widerfahren. Ihr Mann ist ein unermüdlicher Kämpfer, um die Wahrheit herauszufinden. Er verliert die Geduld nicht, die Möglichkeiten der aufgezählten Orte anzuhören, wo der Ohrring oder irgendein anderes Stück wohl hat verlorengehen können. Manchmal äußerte er sogar im geheimen den Verdacht, sie verliere die Schmuckstücke absichtlich. Sie will ihm einen schneidenden Schmerz zufügen, wenn er deren Verlust entdeckt. Er kann sich nicht entziehen und ist ihm immer von neuem ausgesetzt, wie ein schutzloses Kind vor einem zu gewalttätigen Vater. Wenn der Schmerz auch unerträglich ist, dauert er nicht länger als einige Augenblicke, und der materielle Verlust ist nicht weiter schlimm, tröstet er sich. Er wird ihn ersetzen, dies ist schnell getan.

Yannick liebt das Geld. Vielleicht, denkt er einfältig, aber von einem hartnäckigen Glauben angestachelt, vielleicht finde ich eines Tages ein Schmuckstück, das für Ella so wertvoll ist, daß sie es nicht mehr verlieren wird. Gleich einem sommerlichen Feuer, das die trockenen Wälder verheert, ist er in seiner leidenschaftlichen Glut nicht fähig, den Gedanken zu fassen, daß jedes Schmuckstück, das sie von ihm geschenkt bekommt, in einem zwiespältigen Licht glitzert. Einerseits ist sie stolz darauf, es erhalten zu haben, andererseits kann sie es nicht ausstehen. Yannick entzieht ihr die Möglichkeit, Herrin der Wahl zu sein, somit das Vergnügen, sich eher für die eine oder die andere Farbe und Form zu entscheiden. Nur schon die Auswahl wäre wichtig. Noch wertvoller wäre, eine eigene Wahl zu treffen, welche es auch sei. Seine Exfrau war nicht so heikel gewesen und wies Yannicks Geschenke nicht zurück. Sie verschlang das Geld, stopfte sich damit voll, hatte sich seine eigene Waffe angeeignet und richtete sie kaltblütig gegen ihn. Sie war sich deutlich bewußt, daß die Waffe, die sie auf Yannick richtete, gerade von ihm kam. Leni konnte oder wollte nicht wahrhaben, daß sie so ihre Abhängigkeit von ihm vergrößerte. Gleichzeitig trug sie es ihm und sich nach, nicht stark genug zu sein, allein ihr Leben zu bestreiten. Bei jeder Gelegenheit ließ sie ihn dafür bluten und haßte ihn für seinen Erfolg im Beruf, den sie anfangs noch ausgekostet hatte. Sie verfing sich immer mehr in der Rolle der verheirateten Frau, die sie nie hatte spielen wollen. Die treue Partnerin kümmert sich um das Haus, hat aber im Laufe der Jahre den Ehrgeiz verloren, eigene berufliche Ziele anzustreben, und schadet mit Vergnügen denjenigen ihres Mannes. Nach der Versöhnung mit Leni war Yannick sich nicht bewußt gewesen, daß ihre Lage eine Falle war, die sich langsam über ihren Köpfen schließen wird. Sogar später hatte er die unterschiedlichen Verknüpfungen nicht klar sehen können, die ihm erst geheimnisvoll vorkamen. In der Folge stellten sie sich als Begründung seiner persönlichen Katastrophe heraus. Er war zu schwach gewesen und vor allem zu fanatisch seiner Arbeit ergeben. Systematisch hielt er sich mit einer Tonne von Aufgaben und mit Distanz vor ihren erstaunlichen Rachezügen in Schutz. Mit erschreckender Langsamkeit hatte er festgestellt, daß nichts möglich war, wovon er früher geträumt hatte. So floh er den Familienherd, der keiner war, und vergnügte sich. Er wußte nicht genau, was sie in seiner Abwesenheit machte, die anfangs nur einige Tage dauerte und sich später teils wochenlang in die Länge zog. Da es ihm unmöglich war, etwas in Erfahrung zu bringen, zwang er sich, an etwas Anderes, Genaueres zu denken. Seine Forschungen und seine Arbeit ließen ihn nie fallen und waren ihm im Lauf der Jahre zu treueren Begleitern als die Menschen geworden. Über seine Flucht hinaus vergaß er Leni und sich selbst. Dennoch liebte er die Menschen und gab sich immer von neuem große Mühe, Grenzen zu überschreiten. Sein brennendes Bedürfnis war in gewisser Weise so übersteigert, daß die Person gegenüber, die sein hartnäckiges Temperament noch nicht kannte oder vielleicht nie kennenlernte, vor seinen glühenden Handlungen und Worten zurückwich. Sie ließ ihn einfach stehen. Gleich einem perplexen Hund, der zum ersten Mal ins Wasser geworfen wurde, weiß er noch nicht, ob die neue Erfahrung ihm gefallen oder ihn für immer vor der flüssigen, kalten und erstaunlichen Materie abhalten wird.

Die einzige Person, die Yannick in seinem Unglück verstand, war sicherlich seine Mutter. Sie zollte ihm sanftes Verständnis, wenn er sie besuchte und sich über seine Frau beschwerte. Pauline fühlte sich in ihrem einsamen Leben auf einmal wieder nützlich und für jemanden unentbehrlich. Sie machte es sich zum Vergnügen, ihm stundenlang zuzuhören und seinen Erzählungen das Unverständnis gegenüber Ellas Handlungen beizufügen. Sie hätte Yannick gerne helfen wollen. Mit dem Feingefühl einer Mutter stellt sie immer ihr Kind allen anderen voran. Ihre Bemerkungen über ihre Schwiegertochter waren gegen ihren Willen und den ihres Sohnes die einer Löwin, die ihre Kleinen verteidigt und Fremden gegenüber ungerecht ist. Anstatt Yannick zu helfen, handelte Pauline heißhungrig, verschlimmerte die angespannte Lage mit ihren eigennützigen Bemerkungen. Ihr Sohn war schon lange erwachsen, sein Leben lag nicht mehr in ihren Händen. Sie mischte sich ein, als hätte er das Frühschulalter nicht überschritten, und spürte es nicht. Yannick übersah aus Liebe willentlich ihre beschämende, respektlose Haltung, die ihm immer von neuem den Boden für sein eigenes Leben unter den Füßen wegzog. Paulines Dasein erhielt zumindest einen familiären Anknüpfungspunkt aufrecht, den mit ihrem jüngsten Sohn. Ihr verstorbener Mann hatte es vorgezogen, in das frische Fleisch einer jungen Frau einzutauchen. Pauline versank in Einsamkeit, die sie zu verschlingen drohte, als alle ihre einstigen Freunde sich dem treulosen Vater zuwandten. Der einzige Weg schien ihr derjenige zu sein, der über ihren Sohn führte. Sie vergaß beinahe, daß sie noch einen zweiten hatte, der in Berlin geblieben war. Dieser lebte seit annähernd zwanzig Jahren mit der gleichen Frau ruhig zusammen. Pauline war unfähig, neue Freunde zu finden, entweder aus Verdruß, den Aufwand zu bestreiten, oder aus Unfähigkeit, ihr Leben allein zu gestalten. Sie blieb von der Welt und den Leuten abgeschnitten zu Hause eingesperrt, schaute fern oder las, ohne den Ehrgeiz aufzubringen, die ihr unerträgliche Situation zu verändern. Es gefiel ihr, sich zu beklagen, und sie fand es selbstverständlich, ihren jüngsten Sohn für ihr Unglück verantwortlich zu machen. Sie wunderte sich nur, daß niemand fähig war, auch ihr Sohn nicht, ihr so zuzuhören, wie sie es sich wünschte. Pauline war es gewöhnt, für ihren Ehemann die verschiedensten Opfer darzubringen. Eine Frau wird von einem Mann durch das Privileg geehrt, die Mutter seiner Kinder zu sein. Aufgrund dieses Vorrechts war sie entschlossen zu schweigen. Fröhlich führte sie aus, was zu tun war, und profitierte von den guten Taten ihres Mannes. Als er sie verließ, genoß sie weiterhin die finanzielle Sicherheit. Nie hätte sie mit der Möglichkeit gerechnet, daß er ihrer müde werden und die Befriedigung seiner Lust bei jemand anderem suchen könnte, und zwar nicht nur kurzfristig, sondern dauerhaft. Weder seiner Frau noch seinen Kindern hatte er verständliche und deutliche Erklärungen gegeben und sie sitzenlassen wie ausgesetzte Haustiere zu Beginn der Ferien. Yannick war das Kind dieses Mannes, der im Alter zum Schürzenjäger geworden war, und hatte sich geweigert, die neue Freundin des Vaters zu treffen. Mit seiner nun verlassenen Mutter Pauline hatte er einen unermeßlichen Haß genährt. Er verkannte seinen verstoßenen und verfluchten

Vater trotz der Liebe, die dieser für ihn hatte. Yannick wünschte, daß seine Eltern sich wiederfänden. Die Eltern taten nichts dergleichen. Das Kind konnte tagelang, monatelang, ja jahrelang darauf warten. Die Familie war ein für allemal auseinandergebrochen. Besuchte er später seinen Vater, waren die Begegnungen kurz und unpersönlich. Nie hatte er wieder das Vertrauen eines Kindes in seinen Vater haben können, der in Yannicks Augen ein Verräter war und blieb. Hätte er eine innigere Beziehung mit ihm geknüpft, hätte er seine Scham und seinen Schmerz vergessen müssen, die dessen Weggehen bei ihm und bei seiner Mutter schürten. Besuchte er seinen Vater, versteifte sich sein Körper, und Yannick war unfähig, kalt und klar die gesamte Lage zu betrachten. Er verlor die Kontrolle und überlegte jedes Mal bis zur letzten Minute, ob er hingehen wollte oder nicht. Unzählige Male wog er das Für und das Wider ab, ging schlußendlich mit zugeschnürter Kehle, schweißnassen Händen und einem in dicken Nebel eingewickelten Kopf hin. Der Sohn entwickelte mächtige Verachtung gegen den Vater, war zum halben Waisenkind geworden, ohne diesen wirklich durch einen plötzlichen und unberechenbaren Tod verloren zu haben. Die Mutter fühlte sich im Recht, an dem Punkt ihres Lebens innezuhalten. Sie sah die Trennung ihres Mannes als Schlußpunkt an, nur noch wenige Zentimeter vom Friedhof entfernt. Für die Mutter war und blieb ihr jüngster Sohn der einzige Grund, sich nicht zu töten. Trotz der inneren Loslösung begab sie sich nicht auf den Friedhof und lebte ungeachtet der Gefühlskargheit sowie der inneren

Kälte, die ihre Glieder schon lange vor dem Tod in Todesstarre einfroren, noch ein wenig weiter. Der andere Sohn, der ältere, sagte sie mit kaltem Tonfall, kommt allein zurecht. Nachdem Pauline Yannick nach dem Verschwinden aus der zusammenbrechenden DDR einmal verloren und erst nach Monaten im vereinten Deutschland wiedergefunden hatte, ertrug sie die Folgen einer unvorhergesehenen Entfernung nicht mehr. Das Land war nach dem Mauerfall durch die ehemalige Spaltung stark zusammengewürfelt. Die Mauer hatte vorher den inneren Riß veräußerlicht, dessen Flicke jetzt verborgen und mit der Geschichte vergraben wurden, obwohl deren Opfer noch lange nicht verdaut waren. Pauline überhörte Yannicks Widerreden und sparte keine Mühen, ihrem Sohn von Düsseldorf in die Stadt Genf zu folgen, in der er beschlossen hatte mit Ella zu leben. Die Mutter kopierte den Plan, den sie in Düsseldorf mit Erfolg durchgeführt hatte, und mietete sich in der Nähe ihres Hauses in Genf ein kleines Studio. Sie werde die meiste Zeit sicherlich bei ihnen verbringen, dachte sie. Die Haltung, ihn zu begleiten wie ein treuer Hund seinen Herrn, wurde ihr zur Gewohnheit. Sie mochte Leni nicht, und Ella konnte sie nicht ausstehen. Ihre offensichtliche Verachtung lastete Tag für Tag schwer auf Yannick. Er wollte seine Gefühlslage klären, indem er sich von der ersten Frau scheiden ließ und die zweite einige Wochen nach der Scheidung heiratete, als wäre es ihm unmöglich, ja unerträglich, außerhalb des Ehebundes zu leben.

Yannick ließ den Ort seiner Freuden und seines Kummers gern zurück, um Reisen anzutreten. Er liebte seine Frau mehr als alles und ertrug die verwickelte Situation wie ein auferlegtes Kreuz, ohne sich dagegen aufzulehnen oder das Recht zu verspüren, sich davon zu befreien. Ella wartete im Haus auf ihn, eine zurückgelassene Beute für die unerbittliche Schwiegermutter. Diese wäre imstande gewesen, Ella zu demütigen. Ella ließ dies nicht zu und kämpfte, obwohl der Kampf all ihre Kräfte kostete. Sie saß an einem Ort fest, der für die ganze Welt zugänglich war, konnte sich weder den anderen entziehen noch sich schützen. Pauline nutzte es aus, im Besitz der Schlüssel zu sein, und kreuzte auf, wann immer es ihr paßte. Ella verlor bei den besagten Einfällen ihrer Schwiegermutter die Beherrschung und schrie Pauline an, warf ihr vor, sie habe überhaupt keinen Respekt und kein Recht zu handeln, als sei sie hier zu Hause. Ihr Mann wandte nichts ein. Ella sagte sich, es lohne sich nicht, Kinder mit einem Mann zu haben, der nicht einmal ihren Privatbereich abgrenzen und schützen könne. Die ganze Situation würde danach aussehen, als wolle Ella sich willentlichen ersticken. Sie hätte die Folgen mechanisch betrachten können, hätte sie den Mut aufgebracht, den Blick zu heben und die Umstände anzusehen, wie sie von Anfang an gewesen waren. Ella dachte nichts, wußte aber, ihr Leben war verloren. Sie würde wie Yannicks erste Frau enden und konnte ihr Schicksal nicht ändern, außer wegzugehen. Doch sie traute sich nicht. Noch nicht, bis jetzt noch nicht, sagt sie sich in der Nacht in Helsinki, in der ihr Kopf von

Luis voll ist, dem Wilden mit den schwarzen Locken und den flackernden Tieraugen. Manchmal glaubt sie, es sei ihr Los, mit dem unveränderbaren Bedürfnis einer Nonne oder einer Hure zu dienen. Nie, außer in seltenen Augenblicken der Auflehnung, hätte sie davon geträumt, sich zu verweigern und ihre Rechte geltend zu machen. Ihre Situation erschien ihr zu vertrackt. Die Kraft ging ihr ab, eine notwendige Veränderung in Angriff zu nehmen, und um sich scheiden zu lassen, fehlte ihr der Mut.

Wenn Verzweiflung aufsteigt, sie zwischen Yannick und Luis hin- und hergerissen ist, denkt sie gern an Michels großzügige und sanfte Liebe. Jetzt, mitten in der Nacht in Helsinki, erinnert sie sich nur mit Mühe, warum ihre Geschichte eines Tages so schlagartig für immer geendet hatte. Tief im Innern weiß sie es. Sie kennt die Antworten, kennt sie zu gut.

Michel schrieb graue Briefe aus der grauen Stadt Paris, wo der Schnee die Straßen im Januar nicht weiß, sondern sie schmutzig, schlammig, häßlich machte. Das Licht dringt nur für einige Stunden durch. Selten setzt sich die Sonne auf die nackten Bäume im Innenhof, die das Ende des Winters ersehnen. Sticht die Sonne durch, tanzen die Bäume leicht in der Wärme. Ich sehe es vom Küchenfenster aus. Die Bäume sind nackt. Nackt, wie du es vor mir bist. Du sagst, entblößt, enthüllt, den Augen preisgegeben. Ich schließe meine Augen. Lange sehe ich dich an. Dich, in der Blöße, in der ich dich gerne pflücke. Ich mußte zur Parkbank im Plainpalais zurückkommen, um zu sehen, ob du noch von der Welt abgeschnitten auf der Bank sitzt und liest. Angst überkam mich, du wärst schon weggegangen. Während des ganzen Vorstellungsgesprächs, zu dem mich die Gesellschaft eingeladen hatte, dachte ich an dich. Zuerst sah ich niemanden auf den Bänken. Meine Befürchtung wuchs. Meine Schritte beschleunigten sich. Dann habe ich dich gefunden. Du saßest da, in eine andere Welt versunken. Die Erde hätte beben können, und nur du wärst ausgespart worden. Du, dein Buch und deine Bank. Du wartetest auf niemanden. Es ist schwierig, Leute so zu treffen. Die Begegnung ist wie eine Liebeserklärung. Aus dem Nichts sagt man ja oder nein. Ich bin dir näher gekommen, vor dir stehengeblieben und habe geschaut, wer du bist und wo ich bin. Dein Blick hat sich auf mich gelegt und hat mich augenblicklich ruhig werden lassen. Wenn ich dich nicht erkenne, habe ich mir gesagt, dann ist es das nicht wert. Ob du aufgestanden oder ob du auf der Bank sitzen geblieben bist, das Buch auf deinen Knien, weiß ich nicht mehr. Vielleicht hast du zwei, drei Schritte gemacht, kamst auf mich zu. Ich habe dich angeschaut, um den Blick zu sehen, den du auf mich wirfst. Ich schaue, wie du deine Lippen bewegst, während du Worte aussprichst, wie die Oberlippe auf der Unterlippe zu ruhen kommt, wenn es keine Worte mehr gibt, die aus deinem Mund fallen. Jetzt sehe ich dich. Der Augenblick hat gedauert, und er dauert noch. Ich wußte, du bist es. Es war entschieden, bevor wir miteinander sprachen. Das Leben, das mir gegeben ist, will ich mit dir leben, will mit dir Kinder haben, du bist die Frau, die ich heiraten will.

Während Ella jetzt mit der Schlaflosigkeit im Hotelzimmer in Helsinki kämpft, kann sie sich nicht vorstellen, warum sie Michel aus den Augen verloren hat. Diese Beziehung entsprach ihr anscheinend. Sie zu beenden kam dem Absägen eines Armes gleich. Die ehemalige Wunde vermittelt Ella schreckliche Scheinwahrheiten, sie besitze noch beide Arme. Sobald sie sich anblickt, sieht sie, einer der beiden Arme ist abgetrennt worden und bleibt unwiederbringlich verloren. Bei der Trennung hatte sie die Bande zerschnitten und alles hinter sich gelassen, was vorher ihr Leben ausmachte. Das einengende Gefühl in ihrer ersten Beziehung ist durch eine dicke Schicht Gelebtes von damals abgetrennt und scheint ihr jetzt aus der Distanz durchaus erträglich. Sie hätte für die Bagatellen eine Lösung finden oder sie ganz einfach übersehen können. Ihre heutige Situation kommt ihr unüberwindbar, schwer und falsch vor. Sie ängstigt sich vor sich selbst, so zugespitzt ist ihre Falschheit, und sie weiß nicht mehr, wie weitermachen, ohne sich ständig selbst zu betrügen. Als hätte sie ihr Leben mit der ehemaligen radikalen Tat ein für allemal geläutert, wartet sie zu. Sie weiß, was Gewalttätigkeit bedingt, und ihr fehlt die Kraft, die Handlung noch einmal auszuführen. Sie zieht es vor, zu sehen, ob die Situation sich allen Erwartungen und allen Hoffnungen entgegen mit der Zeit verbessern wird. Wie ein kleines Mädchen weiß sie, es gibt den Weihnachtsmann nicht, doch sie will die Figur nicht aus ihrer Phantasie löschen. Ellas Liebe für Yannick ist ihr großzügiges Warten auf ihn, denkt sie, und ihre Anwesenheit. Im Gegensatz zu ihr ist Yannick nie da, wenn sie ihn braucht. Auch wenn er anwesend ist, sucht er nach sich selbst. Er dreht sich in alle Richtungen, will mit ihr zusammensein, sich in irgendeinem Hotelzimmer zurückziehen, ihre Intimsphäre genießen und mit ihrem so leicht zu handhabenden Körper spielen. Gleichzeitig will er ausgehen, einen Freund oder einen Kollegen sehen, die Berufsbeziehungen und damit seinen Status verbessern. Durch seine doppelbödige Suche trübt sich sein Blick. Konnte sie diesen anfangs nur mit Mühe klar entziffern, kennt sie ihn mittlerweile bestens. Sie ortet ihn im Vorfeld und entschlüsselt ihn als Spezialistin, spürt die seltsame Empfindung auf der Oberfläche ihrer Haut, wenn er mit ihr zusammensein will. Er meint es ehrlich, sie muß es sich eingestehen. Aber seine Gedanken treiben ihn dazu, die eingrenzenden Mauern zu überwinden und sich von ihr abzuwenden. Versucht er mit Kraft und Intelligenz, die Oberhand über das Leben zu gewinnen, entgleitet er Ella. Seine kleinteiligen Pläne und seine Aussichten stellen sich vor einem plötzlichen aufkeimenden Glücksgefühl immer als beschneidend heraus. Darauf ist er nicht gefaßt. Vor der Spontaneität des Lebens wird er dumm und blöd. Er nährt den Willen, ein anderer sein zu wollen, als der er ist. Ella versucht aufrichtig, seine wandelnde gegensätzliche Persönlichkeit zu erkennen, obwohl diese manchmal zwischen den vielfarbigen Hin und Hers nur schwer faßbar ist. Ihr scheint, daß er selbst auch die Übersicht verliert, was er eigentlich will oder wer er ist. Mit Schritten eines Vogel Strauß flieht er und fällt sogar in der plattesten Wüste auf die Nase. Gegen seine Mutter will er nicht ankämpfen, er kann es nicht. Ein Gesetz aus allen vergangenen Jahrhunderten verbietet es ihm fortdauernd, gegen den Willen seiner Mutter zu handeln. Der Sohn scheint die Mutter bedingungslos ertragen zu müssen, um die Ungerechtigkeit des Vaters zu rächen und ihre vollkommen erdrückten Rechte geltend zu machen. Dieses Ereignis ist im Laufe der Jahre so starken Verformungen ausgesetzt gewesen, daß niemand mehr weiß, woher das Bedürfnis nach Rache und das immerwährende Gefühl, ein Opfer zu sein, eigentlich kommen. Pauline verteidigt sich nicht mehr gegen ihren Angreifer, sondern gegen alle. Eine oberflächliche Verdrehung hat stattgefunden. Sie vermutet überall einen möglichen Überfall. Der Schaden ist tief in ihrer Seele eingeschrieben, aber dessen Täter hat sie zum Glück oder Unglück selbst ausradiert. Yannick erduldet seine Mutter schweigend wie andere menschliche Wesen Überschwemmungen, Brände, Erdbeben. Er stellt sich keine Fragen, will nichts an der Situation ändern und setzt keine Grenzen, um seine Privatsphäre und die seiner Frau zu erhalten. Ohne sich der Verheerungen, die seine Mutter in seiner Ehe anrichtet, bewußt zu sein, erträgt er diese und schweigt. Sobald sie nicht anwesend ist, beklagt Yannick sich über sie und sagt, sie sei eine Bürde. Pauline hätte es nicht ausgehalten, zu begreifen, daß sie ihren Sohn als Tragesel benutzt. Sie beschwert Yannick mit ihren Gefühlen, die sie beschlossen hat, aus ihrem Leben zu schaffen. Diese lasten schwer auf ihm. Die Mutter kommt treu zurück, mit der Gewohnheit eines Tieres, das seinen Stall immer findet. Eine vertraute Verrücktheit leitet sie, gepaart mit der andauernden Hoffnungslosigkeit, nicht die Hauptrolle zu spielen wie Yannicks Frau. Ella denkt manchmal, daß die Mutter ihres Mannes ihren Platz einnehmen will. Sie sagt sich dann, sie müßte nur die Koffer packen, weggehen, und allen ginge es besser. Die schmerzlichen unangenehmen Gedanken schleudern sie in schwere Nachdenklichkeit und nabeln sie vom alltäglichen Leben ab.

Michel hatte an seinem dreiunddreißigsten Geburtstag vor ihren Freunden und vor seiner Exfreundin Christiane um Ellas Hand angehalten. Nur eine von Ellas Freundinnen war beim Fest. Michel stand zum Zeitpunkt des Heiratsantrags im Wohnzimmer mit dem Rücken zur Tür vor den Gästen. Seine Exfreundin saß vorne links auf dem Sessel. Ella stand schräg rechts dahinter, vor dem Sofa, wo die meisten zusammengedrückt einen Sitzplatz ergattert hatten. Michels Blick streifte Christiane, wenn er Ella anblickte. Ella hörte seine Stimme von seinem dreiunddreißigsten Lebensjahr sprechen, von der Bedeutung des Wandels, von Jesus Christus. Er beschrieb stolz das Glück, von seinen Freunden und von Ella umringt zu sein, die er liebte. Bei diesen Worten schlug eine Welle Wärme in ihr auf. Sie war von seiner Anmut geschmeichelt, von seinem Gesicht, das vor Erregung glühte. Auf einmal sah Michel sie unablässig an, ermutigte sich, den Sprung zu wagen, als er Ellas Schönheit sah, die Christianes unvergleichlich übertraf. Sie saß komischerweise neben Ella, die beiden Frauen berührten sich beinahe, wie er wahrnahm. Michel änderte den Fluß seiner Rede, umgarnte Ella, kehrte ihrer beider Innerstes nach außen und stellte es in Griffweite vor aller Augen auf den Boden. Als bündelte Michels Stimme Milliarden Jahre in sich gleich einem Stein, verdunkelte sich ihr Klang. Er sagte den Satz, mit dem sie gerne herumspielten. Ella hörte, wie er von einem meine Liebe getragen wurde. Bei dem Anlaß hatte sie den Satz nicht erwartet. Sie hätte ihn zurückhalten und ihn in Michel einschließen wollen. Noch hatte sie sich nicht an die Freude gewöhnen können, ihn in der Öffentlichkeit auszusprechen und zu hören. Michel war vom Vergnügen entflammt, sie zu überraschen und sie im Erstaunen zu pflükken, das alle wahrnahmen. Er sagte den zwischen ihnen fußenden Satz und spürte nicht, daß er Ella gleichzeitig unter den Worten begrub. In Michels Mund entfaltete er die Kraft eines schlecht gehüteten Geheimnisses, das vor allen feilgeboten wurde. Der Augenblick war verrückt. Ellas Verblüffung wuchs an. Sie hörte ihn, hört ihn jetzt noch, sogar hier im Hotelzimmer, wo sie auf Yannick wartet, wie er den Satz in Zeitlupe ausspricht, mit einer Stimme, die von weit herkam. Michel wußte, daß sie nichts wußte.

Ella spürte eine vollkommene Leere in sich, die alles aus/
löschte. Sie sah, wie die Freunde sie ansahen, wie er sie an/
sah. Ihr Kopf war leergefegt. Sie wußte nicht, ob sie etwas
sagen würde, was sie sagen sollte, nur Leere war um sie und
in ihr. Sie wußte nicht, ob das, was sie sagte, zu hören war.
Ella hatte Angst, nicht zu sprechen, oder zu sprechen und
keine Stimme zu haben. Nach einer Stille, die ewig lang an/
zudauern schien, während der sie verzweifelt abwog, was sie
tun sollte, wegrennen, schreien, ja sagen, nein sagen oder
schweigen, antwortete Ella, ich will. Nein hätte sie nicht
sagen können, sie hätte wegrennen wollen, aber ihre Beine
waren schwer und klebten am Boden. Sie war nicht fähig,
gegen die Monstrosität anzuschreien und die Gesichter der
Leute zu verdammen, die sie vom Sehen her kannte und die
über Michels Worte auf dem laufenden zu sein schienen.
Als er nach seiner Rede Ella in die Arme schloß, streifte
diese zufällig oder als teuflische Vorhersage Christianes
Arm. Die kurze Berührung elektrisierte Ella. Tränen über/
schwemmten ihre Augen, als sie Michel küßte.

Als alle Leute weggefahren waren, sprach sie immer und
immer wieder über ihr Glück und ihre Fassungslosigkeit. Es
sei richtig, was sie in dem Moment geantwortet habe, sagte
sie sich. Sie war über sein Vorgehen so erstaunt gewesen,
daß ihre Antwort nur höchst aufrichtig sein konnte. Genau
dann hatte das Ende angefangen. Von dem Augenblick an
hatte Ella Michels Lüge und Verrat ausgelöscht, denkt sie.
Wach und schlaflos liegt sie im Bett, hat mittlerweile alle

Kleidungsstücke abgestreift. Sie liebt es, nackt zu schlafen. Doch der Schlaf will nicht kommen. Sie mied Michels Anwesenheit, rettete sich davor, daß er sich an sie klammerte. Diese Überlegungen kommen ans Licht, als sie auf eine unerbittliche Wiederholung zugeht, sie weiß es. Die Möglichkeit einer wahrscheinlichen Trennung von Yannick hängt nicht nur wie ein Schleier vor ihren Augen, sondern pflanzt sich in ihr Fleisch, das vom Unrat ihrer Geschichte aufgerissen ist, den sie lieber vergessen und hinuntergeschluckt hätte. Es dauerte lange, denkt Ella. Michel war traurig, es war schwer. Von dem Zeitpunkt an war es nicht mehr möglich. Yannick ist immer noch nicht zurück, und Ella weiß nicht, was eine Geschichte mit Luis in sich bergen könnte.

Die Nähe zu Michel war mit der Ankündigung und anderen Gerüchten verhökert worden. Verschiedene Szenarien ihrer Hochzeit wurden hinzugeknüpft. Alle blieben unfertig liegen, wurden nie umgesetzt, nicht in Betracht gezogen und ausgelebt. Sie waren vergessene Bilder und verlorene Gefühle. Die Leere, die zwischen ihnen ruhte, kündigte die Havarie an.

In der Nacht in Helsinki weiß Ella, daß Yannick nicht weit ist. Sie hat ihn vor einigen Stunden allein gelassen. Pauline ist in Genf, durchstöbert vielleicht gerade die Ecken ihres Hauses, um mehr über ihre Privatsphäre und ihr Eheleben zu erfahren. Sie ist in deren Schlüsselmomenten ausgeklammert, wenn ihre Körper sich im Bedürfnis und in der Gier vereinigen, sich im Fleisch des anderen zu verlieren. Ella beruhigt sich. Die Gedanken bringen ihr endlich den Schlaf, den ihr erschöpfter Körper seit Stunden sucht.

Ella liegt heiter und beinahe ein wenig zufrieden im Hotelzimmerbett. Die Nacht am Seeufer scheint ein Traum, an den sie sich nur noch wenig und angenehm erinnert. Gleich taumelnden Resten wellen die ausgesprochenen sowie die verschwiegenen Worte hin und her und buddeln Echos von Grabstimmen in ihre Ohren. Die Hände verkrampfen sich trotz ihres Widerstands, haken sich in den weißen Laken fest, als wären diese feste Griffe. Ella versucht aus dem Strom des kräftigen Flusses herauszusteigen, nachdem sie sich von der erstaunlichen Kraft des Wassers hat treiben und mitziehen lassen. Sie findet keine ruhige Erholung, auch nicht in den gewohntesten Körperhaltungen. Die Gedanken verlieren sich in erträumten und vorgestellten Möglichkeiten, erschöpfen sich nicht, in ihrem Kopf die verbotensten Wege einzuschlagen. Das Unsagbare zu wagen, eine Trennung von ihrem Mann ins Auge zu fassen und daran zu glauben, es sei ihr erlaubt und möglich, das Leben noch einmal neu anzufangen. Im Schlaf kann sie für einige Minuten endlich den anderen Mann vergessen.

Yannick kommt erst gegen drei Uhr früh zurück. Er findet Ella schlafend, quer über das Bett hingestreckt, kann sich nicht hinlegen, ohne sie zu verrücken und wahrscheinlich zu wecken. Dieser Vorgang birgt eine Roheit in sich, die er

vermeiden will. An diesem Abend hat er mit Sicherheit zuviel getrunken. Das kommt von Zeit zu Zeit vor, um den
inneren Druck in seinem Körper zu mindern. Er weiß ganz
genau, daß sie es nicht mag, wenn er sich nicht mehr gut
koordiniert bewegen kann. Ella vermeidet sehr bewußt
Abende, die sich klar zu Trinkgelagen wandeln. Lieber
geht sie, flieht ihn, er weiß es. Ihn zu küssen, ihre Zunge in
seinen Mund zu tauchen, der nach Schnaps oder Wein
riecht, stößt sie unvermeidbar von ihm ab, als wäre er ein
Streuner. Er hingegen würde am liebsten eine Frau auf der
Straße suchen, die es annehmen würde, mit ihm zu schlafen. Das Gefühl, von Ella verhöhnt zu werden, beschämt
ihn über alle Maße. Er verbirgt seine Exzesse vor ihr. Jetzt
setzt er sich auf den Stuhl neben dem Tisch, löst langsam
die Schnürsenkel seiner Schuhe, zieht sie von den Füßen,
knöpft sein Hemd und seine Hose auf, erhebt sich mit einigen Schwierigkeiten, das Gleichgewicht zu wahren, läßt
die Hose den Beinen entlang auf die Füße fallen. Yannick
überlegt, als er sie wie eine Opfergabe über das ganze Bett
hingestreckt beim Schlafen betrachtet, wo er sich ebenfalls
hinlegen könnte, ohne sie zu wecken. Es ist wahr, sagt er
sich jetzt, der Alkohol macht ihn kindisch und übertrieben
fröhlich. Sie hat es ihm schon unzählige Male vorgehalten.
Doch er kann es nicht lassen. Heute entschuldigt er seine
Ausschweifungen mit Traurigkeit. Ihre Feststellung, sie sei
müde, hat die Lust in ihm entflammt, zu trinken und sie
zu vergessen. Sie war nicht weit von ihm weg. Er hätte nur
die Parkanlage durchqueren müssen, die das Hotel vom

Kongreßgebäude trennt, um bei ihr zu sein, sich neben sie zu legen und den Duft ihrer Haut aus Seide einzuatmen, den er so liebt. Ja, sagt er sich, vollkommen nackt und schon bereit, sich hinzulegen, wenn er nur wüßte, wie er es anfangen soll. Während Yannick Ella ansieht, ist er mit seinem Leben zufrieden und glücklich. Die zeitweiligen Einbrüche stellen sich zwar unerwartet und vielfältig dar, aber er hätte kein anderes Leben führen wollen als das jetzige. Er hat alles, was er will. Eine Frau, die er liebt und die ihn liebt, eine interessante Arbeit, die ihn zufriedenstellt. Ohne zu fühlen, daß er sich belügt, beschäftigt ihn, keine Familie zu haben, nicht in unnützer Weise. Ich habe mich daran gewöhnt, sagt er sich und lobt das freie Leben, das er aufrechterhalten kann, während er eine enge Beziehung mit seiner Frau führt, wenigstens wenn sie Zeit zusammen verbringen. Seine Verblendung verhindert die Erkenntnis, daß er seine Frau nur wenig sieht. Die Gedankenkette zur nächtlichen Stunde ist illusorisch, eher in der Phantasie als in der Wirklichkeit angesiedelt und bei den Haaren herbeigezogen.

Als Yannicks Reisen zu immer entfernteren Zielen führten, er diese mit Annehmlichkeiten verbinden konnte, Skifahren in Utah, Tauchen in der Karibik, fühlte Ella sich verlassen, und seine Reiserei belastete sie. Er hatte ihr vorgeschlagen, ihn zu begleiten. Sie verfielen beide in Hochstimmung, vielleicht einen anderen Lebensmodus zu entdecken, der sie mehr zusammenbrachte. Als sie es einige Male versucht hatten, erwies sich das Abenteuer als unfruchtbar. Im Gegensatz zu ihren Erwartungen spannte es die Beziehung stark an. Einzig der Umstand, daß er früh aufstehen mußte und sie im Bett liegen bleiben konnte, brachte das Gleichgewicht ihrer Gefühle frühmorgens ins Schwanken und gefährdete den Frieden, der von beiden angestrebt wurde. Ella hatte in den Städten, in denen sie sich aufhielten, nichts zu tun. Nicht immer boten diese ein kulturelles Angebot, das Ella interessiert hätte. Was sollte sie in Denver oder in Johannisburg machen? Yannick hätte gewünscht, daß sie mit ihm aufsteht, ihn zum Frühstück begleitet, damit sie den Tag zusammen beginnen. Ella war in keinster Weise daran interessiert, früh aufzustehen, denn sie wußte nicht, was sie mit dem angebrochenen Morgen anfangen sollte. Sie zog es vor, lange zu schlafen, um abends frisch zu sein. Sie gingen immer zu mehr oder weniger dienstlichen Essen, mit einem Vergnügen, das für jeden anders war. Trotz ihrer unterschiedlichen Interessen fanden sie sich in der Lust, gemeinsam auszugehen. Er, um mit ihr zusammenzusein, sie seinen Mitarbeitern oder Freunden zu zeigen. Sie, um sich zu vergnügen, die tägliche Einsamkeit abzustreifen, in der sie in den verschiedenen Hotels und Städten lebte. Die wenigen Tätigkeiten, die sie unternahm, waren für den Nachmittag vorgesehen. Sie besichtigte das Stadtzentrum, falls es sehenswert war, einige Museen, ausgewählte Ausstellungen zum kulturellen oder sozialen Leben des Ortes. Er fand ihre Haltung beunruhigend bequem, hielt nicht damit zurück, es ihr zu sagen. Über seine Erklärungen hinaus tauchten Haß und

Eifersucht auf, die er nicht zu beherrschen vermochte. Beim Sprechen wuchsen sie immer mehr an, obwohl er nicht bösartig sein wollte. Er sagte immer, sie dürfe sich ihm gegenüber nicht so verhalten. Dank seiner Arbeit könne sie mitreisen, er tue alles ihm Mögliche, damit sie sich wohl fühle. Das Ziel ihrer Reise sei doch, zu den wenigen Zeitpunkten, die sie zu zweit hätten verbringen können, zusammen und nicht getrennt zu sein. Ella schwieg während der Krisen, wußte nicht, wie sie den plötzlichen und gewaltigen Stürmen gegenüber reagieren konnte. Sie war über die Kraft seiner Wut erstaunt, wenn ihre Handlungen nicht seinen Erwartungen entsprachen. Wie ein kleiner Hund sollte sie auf ihn warten, sagte sie sich, hier sein, wenn er ausging, hier sein, wenn er zurückkam. Er suchte eine Frau, die die Mutterrolle übernahm, damit er nicht allein war, eine Frau, die restlos über sich verfügen ließ und ihren eigenen Wünschen entsagte. Ella spannte ihre Muskeln und biß auf die Zähne. Seine Anfälle gingen meistens ebensoschnell vorüber, wie sie explodierten. Danach blieb jedoch ein unangenehmer Geschmack in ihrem Mund zurück, eine Mischung innerer Säuren, die während und nach den Erdstößen unweigerlich in ihrem Magen zunahmen. Sie fühlte die Erschlaffung ihrer Muskeln, wenn sie unfähig war, augenblicklich zu reagieren und ihm zu sagen, seine Haltung sei fehl am Platz, er solle sich beruhigen, sonst sehe sie keinen Grund, bei ihm zu bleiben. Da sie nichts sagte, beobachtete sie nur in ihrem Innern die Trümmer ihrer schüchternen und zerbrechlichen Gedanken. Sie hätte es vorgezogen, ihren Koffer zu packen und wegzufahren. Diese Lösung schien ihr noch verheerender, als zu bleiben, in den Fußspuren ihres Mannes zu stapfen und nichts zu sagen. Alles in allem gesehen war er nett zu ihr, machte ihr Geschenke und versuchte mit seinem ganzen Herzen, ihr gemeinsames Leben angenehm zu gestalten. Ella wußte weder ein noch aus. Sie liebte Yannick, freute sich im voraus, Zeit mit ihm zu verbringen. Die Einsamkeit bemächtigte sich ihrer, auch wenn Yannick da war, als würde die Erinnerung an das Alleinsein das Zusammensein trüben. Wollte sie die Gedanken abstreifen, klebten sie an ihr, nährten ihre Unzufriedenheit und fraßen sie von innen auf. Sie verlor die Lust. Yannicks Aufmerksamkeit galt ihrem Körper. Ihre Gefühle blieben verschüttet, verschlossen ihren Mund und ihr Geschlecht. Hätte Yannick sie angehört, hätte sie sich sicherlich geöffnet. Ellas sexuelle Phantasien blieben unbefriedigt. Die zärtlichen Streifzüge in und auf ihren Körpern machten regelmäßigen, kurzen, wohlbekannten Akten Platz. Ihr Bauch wurde hart, ihre Bewegungen waren berechnend. Sie öffnete sich äußerlich, aber ihr Innerstes verwahrte sie vor Yannicks sexuellem Hunger. Über seinem fordernden Geschlecht, das Ella mit zielgerichteten Bewegungen anspornte, drängte er in sie, vergaß dabei, daß außer Ellas Geschlecht auch noch Ella da war, die gewünscht hätte, er wiege sie in seinen Armen und höre ihr zu. Steckte sie schließlich in einer persönlichen Sackgasse fest, mußte sie sich auf die Suche nach dem Sinn ihres Lebens begeben. Dieser änderte sich schnell, paßte sich anderen Leuten an statt ihren Bedürfnissen. Was die Liebe angeht, traute sie ihrem eigenen Urteil nicht, zweifelte an ihren verwirrten Gefühlen. Sie sagte sich, ihre Empfindungen hätten an der Oberfläche ihres Bewußtseins auftauchen müssen, als sie geheiratet und das frühere Leben hinter sich gelassen hatte. Ohne genau zu wissen, wieso ihre Gefühle so befangen waren, denn sie versteckte deren Anlaß und Ursache gut, blieb sie weiterhin im Hotel, nahm Bäder, las leichte Bücher, schaute oberflächliche Serien im Fernseher an, damit die Zeit herumging und sie nicht über ihr jetziges Leben nachgrübeln mußte. Hätte sie es betrachtet, hätte sie erkannt, daß die Zeit stehengeblieben war und sie in den letzten zwei Jahren an der Seite ihres Mannes den Geschmack ihrer innersten und persönlichsten Träume verloren hatte.

Später irgendwann begleitete Ella Yannick nicht mehr. Sie hütete sich davor, sich an seiner Seite zu bewegen. Ungewollt war sie von dem Gefühl angeführt, langsamer gehen zu müssen als er, nur um sich von ihm zu unterscheiden, ihren Rhythmus zu finden und das Gedränge zu vermeiden, das von ihm ausging. Sie ertrug Yannicks heftige Stöße nicht länger. Anstelle es sich einzugestehen, klammerte sie sich an ihr Leben, um nicht sehen zu müssen, daß sie in derselben Art von Gefängnis weilte, nicht besser als ihr ehemaliges Leben mit Michel. Ella glaubte, daraus für immer entwichen zu sein. Sie erlaubte sich nicht, zuzugeben, daß die Heirat nur eine Flucht nach vorne gewesen war, eine Befreiung aus unglücklichen Umständen, die sie lieber vergessen wollte. Die Beklemmung, die ihr Atmen erschwerte, und die Gewalttätigkeit, die sie sicher und kalt einpferchte, mußte sie mit der Vergangenheit tilgen. Beinahe wäre Ella in einer unbekannten Wüste ihrer Seele liegengeblieben, die sie nie mehr durchqueren wollte.

Warum kommt sie jetzt mit ihren Gedanken wieder beim selben Punkt an, und auf eine ganz andere Weise, fragt sie sich ungläubig. Wäre sie dazu fähig gewesen oder hätte sich erlaubt, strikt und gründlich das Gewebe der jetzigen Situation abzusuchen, stellte sie mit einigem Erstaunen fest, daß es trotz der massiven Unterschiede viele Gemeinsamkeiten zwischen Yannick und Michel gibt. Diese einfache Enthüllung ist für sie schwer faßbar und entzieht sich ihr, je mehr sie sich aufdrängt. Sie hatte beide ausgewählt. Ihr schienen die zwei Männer sehr unterschiedlich, da sie sich im Äußeren unterscheiden. Der erste ist groß, blond, von verschlossenem Charakter. Ihr Mann hingegen ist ein leicht dicklicher Lebemann und Karrierehengst. Er meistert leidenschaftlich die beruflichen Entscheidungen und geht in seinem Beruf auf. Sein Privatleben richtet er danach aus, opfert, wenn es sein muß, ein Familienleben für seinen Einsatz. Müßte Ella tiefer graben, ihren Blick genauer auf die beiden Männer richten, sie aus einem anderen Winkel mit einer anderen Brille ansehen, dann hätte sie den Familienwunsch gesehen, den beide mit der Unmöglichkeit verschränkt in sich trugen, diesen zu verwirklichen. Ihr erster Mann hatte schon nach einigen Monaten um ihre Hand gebeten. Sie war nicht imstande, ihre Zusage sogleich in die Tat umzusetzen, wie er es wünschte. Das zu lange Warten machte ihn ungeduldig. Ungewißheit schlich sich in ihren Alltag ein, auf die er mit dem Umstand antwortete, für eine begrenzte Dauer, jedoch regelmäßig, mit anderen Frauen zu schlafen. Sowohl das erzwungene Warten als auch die Folge dessen, seine Ausflüge in fremdes Fleisch, wurden zu den stärksten Argumenten ihrer zukünftigen Trennung, die sich über zwei Jahre hinstreckte. Die beiden Männer besetzten den freien Platz ihres Familienwunsches, aber sie verwandelten ihn zu Trümmerhaufen. Erst trugen sie die Abfälle ihrer Familien auf ihren Rücken und ihren Schultern, schleppten sie mit sich und schleiften sie durch die geerbten Geisterstädte. Die unsichtbaren Steine verschlugen ihnen den Atem. Vor Ella luden sie die Steine ab. Langsam drehte sie jeden in den Händen, betrachtete ihn von allen Seiten, bevor sie ihn weglegte. Darüber hinaus vergaßen Yannick und Michel ihre eigenen Wünsche und vergruben ihre Träume für den Preis anderer Träume. Michel ergab sich der Lust zu trinken, die das Unwohlsein verbarg, sich zu sehen, wie er sich sehen wollte. Ihr Mann ordnete sich der vorrangigen Stellung unter, die seine Mutter in ihm einnahm. Sie war wichtiger als seine eigenen Gefühle. Obschon er es wünschte, war er unfähig, oder wenn er es sich ehrlicher eingestände, ungewillt, sich von ihr zu lösen. Auf welche Seite Ella auch immer geblickt hätte, ihr wären Gründe ins Auge gesprungen, die die Ähnlichkeit aufgedeckt hätten. Keiner war allein und von den anderen abgetrennt gültig. Beide

Geschichten unterschieden sich beträchtlich, und sie hielt ihre Gefühle erstaunlich gut im Gleichgewicht, auch wenn sie sich belog. Obschon das Klima und die Landschaften der Geschichten andersartig und unkonjugierbar waren, führten die Wege auf das gleiche Ziel zu. Tritt die Ähnlichkeit jetzt manchmal schreiend offensichtlich ans Tageslicht, glaubt sie nicht, was sie sieht. Sie leidet darunter, nicht gelernt zu haben, sich selbst zu vertrauen und nach ihren Gefühlen zu handeln. Es fällt ihr schwer, ihre eigenen Grenzen abzustecken und früh genug zu sagen, jetzt reicht es, damit sie in einer persönlichen Sicherheit ausharren kann und nicht Bereiche ihrer Persönlichkeit einbüßen muß. Einfach zu geben macht sie müde. Früher hat sie es geliebt, mehr zu geben, als notwendig war. Die mit Yannick unternommenen Reisen haben ihrer Partnerschaft mehr als alles geschadet und ihre Unterschiedlichkeit an den Tag gezerrt, mit der sie hätten umgehen sollen. Sie zogen die einfachste Lösung vor und sind vor dem Problem ausgewichen, anstatt es zu lösen. Die Entscheidung wurde getroffen, daß er alleine reist und sie ihm für einige Tage in die eine oder andere Stadt nachkommt. Sie fühlte sich nachher schuldig, die Reisen unternommen zu haben, als wären es Irrtümer, die von der ganzen Welt anerkannt worden wären. Wie sie auch immer handelt, sie lädt sich die Bürde auf, im buchstäblichen Sinne Wort zu halten. Es nicht zu tun wäre ein schlimmer Verrat, der in ihrer strengen Erziehung ganz einfach nicht vorkommen durfte. Sie würde ihn nicht überleben. Manchmal ist sie so auf ihre Handlungen versteift, daß sie deren Sinnlosigkeit nicht bemerkt. Wäre sie sich dessen bewußt geworden, hätte sie ihre eigene Haltung als eng entlarvt. Jetzt zwingt sie sich auch weiterzumachen, anstatt ihrer persönlichen Überzeugungen zu folgen und um ihr Bestehen zu kämpfen. Sie leidet in der Beziehung mit ihrem Mann unter dem Liebesentzug, wenn sie versagt. Er pflegt die Manie, nicht zu zeigen, wenn er scheitert. Außerdem verbraucht und frißt sie die Eifersucht von dessen Mutter Pauline auf. Das Gefühl wird manchmal so bedrückend, daß sie Aggressionen entwickelt, die sie nur von sich kennt, wenn sie zutiefst verzweifelt ist und nicht mehr weiß, ob es besser wäre, weiterzumachen oder zurückzuweichen. In diesen Momenten nervt sie die Übervorsicht ihres eigenen Vaters. Er verschont sie über die Distanz vor keinem Rat, den sie sich unter anderem auch selbst hätte geben können. Wenn sie ihn braucht, hört er ihr nicht zu, oder, um genauer zu sein, er hört zu, während sie erzählt, aber er hört nicht, was sie sagt, und löscht das Gesagte aus, nachdem sie es ausgesprochen hat. Es ist, als hätte sie nichts gesagt, was falsch ist, denn sie hat mit größter Mühe versucht, ihm eine komische Tatsache zu schildern. Die Unfähigkeit ihres Vaters zuzuhören hat bei ihrer älteren Schwester eine Tyrannei genährt. Ella findet selbst beinahe keinen Ort mehr, wo sie sich hinretten kann, wenn diese ausbricht. Sie hätte es vorgezogen, einen Bruder zu haben, denn die Tatsache, eine Frau zu sein und nicht dieselben Rechte zu haben wie ein Mann, macht sie schlichtweg aggressiv. In den Berufsbeziehungen erträgt sie die ungerechte und verlogene Behandlung nicht. Es sind banale Vorfälle, die sie zu oft beobachtet hat und denen sie regelmäßig in ihrer beruflichen Ausbildung und bei Praktika begegnet war. Wie hätte sie sich davor schützen sollen, wenn sie nicht weiß, was tun. Sie hat nicht gelernt, sich zu sagen, daß sie wichtiger ist als alles andere um sie herum, ihr Leben zu lieben und dies in einer immerwährenden Überzeugung zu glauben. Obwohl sie es nicht will, ist sie manchmal zu rigoros. Um sich gegen mögliche Übertritte zu schützen, setzt sie vorbeugend Grenzen. Dann braucht sie nicht ständig daran zu denken, wie sie diese ziehen soll, wenn es ihr notwendig erscheint. Sie leidet noch immer darunter, Michel geglaubt und seinen Worten vertraut zu haben. Ihre Geschichte auszusprechen, das war, denkt sie jetzt, eine Falle.

Ella liegt nach kurzem Schlaf schon länger wieder wach neben Yannick. Jetzt dreht sie sich ihm zu und küßt sanft seine Nase. Du bist nicht wie Michel, flüstert sie ihm zu, du bist nicht so falsch, du, ich liebe dich. Er antwortet mit unverständlichem Gebrabbel, schnarcht leise weiter. Über den existentiellen Wirbeln in seinem Kopf ist er in einer Ecke des Bettes zusammengekrümmt eingeschlummert. Er hat sich neben die schlafende Ella hingelegt, nachdem er sie in seine Arme geschlossen und einige Dutzend Zentimeter verschoben hat, um sich ein Plätzchen frei zu räumen. Nah bei Ella hat er den Duft ihrer Haut eingesaugt, den sie verströmt und der für ihn unvergeßlich ist, sie, seine Königin. Der regelmäßige Rhythmus seines warmen Atems strömt über

Ellas Hals, den ihre offenen Haare bedecken, und wiegt sie. Jetzt fühlt Ella im Hotelzimmer in Helsinki neben ihrem Mann Beklemmung.

Die Hochzeitsankündigung hing in den Tagen danach traumartig im Raum. Michel fuhr rasch von Genf weg, kehrte zur Arbeit nach Paris zurück. Beide waren ohne den anderen, Ella in Genf und Michel in Paris. Er hatte geglaubt, Ella entferne sich von ihm, aber er fand sie wieder, wenn er ihr schrieb. Ella hingegen war abgewandter denn je. Sie hatte den Eindruck, Blei an ihren Füßen haften zu haben und sich nie mehr von dessen Last befreien zu können. Ella nahm es Michel übel, daß er über den Zeitpunkt, den Ort und die Gesellschaft des Anlasses entschieden hatte. Tief im Innern wußte sie, daß ein gewaltsames Gefühl heranwuchs. Er hatte sie ohne jegliche Ankündigung erschüttert und danach allein gelassen. Ella erzählte sich Geschichten, als sie ihm Wochen später schrieb, er habe wie ein Mann gehandelt, sie sehe seinen Mut, seine Liebe, sie sei stolz auf ihn und auf die Entscheidung, die er als Mann getroffen habe. Es war nicht richtig. Sie belog sich. Über die lächelnde Fassade hinaus, die sie ihm zeigte, war sie wütend und verletzt, von dem Mann verraten worden zu sein, dem sie vertraut hatte. Michel hatte sie in allem vergessen, sie, die Protagonistin, um deren Hand er anhielt.

Ella dachte, Michel den Fehltritt verziehen zu haben, den er aus Liebe begangen hatte. Der Kampf, den er führte, rang um Anerkennung bei seinen Eltern, seinen Brüdern und seiner Schwester. Er verlor von Anfang an. Seine Familie war nicht fähig, das Ereignis als einen Wendepunkt in seinem Leben anzusehen. Sie schob Michel weg, als würde die Heirat ihn persönlich nicht betreffen, und versteifte sich darauf, nur mit Ella zu sprechen, als heiratete sie allein. Während der Gespräche mit ihrer zukünftigen Schwiegermutter und seinen Tanten verlor Ella Michel immer mehr. Er schwieg, als wäre es vorher so abgesprochen gewesen. Gleich einem alten Diener war er es gewohnt, das vorgesehene Menü, die Marke des Kleides, die auszuwählenden Weine, den Ort des Festes und das Wichtigste, die Wahl der Kirche, den Frauen zu überlassen, und er beugte sich ihren Wünschen. Ella rügte Michel, wagte sich nie vor, ohne seine Meinung zu kennen. Sie fühlte sich wie eine Forscherin auf unbekanntem Terrain, die nicht einmal wußte, wie es geschichtet war und was sie suchte. Informationen hielt sie zurück, um sicherzugehen, sie mit ihm abgestimmt zu haben. Das Vorgehen ermüdete sie. Ella drang auf ihn ein, um herauszufinden, wieso er sich sperrte, über die Hochzeit zu sprechen und sie mit ihr zusammen in die Tat umzusetzen. Nach einigen Wochen, die Monate dauerten, senkte sie die Arme und sagte, sie könne nicht mehr. Sie wartete, was geschehen würde. Erstaunlicherweise geschah nichts. Michel fing wieder an zu trinken. Im Sturm, der Schaum peitschte, mußte er sich vergessen. Es war ihm unmöglich zu handeln. Um sich irgendwo hinzuflüchten, griff er zum Glas. Der Alkohol sei eine schwarze Hexe, eine immer zu allem gewillte Geliebte, sagte er, damit Ella ihm einen Rausch verzeihe. Die Frau, die er suchte, Ella wußte es, müßte dem Bild gerecht werden. Er verlangte das Unmögliche, die Mutterhure, die sanfte unterwürfige jungfräuliche Geliebte, die genug erfahren sein sollte, um ihm Lust zu verschaffen. An welchem Punkt er sie verletzt hatte, konnte er nicht wissen und sie auch nicht. Die Zeit, die voranschritt, enthüllte erbarmungslos das verhängnisvolle Ausmaß seiner Tat. Ella sagte ihm in ihren Briefen, ich weiß, daß ich Dich mehr als alles liebe, und sie unterschrieb ihre Briefe mit Deine Frau. Die hochtrabenden Worte entfernten sie von der Wahrheit und halfen ihr, in einem Klima zu überleben, das immer trockener wurde. Ihre Haut war von Furchen und offenen Wunden geriffelt. In ihrem Kopf mußte sie pedantisch die alltägliche Arbeit angehen, die Wahrheit von sich fernzuhalten, die um sie herumspukte. Sie wäre gerne imstande gewesen, ihm zu verzeihen. Ihre Gespräche versiegten. Sprach Ella die Ankündigung an, sah Michel nur den drohenden Vorwurf, und dieser verletzte ihn. Für ihn stellte der Antrag den Höhepunkt dessen dar, was ihm möglich war. Er hatte perfekt sein wollen. Die Versteifung, mit der er sich seinem Willen verschrieb, kündigte die Unmöglichkeit an, diesen zu verwirklichen, und leitete den Verrat seiner noblen Überzeugung ein. Bevor Ella noch irgend etwas sagte, fühlte sich Michel gefährdet. Er mußte über der Wahrscheinlichkeit herrschen, sie könnte das Trugbild zerstören, das nur auf dem Grund eines Sumpfes gebaut worden war. Der Ausspruch des Wunsches, ein Paar zu sein, hatte sich als Offenlegung der Niederlage entpuppt. Das war der Anfang des Endes.

Jahre nach der Trennung von Michel und an Yannicks Seite fühlt Ella die riesige Kerbe an einem Ort ihres Körpers, den sie nicht ausmachen kann. Für jeden anderen ist sie unsichtbar. Wollte sie die Kerbe benennen, wäre es immer die Unfähigkeit, von Anfang an nein zu sagen. Michel ergötzte sich an den ungläubigen Reaktionen auf dem Gesicht seines Gesprächpartners, wenn er seine zitternden Gebäude errichtete. Sein Gesichtsausdruck strotzte je länger je mehr vor dem Gesagten, obwohl er beinahe ebenso großkotzigen Unsinn aussendete wie ein psychotischer Tyrann. Er wußte es und glaubte keine Sekunde lang, was er sagte. Das vergrößerte nur seine Lüge sich selbst und allen anderen gegenüber. Ella zählte die abwegigen unwirklichen Gespräche, die sie führten, nicht mehr. So viele Worte ohne Taten. Sie hatte den Eindruck, daß es ihm angenehm war, einmal dies, einmal das zu werden, ohne einen konkreten Schritt in die eine oder in die andere Richtung zu unternehmen. Am Anfang hatte sie ihm zugehört, ihm geglaubt. Sehr schnell spürte sie, daß sie es besser nicht tun sollte. Sie empfand, ohne es zu wollen, eine enttäuschende Leere nach den stundenlangen geistigen Ausritten in unwegsames, aber feenhaftes Gelände. Zum Schluß dachte sie, daß sie ihn nicht ernst nehmen sollte. Das beste wäre sogar, die Wogen seiner Angst vor der Gegenwart und der Zukunft kommen und gehen zu lassen, nichts zu sagen und sich nicht einzumischen. Sie hatten immer davon gesprochen, wie es bei, während und nach der Hochzeit sein würde, was sie täten, wie sie ihre Wohnung einrichteten, und wie diese sein sollte. Mit einer beinahe erschütternden Ernsthaftigkeit hatten sie nachgedacht, wie ihre Kinder heißen sollten. Oskar, wenn es ein Junge war, oder Emil, Tom, Aurelia für ein Mädchen, oder Emma. All die verzweifelten Träumereien verblieben in einer ungenauen Landschaft ihres Lebens, die sich mit der Zeit immer willkürlicher gestaltete. Ella gab ihre Territorien frei. Michel bezog alles auf sich, den Wunsch, etwas aufzubauen, und den, etwas zu zerstören. So war und blieb er immer der Herr des Durcheinanders, das er in der Beziehung schuf. Er beherrschte die Welt, die sie langsam entdeckte. Sie glaubte ihm noch nach einer großen Zahl von Enttäuschungen, daß es eines Tages möglich sei, ihre Träume zu verwirklichen, wenn sie ihre Probleme ausdiskutiert hatten. Obwohl Ella instinktiv wußte, daß sie ihm nicht vertrauen konnte, tat sie es dennoch. Sie war vom Wunsch getrieben, daß aus den Vorhersagen eines Tages etwas anderes würde als eine Welt, die sie nur in ihrer Phantasie ausschmückten. Er hätte ihr so ein für allemal bewiesen, daß der Kopf nicht immer über die Gefühle zu herrschen hatte, wie ihre Eltern es predigten. Ella brauchte lange, bis sie glaubte, was sie sah.

Ella beneidet Yannick um seinen ruhigen Schlaf. Sein Gesicht ist geglättet, sein Atem regelmäßig. Ein Schleier Friede liegt über seinen Zügen, mit dem Ella sich gerne zudecken würde, um sich von ihren Gedanken zu lösen, die sie in einer alten Geschichte zurückhalten.

Michel ärgerte sich über Ella. Sie war abwesend, begann sogar abends zu Hause zu arbeiten sowie an den Wochenenden, die sie zusammen verbrachten. Ihm fehlten die zärtlichen Momente vor dem Kaminfeuer oder am Seeufer. Er konnte sich nicht zurückhalten, sie ohne Unterlaß zu stören. Es lockte ihn und wurde zu seinem vergnüglichen Zeitvertreib. Michel mochte ihre heftigen Reaktionen. Ella erschien ihm dann weniger beeindruckend. Er konnte es nicht glauben, mit einer Frau zusammenzusein, die so schön war. Wenn sie auf der Straße auf ihn zukam, betrachtete er sie wie eine Fremde, vergaß ihre Mängel und Fehler, damit sie, zumindest in seiner Vorstellung, perfekt war. War Ella ihm fern, liebte er es, sich von der Fremden mit den sicheren Schritten angezogen zu fühlen, mit denen sie lässig schön und leicht durch die Welt ging, obwohl er ihre kleinsten Fältchen genauso gut kannte wie die geheimen Orte all ihrer Muttermale. Dann reihte er Ella wieder unter die übrigen Sterblichen, wenn er feststellte, daß auch sie ihre Haare verlor. So konnte er sie hemmungslos zu einem gewöhnlichen menschlichen Wesen vermindern, um nicht befürchten zu müssen, von ihr erdrückt zu werden. Immer mehr stieg in ihm der Zwang auf, ihr Leben zu beherrschen, um sich lebendig zu fühlen. Er schwindelte sie an, um ihre Eifersucht zu entzünden, erzählte ihr von anderen Frauen, mit denen er Kaffee trank. Ellas starke Gefühle, die in ihr entbrannten und sie längerfristig gefährdeten, lösten in ihm Befriedigung aus. Zwar kannte er diese seit jeher, aber sie überfiel ihn jetzt wie zum ersten Mal. Michel war tief zufrieden, Ella in einem verschwommenen Gefühlsmeer zu halten. Sie wurde sehr fügsam und ließ sich leicht lenken. An gewissen Tagen machte er sich einen Spaß daraus, ihre Reaktionen bis ins kleinste Detail zu beobachten und die aufgefächerten Möglichkeiten, die sie ihm bot, sorgfältig zu registrieren. Skrupellos log er in die eine oder in die andere Richtung, um immer neue Facetten ihrer Reaktionen zu entdecken. So brachte er sie gleich einem leeren verlorenen Schiff zu sich zurück, das von den Meereswellen ans Ufer geschwemmt wird und strandet. Er wollte kein Paar sein, fühlte sich unfähig, als Paar zu leben, und konnte sich auch nicht vorstellen, Kinder zu haben. Wie hätte er neben einem Kind atmen können. Töten hätte er es müssen, um sich nicht selbst zu gefährden. Michel wollte einem alten Familienmodell folgend herrschen, herrschen und alles überragen, um vor nichts Angst zu haben. Er war sich sicher, sie wartete auf ein Wunder. Das Unmögliche. Alle Frauen warten immer auf Wunder, dachte er. Mit ausgesuchtem Geschmack ließ er sich gehen und verwandelte sich mit seinem Wesen zu einem parasitären Menschen. So wollte er sein, dies war seine Berufung. Er spürte seine Faulheit, seine Abhängigkeit und gab sich ihr widerstandslos hin. Sie sagte ihm, er solle auf sein Verhalten achten, es sei unmöglich. Hätte er gehandelt, hätte er feststellen müssen, wie leer seine Worte waren. Sie dienten nur dazu, zu durchstöbern, wie die Bestie sich befand, die in jedem Menschen schlummert. Unaufhörlich tauchte sie nun bei ihm auf. Immer häufiger kitzelte er sie aus sich heraus und floh sie gleichzeitig. Er konnte sich so nur zittrig in einem Gleichgewicht halten und mußte lernen, auf dem Seil seiner verborgenen Geschichte zu schreiten. Ella fühlte, daß er sich entfernte und sich fortan dem Verrat seines Wesens verschrieben hatte. Das Paar war zu einer mit Lügen angefüllten Müllhalde geworden. Beide zögerten es willentlich oder unwillentlich hin, den Abfall abzuarbeiten. Ella verirrte sich ohne Unterlaß in seinem Wesen und versuchte mit allen vereinten Kräften ihres Körpers und ihres Kopfes, den Menschen auszumachen, der er anfangs gewesen war und der sie zutiefst berührt hatte. Sie hätte ihn so wieder finden wollen. Doch das Wesen, das sie suchte, war nur das zeitweilige Gewand eines Menschen gewesen, den sie unter den übergestreiften Schichten aus der Ferne kaum ausmachen konnte. Sie sehnte sich nach seiner Zerbrechlichkeit, nach der Aufrichtigkeit eines Menschen, der seine Handlungen und Gedanken bezweifelte. Statt dessen entdeckte sie, daß er von der Tatsache gequält war, unerwünschte Leute zu treffen, wenn er zur Arbeit ging oder von der Arbeit nach Hause kam. Diese drängten ihn dazu, sich in vollkommen gegenteilige Haltungen seines sonstigen Charakters zu retten. Er wurde ein auf sich selbst bezogener Weltenkrieger und sang ununterbrochen das Schicksal der Welt, das unweigerlich schon vorgeschrieben war. Pläne wollte er keine machen. Was es auch immer war, nichts konnte gelingen. Gespräche bremste er ab und paßte sie seinem Schneckentempo an, wobei er entschieden behauptete, es sei das einer Libelle.

Obwohl Ella Yannick vertrauen müßte, kann sie es nicht. Alles in ihrem Leben schreit ihr ins Gesicht, daß sie nicht blind vertrauen soll, vor allem nicht ihm. Sie muß den unbekannten Abgründen mißtrauen, die in ihm ruhen, und diesem Mißtrauen vertrauen. Denn die Zuversicht hat sich aus dem Staub gemacht. Sie kann sich unmöglich unsichtbaren Händen hingeben, die ihr nur Gutes wollen. Diese Hände gibt es nicht, hat es nie gegeben und wird es nie geben. Sogar die ihrer Mutter sind zeitweise unverständlich bedrohlich und hart, danach wieder weich und vorsehend. Sie nimmt Zeichen wahr, die sie schmerzhaft aus dem Leben katapultieren, sie gegen die Mauern der Gefüge werfen, die in ihr eingeritzt sind. Mechanisch erhebt sie sich wieder, sieht sich ins Gesicht und sagt sich mit Nachdruck, ich muß weitermachen. Yannick hat ihr gesagt, sie habe gegenüber der Gefahr eine ungeschickte Haltung. Anstatt ihr auszuweichen, ziehe sie sie an. Er hat sie einmal gefragt, wieso sie, bevor sie ihn kennengelernt hat, mit einem Alkoholiker zusammen war, der vorgab, nicht mehr zu trinken. Wie konnte sie denn wirklich wissen, daß er nicht mehr trank? Yannick hat Michels naive Behauptung niemals geglaubt. Sie hat ihm nicht geantwortet. Die Ängste, die sie für Michel empfunden hatte, tauchten manchmal urplötzlich mit Yannick auf. Durch eine zu einfältige Überlagerung, sie weiß es, befiel sie vor allem am Anfang, wenn Yannick fortging, die gleiche Angst wie damals bei Michel. Ohne es sich eingestehen zu wollen und ohne es je ihrem Mann zuzugestehen, fragt sie sich nächtelang, was er macht. Klar weiß sie, daß er in dieser oder jener Stadt ist, an diesem oder jenem Kongreß weilt, mit diesen oder jenen Leuten zusammen ist. Wie ein gefangengehaltenes Tier, sie denkt an das schöne Gedicht von Rilke, dreht sie sich wie der Panther im Kreis um ein und denselben Punkt, eine angespannte, überspannte Bewegung. Sie ist unfähig, sich zu sagen, daß sie bei sich bleiben und ihn vergessen muß. Was er auch immer tut, sie kann nichts daran ändern, was möglicherweise stattfindet oder schon stattgefunden hat. Mechanisch muß sie es wiederholen, als wäre es ein Abzählvers, den Kinder tagaus, tagein vor sich hin singen, bis er den Sinn dessen verliert, was er aussagt. Ella weiß, daß sie Angst hat, die Leute zu verlieren, die sie liebt. Sie würde ihre Haut weggeben, um sie nicht zu verlieren. Für Michel hätte sie ihr Fleisch hergegeben, um ihn zu bewahren. Ella hängt sich an die Leute, anstatt sich zu sagen, wenn sie diese verliert, gibt es sicherlich einen guten Grund. Sie leidet darunter und wird unglücklich, wie sie es jetzt mit Yannick ist.

Ella hätte besser daran getan, wegzugehen, oder noch besser, ihre Geschichte nie anzufangen. Sie ging genau an dem Abend in der letzten Woche ihres Praktikums in Wien weiter, den sie als den Schlußpunkt einer banalen Episode ansah. Vielleicht hat sie damit erst wirklich angefangen. Im

Gegensatz zu ihren Erwartungen ist Yannick von ihrer Abkehr und ihrer zeitlich begrenzten Entfernung angetrieben worden, zu handeln und sich zu öffnen. Am nächsten Morgen gegen neun Uhr klingelte es bei Ella. Natascha, die im Wohnzimmer auf dem Sofa schlief, stand auf. Sie kommunizierte über die Sprechanlage mit einem Mann und verstand nicht, was los war. Als Ella aufstand, warf sie Natascha fragende Blicke zu und hörte mit ihr, was Yannick unten, draußen vor der Tür in der Kälte sagte. Er bat gerade darum, eingelassen zu werden, beklagte sich dabei wie ein geschlagener Hund und bettelte, einige Minuten mit Ella über gestern abend sprechen zu können. Unter Ellas kaltem Blick antwortete Natascha ihm mit einer Empörung, die sie sofort packte, diese schliefe noch, er habe wohl während des ganzen Abends genug Zeit gehabt, mit Ella zu sprechen. Yannick stotterte, rieb sich die Hände, stand in der Kälte. Er wollte nur eines, Ella sehen, mit ihr sprechen und die Vorgänge des Vorabends in das richtige Licht rücken. Nachdem Ella einige Minuten nachgedacht hatte, die Yannick radebrechend mit in Schlaufe wiederholten Entschuldigungen untermalte, sagte sie Natascha, sie sei einverstanden, ihn zu sehen, unten, im Hauseingang. Zu Yannick sagte sie, der sofort verstummte, als er Ellas Stimme vernahm, es ist unmöglich, daß du heraufkommst, ich habe Besuch. Die Worte versetzten Yannick in Alarmzustand. Er fragte sich, ob Ella mit einem Mann zusammen war, ob sie seine Abwendung ausgenutzt hatte, um einen Typen nach Hause zu schleppen. Sein Zorn zielte einzig und allein auf Leni. Wie ein Gespenst war sie ohne Einladung in einer Stadt aufgetaucht und wie eine gestürzte Königin zu einer Versammlung gekommen, die ihr schon lange gleichgültig, ja scheißegal war. Ella stieg die Treppe langsam hinunter. Yannick wartete an deren Fuß auf sie, schlotterte neben den kupferfarbenen, verbogenen und halb zugesperrten Briefkästen. Ohne zu warten, bis Ella ihn irgend etwas gefragt hatte, redete er wie eine Lawine los, die Ella nicht auf sich zustürzen ließ. Sie unterbrach ihn hart und äußerte nicht nur ihre Enttäuschung, sondern lobte ihre Vorsicht. Ihr Vorgefühl scheine sich als richtig herauszustellen. Sie schälte Schicht für Schicht seine Lüge, in der er sich aufrechthielt. Diese Frau, Leni, was für ein lächerlicher Name, sagte Ella bitter. Leni, die immer noch auf ihren Rechten bestehe, die Lügen über seine gescheiterte Ehe, seine Einsamkeit und und und. Im Gegensatz zu ihrer Erziehung, die ihr vorgab, gerade zu stehen, nett zu sein und immer zu lächeln, hatte sie nicht gelernt zu sagen, wann sie es nicht mehr aushielt. Ihr Körper mußte äußere sichtbare Zeichen erfinden. Als Kind kam es vor, daß sie in den seltsamsten Momenten zusammenbrach, zum Beispiel wenn ihr Vater ihr morgens die Zöpfe flocht. Die unfreiwilligen Stürze, die sie mit ihrem Willen zu verdauen hatte, setzte sie mit ihrem inneren Zustand gleich. Etwas in ihr lief verkehrt, und sie mußte die Fehlfunktion suchen gehen, für die ihr Körper nur den zeitlich begrenzten Kollaps gefunden hatte. Manchmal, wenn ihr Kopf blutleer war, fiel sie schwer und mit einem aufsehenerregenden Lärm hin, den sie noch registrierte, als sie schon von dickem schwarzem Nebel zugedeckt wurde. Dann verlor sie das Bewußtsein. Jetzt handelte Ella, ohne zu überlegen, ließ ihren Gefühlen freien Lauf. Yannick schwieg schuldig, wußte, etwas entgegnen würde nichts nützen, gar nichts. Er wartete, bis der Strom an Vorwürfen abschwellte, und sagte sich, daß er seine Situation klären, aufräumen und sich von Leni scheiden lassen wollte. Sie sollten endlich ihre Güter trennen. Er mußte sich von dem ganzen Berg aus Nichtgesagtem in dieser Ehe befreien, um auf das Leben zuzugehen, das Ella für ihn zum jetzigen Zeitpunkt verhieß.

»Ella, hör zu, ich habe verkehrt gehandelt, ich hätte dir etwas sagen sollen, ich weiß es, hör zu, verzeih mir, verzeih mir bitte, ich liebe dich.«

Yannick hatte nichts sagen wollen, was in diese Richtung zielte. Er spürte, daß es in keinster Weise der richtige Moment war, seine Gefühle zu enthüllen. Die Worte hatten sich von ihm losgelöst, und unabhängig von ihm hatten sie sich gesagt. Ella war schockiert und jetzt entrüstet. Sie schlug hemmungslos auf ihn ein, sagte ihm, er solle aufhören, solche Worte zu sagen, er habe zu solchen Worten kein Recht, er sei der schlimmste Lügner, den sie je gekannt habe, und sie fügte hinzu, er solle schleunigst verschwinden. Yannick wußte nicht mehr, ob er bleiben oder weggehen sollte, aber bevor er wegging, sagte er:

»Hör zu Ella, ich werde meine Situation in Ordnung bringen, können wir uns dann wieder sehen?«

Ella schwieg, antwortete nichts. Yannick war schon dabei, aus dem Gebäude hinauszugehen, als sie sich sagen hörte:

»Wenn du dich scheiden läßt, können wir vielleicht über alles noch einmal reden.«

Oft wiederholt Yannick für sich, zum Glück sei er an dem Wintermorgen in Wien zu Ella gegangen und habe ihr gesagt, was er fühlt. Ella ist eine nachtwandelnde Seele, die sich selbst in allem vergißt. Sie nährt eine größer werdende Wut auf Yannick, wenn sie auf ein Zeichen von ihm warten muß, weil er bei der Arbeit oder auf Reisen ist. Seine Worte sollten ihr mitteilen, daß er mit ihr ist und bleibt, trotz der sie trennenden Entfernung. Er hingegen spürt sie in sich, denn er sucht und findet sie mit seinem Kopf und mit seinem Körper. Auch wenn er sich Mühe gibt, erhält sie selten einen Brief oder einen Anruf. Sie hingegen spürt ihn nur in den Worten, zwischen den Worten, dann weiß sie, daß sie zusammen sind, ohne es aussprechen zu brauchen. Immer öfter bleiben die Zeichen von Yannick aus, und Ella wartet vergeblich. Er weiß, daß er sich anstrengen muß, regelmäßig zu sein, denn er mag nicht schreiben, und manchmal vergißt er, sie anzurufen. An gewissen Tagen übertreibt er, ruft drei Mal hintereinander an, hat ihr aber nichts zu sagen. Seine Kommunikationshysterie, während derer er nichts mitteilt und vor allem nichts von ihr wahrnimmt, verscheucht nur Ellas Lust zu sprechen. Das findet sie noch schlimmer. Während sie wartet, sich vorstellt, daß etwas kommen sollte, ist sie aus Zorn verletzt, daß im Gegensatz zu all ihren Erwartungen nichts kommt. Sie ist nicht sehr anspruchsvoll, findet sie, kann nicht verstehen, daß er sie in sich trägt und sie sich dessen sicher sein kann. Instinktiv weiß sie, daß nichts von ihm kommt. Dieses Nichts gegenüber ihren Gefühlen, die sie für ihn in gewissen Augenblicken empfindet, stürzt alles in ihr um. Als wäre es ein Nachaußenkehren dieser Wunde, fügt sie sich an den Händen und an den Füßen Leid zu, damit alle Welt dieses sehen kann, allen voran Yannick. Einmal, als sie noch zu Beginn ihrer Ehe mit Yannick reiste, waren sie in einem Hotel in Rom abgestiegen. Es war ein Etablissement mit weißem gewölbtem Innenhof. Ihr Zimmer war mattleuchtend rot gestrichen, ein Zauber der Pigmentmischung. Das Bett ruhte einem Schiff gleich im Hafen inmitten des angenehm strahlenden und beruhigenden Raumes. Sie träumte von Michel, als wäre sie mit ihm zusammen. In größter Nähe blitzten archäologische Brocken ihrer Geschichte auf, die sie umgarnten. Doch sie wußte, fühlte, daß sie sich von ihnen so weit wie möglich entfernen mußte. Eine Flut von Hoffnungen, daß Ella und Michel vielleicht noch etwas zusammen zu leben hätten, schwappte hoch. Das Aufglimmen konnte sie sich nicht erklären. Sie wußte genau, daß es unmöglich war, wieder zusammenzukommen und ihre Geschichte weiterzustricken, die vor Jahren geendet hatte. Sie würden gegen die gleichen Hindernisse stoßen.

Das verrückte Glück trug sie auf den Flügeln einer verblendenden Leichtigkeit. Nach einem Jahr wurde das Leben mit Michel schwer und verschlang sie. Ella wußte nicht genau, woher das Gefühl stammte. Es ähnelte dem, das sie jetzt mit Yannick empfindet. Nur die Verteilung auf die Zeitdauer ist anders. Das Gewicht drückt jetzt momentweise und verschwindet an gewissen Tagen, denkt Ella und streichelt fein Yannicks rauhe Haut, die mit graublonden Härchen bedeckt ist. Eine seiner Hände erwacht aus dem Schlaf, gleitet sanft über ihren Arm und streichelt sie ebenfalls. Sie hat immer seine feinfühlige Körperlichkeit geliebt und hätte Mühe, würde sie diese missen müssen. Währenddessen weiß sie in keinster Weise, wie Luis ist. Von welcher Leidenschaft wird er getrieben? Wäre er wahrhaftig zu der Liebe fähig, die Yannick unter Beweis stellt, obwohl er manchmal langweilig ist und jetzt schläft?

Die Löcher, die Michels Worte in ihre Geschichte einschrieben, mahnten Ella zur Vorsicht. Sie bremste ihre kindliche Begeisterung. Er lebte von dem Wortschwall wie ein Bettler vom erhaltenen Brot. Sie konnte nur auf eine Waffe zurückgreifen, sich zu verschließen und zur stummen Schildkröte zu werden. Ohne etwas zu erwarten, krümmte sie sich zusammen. Die Abschottung ihrer Person trieb Michel zur Weißglut. Ellas wachsendes Mißtrauen, das seinen unverständlichen Reaktionen folgte, schützte sie sicherlich vor einem noch viel schlimmeren Unglück. Schlußendlich hätte es, Ella war sich dessen sicher, in einem schrecklichen Mord im Affekt geendet. Methodisch wäre er vorausgeplant und mit einer unkontrollierbaren Lust entweder von ihr oder von

ihm ausgeführt worden. Ella wußte nicht, wer der Angrei‚
fer war. Sie wußte nur, daß sie sich auf die Länge zerfetzt
hätten. Michel wußte es ebenfalls. Um ein Abschlachten zu
vermeiden, zog sie es vor, sich rechtzeitig von ihm zu tren‚
nen. Zum Zeitpunkt, als sie Yannick besser kannte, war ihr
klar, daß mit ihm das Risiko eines Mordes aus Leidenschaft
nie bestehen würde. Sie wußte es von Anfang an. Sicher‚
lich half ihr die Ruhe, die sie in seiner Gegenwart empfand,
seine anfängliche Ungeschicklichkeit zu vergessen. Die Ver‚
schleierung seines Beziehungsgeflechts hätte sie jedoch auf‚
rütteln und mahnen müssen. Michel war ein Mann, der ein‚
mal liebenswürdig und zugeneigt war. Dann konnte er
wieder selbstbezogen sein, als vermochte die Zuneigung, die
er ihr entgegenbrachte, jeglichen kommenden Verhaltens‚
wechsel zu entschuldigen. Yannick ist von Natur aus un‚
ruhig. Gutmütig richtet er sein ganzes Leben nach seiner
Beziehung aus, obwohl er sich dabei immer die Freiheit
offenhält, nach Arbeit und nach sozialer Anerkennung zu
lechzen.

Nach zwei Jahren in Paris hatte Michel sich entschieden,
nach Genf zurückzukehren. Sie zogen zusammen. Das Zu‚
sammenleben brachte Klüfte zum Vorschein, die sich
schwer überbrücken ließen. Die zwei Jahre fern voneinan‚
der hatten diese noch vergrößert. Ihre Lebenslage war ver‚
ändert. Die Heirat war in unerreichbare Ferne gerückt. Ella
nahm es nicht mehr auf sich, alles zu meistern, während
Michel sich in einer erschreckenden Stummheit verkroch.

An einem Sonntag im Mai, bald drei Jahre nach der Begegnung im Plainpalais und vier Monate nach Michels Rückkehr nach Genf, ging er weg, wie schon unzählige Male. Er trank, floh, sah andere Frauen, was wußte sie schon. Als er am Abend zurückkam, sagte Ella Michel, es sei aus, es ist zu Ende, es ist Schluß.

Ihrer Trennung war eine hitzige, verzweifelte Kopulation vorausgegangen. Michel mochte harten Sex. Er verstand die Sexualität nicht mehr als zu erforschendes Land. Anstatt sich gehenzulassen und den anderen zu entdecken, ließ er sich und dem anderen, wahrscheinlich aus Angst, keinen Platz für die sinnliche Reise. Michel erwachte und war erregt. Ella schlief. Er näherte sich ihr, küßte sie sanft auf den Mund, streichelte gleichzeitig mit seinen Händen über ihren Bauch und ihre Brüste, schob das T-Shirt weg und schlug die Decke zurück. Ihren Körper bedeckte er mit feuchten Küssen. Ella wachte auf, genoß mit geschlossenen Augen überrascht und erfreut zugleich Michels selten gewordene Zärtlichkeit. In letzter Zeit fand sie, es sei immer die gleiche, allzu bekannte Litanei, die Michel beruhigte und für sie erschöpft war. Ella mochte die zurückgehaltene Annäherung der Körper, die das Verlangen nach dem anderen nährte und eine geteilte Leidenschaft anfachte, die sich zur Wollust steigerte. Lust stieg in ihr auf, die seit Wochen verschüttet schien. Sie drehte sich Michel vertrauensvoll zu. Seine Zunge befeuchtete ihre Brustwarzen. Ella glaubte noch einige Sekunden lang, daß es nicht wie immer sei, und ließ ihn gewähren. Doch schon packten seine Hände fest ihre Brüste, dann ihr Gesäß, eine Hand glitt zwischen die Schenkel auf ihre Scheide, zwei Finger verschwanden flink darin, tasteten sich in der Feuchte vor. Er schob mit seinen kräftigen Armen ihre Beine auseinander, drängte sich dazwischen, küßte sie dabei blitzschnell auf den Mund, füllte diesen mit seiner Zunge, dann preßte er sein Geschlecht an die Schamlippen und drang stöhnend in sie ein. War nur Michel erhitzt, wies Ella ihn zurück. Heute hatte sie Lust auf Sex. Schnell spürte sie, daß er seinen Hurenphantasien nachging. Er wollte, daß sie unterwürfig alles genau in dem Moment tat, wann er es sich wünschte. Manchmal warf sie ihm seine hungrigen jähen Triebe vor, die ihrem Geschmack nach nichts Erotisches hatten. Je mehr sie sich gegen solche Vorstöße sperrte, desto mehr wollte er sie um jeden Preis, zwang sie manchmal, zwar nur sanft, aber starrköpfig, bis es ihm gelang, sie zu lieben. Sie zog die Momente an sich wie er und kostete die Reize ihrer Körper aus. Michel fickte sie schnell, hart, tief. Sein Magen klatschte gegen ihre Gesäßbacken. Er drückte ihre Beine auseinander, unterdrückte Stöhnlaute und atmete schnell, ganz auf seine Bewegungen konzentriert. Es war egal, wen er fickte. Sie hob ihr Becken, bewegte sich im Gegenrhythmus. Es gelang ihm nicht, sein Verlangen zu befriedigen und lustvoll mit einem krönenden Orgasmus zum Ende zu kommen. Seine Gesten waren trostlos und verzweifelt, dachte Ella. Er wollte sie küssen. Sie entzog sich ihm, warf ihn auf die Seite, setzte sich auf sein Geschlecht, als er auf dem Rücken lag, und folgte ihrer Lust. Michel raste. Sie durchquerte seine Phantasie. Er richtete sich schnell auf und drückte sie unsanft auf alle viere. Mit einem Arm umgriff er ihren Bauch, rammte sein Geschlecht in sie, fickte sie von hinten. Ella hatte den Geschmack für die Art von Pflichtübungen verloren. Sie träumte in den schreiendsten Farben von sexuellen Beziehungen mit irgendwelchen Männern, denen sie auf der Straße begegnete und deren Bild aufstieg, während Michel sie berührte. Er war darauf versessen, Lust zu empfinden. Dann zog er sein Geschlecht hinaus, wirbelte sie auf den Rücken. Er wollte sie sehen, wenn er kam. Einige Stöße, und er spritzte seinen Saft auf ihren Oberkörper. Michel fragte mit zufriedener Stimme, kurz nach der Feststellung, ich bin gekommen, ob sie ein Handtuch brauche. Ella hätte sich für die Frage rächen wollen, und gleichzeitig nicht. Diese war nur der komprimierte Ausdruck der Leere, die sie seit Jahren umgab. Seit der Hochzeitsankündigung, die sie stetig voneinander weggetrieben hatte. Sie hatte ganz einfach Lust, ihn nicht mehr zu sehen. Er hatte sie verraten. So war es.

Ella schwieg, drehte ihren Blick weg, schälte die falschen Töne aus dem gestrigen Gespräch. Sie hatten vorgehabt, zusammen einen ruhigen Tag zu verbringen. Ella war jetzt unfähig, sich in die Situation zu versetzen. Sie ließ minutenlang angefüllte Leere vorbeigehen. Ihr Gehirn hielt jede Bewegung, jeden Laut, jedes Wort fest, währenddessen Michel in die Küche ging und ostentativ frühstückte. Ella verdaute die Geräusche, die von fern zu ihr drangen, hing einen Moment ihren Gedanken nach und stand mit einem bitteren Geschmack im Mund auf. Sie war enttäuscht. Im Badezimmer, das von zwei Kerzen nur schwach erleuchtet war, ließ sie ein Bad ein. Michels Zufriedenheit und Begnügen enthüllten eine entsetzliche Langeweile. Die Demütigung entsprang seinem Desinteresse am anderen. Mit verblüffender und über jeden Zweifel erhabener Langsamkeit war sie zwischen Michels egoistischem Lustempfinden und dem Entschluß, aufzustehen und ein Bad zu nehmen, zum Aussprechen des Endes geleitet worden. Michel trat ins Badezimmer. Er warf ihr vor, sie sei mürrisch, als wäre es die natürlichste Sache, sich demütigen zu lassen, und als hätte sie nicht das Recht, ihre Traurigkeit auszudrücken und festzustellen, daß ihre Beziehung von einer lächerlichen Armseligkeit war. Sie sagt sich jetzt, sie hätte ihn nachher um Geld bitten müssen. Die Geste wäre die einzige angemessene gewesen und hätte sie gleichgestellt. Kein Austausch, kein Einverständnis, nichts, seit Wochen, seit Monaten kein sanftes Wort mehr. Es kam manchmal vor, daß sie mitten in der Nacht aufstand oder sich auf so überzeugte Art von ihm abwandte, daß Michel die Worte mangelten. Michel versuchte nicht einmal, Ella zurückzuhalten. Sie wußte, in seinem Handeln kam die Angst zum Ausdruck, nicht zu genügen. Er tat alles mögliche, überschritt in gefährlichen Ausmaßen seine Kräfte, um diese zu überpinseln. Sein wahrer Zustand erklärte sich mit Impotenz. Er betete dafür, daß es nicht geschah, als verschwände die Angst mit Zauberkräften, indem er sie verkannte. Michel torkelte nicht, aber die angsterfüllte Gangart erinnerte ihn an die schlimmsten Momente seines Lebens, als er an nichts mehr glaubte und nicht nur sich selbst, sondern auch alle gefährdete, die ihn liebten. Ellas Sanftheit und Zärtlichkeit entwaffneten ihn. Er mußte von ihrem zerbrechlichen Wesen absehen, das möglicherweise in Stücke verfiel, sobald seine Gesten kompromißloser würden. Schlaffte sein Geschlecht ab, beschimpfte er sie, ging einfach weg, als wäre alles ihre Schuld und sie allein der Ursprung seines Fiaskos. Michel stand jetzt in der Badezimmertür und sagte, er mache eine Runde. Er nahm Reißaus, wollte sie verletzen, wußte, wie sehr sie litt, wenn er ging. Sorgfältig vermied er, ihr die tief verborgene Natur seines Weggehens zu entschleiern. Er wußte nicht, zu wem gehen. So fuhr er wie gewöhnlich zu seiner Mutter. Dies sagte er Ella, doch er bediente sich der unsicheren Lage, die ihm immer beschwerlicher wurde. Manchmal ging er zu einer ehemaligen Freundin, hatte wilden Sex mir ihr und gab sich seinen sadistischen Neigungen hin, fesselte sie, verband ihr die Augen, machte mit ihr, was er wollte und wann er wollte. Sein Lustgefühl potenzierte sich, wenn der andere ihm ausgeliefert war. Mit Ella konnte er diese Triebe nicht ausleben. Sie wollte nicht und gab ihm dazu keine Gelegenheit. Ella ließ ihn gehen, auch am letzten Sonntag. Sie dachte wie schon oft, er sage, ich gehe zu meiner Mutter, und dies bedeutete, ich gehe zu Vera, zu Sonia, um zu ficken und mich zu beruhigen, erhol dich, morgen wird alles besser, ich komme nach Hause, bin von meinem sexuellen

Druck erleichtert, und alles wird gut. Nichts, was sie über sein Leben hätte in Erfahrung bringen können, hätte sie erstaunt. Es war ganz wahrscheinlich, daß er sie bei erster Gelegenheit verriet und so tat, als sei nichts. Sie hätte besser daran getan, den aufragenden Trümmerhaufen und die Requisiten ihrer Geschichte, die auf dem Boden ihrer Seelen durcheinander herumlagen, früher schon genau anzusehen.

Michel kam einige Stunden später zurück. Es dämmerte schon. Ella fragte ihn, wieso er zurückkomme. Michel wollte verhandeln. Ella blieb fest. Michel war perplex. Sie hätte ihn am liebsten mit einem Windstoß vom Parkett gefegt, auf dem er sich vor ihr aufrecht hielt und wartete, verzweifelt darauf wartete, daß sie ihren Zirkus beendete. Er glaubte noch, sie sei fähig, lachend zu sagen, es sei nur ein Scherz gewesen und sie höre sofort mit ihren Divalaunen auf.

Der für Michel überraschende Ausgang nagelte ihn ganz in der Nähe von Ella an den Boden. Obwohl er entschlossen war wegzugehen, rührte er sich nicht, sagte ohne Unterlaß, er gehe gleich, war aber unfähig, seine Würde zu verteidigen und wirklich zu gehen. Ella glaubte, nicht richtig zu sehen. Seine schlaffe, weichliche Haltung entzündete in ihr eine vulkanische Wut. Stillschweigend nahm Michel Ellas Entscheidung hin. Das Unvermögen, das sie jetzt auf Michels Gesicht und Körper sah, schürte ihre Ungeduld endgültig an. Sie erwartete seinen Auszug, dringlicher denn je. Das Gefühl wurde durch die Lethargie noch unterstützt, die sich in ihm ausbreitete. So oft hatte er das Ende vorgespielt, unzählige Male mit seinem leerlaufähnlichen Weggehen vorgetäuscht. Denn er kam immer zurück, stolz oder geschlagen. Jetzt wollte sie nicht mehr, daß er zurückkam.

Da Ella so entschlossen war, packte Michel wie ein gehorsamer Hund seine Tasche, ohne etwas zu erwidern. Er überprüfte immer wieder mit kurzen Blicken, ob sie ernsthaft dachte, was sie sagte. Ella hatte die Entscheidung seit langem getroffen, und er hatte sie täglich mit seinen Handlungen und mit seinen Worten ungewollt herbeigeführt. Jetzt war er weder zufrieden noch erleichtert. Er hatte nur ihre Beziehung auf die Probe stellen und sie mit gezielt gesetzten Hieben festigen wollen. Michel glaubte ihr nicht. Um ihr zu zeigen, daß er sie ernst nahm, packte er seine Tasche, warf alles hinein, was er auf dem Weg vom Badezimmer zur Wohnungstür im Schlafzimmer und im Wohnzimmer fand, und ging, nur zum Spiel, weg. Ella war ohne Worte. Sie glaubte, alles verloren zu haben. Allem voraus das Leben, das sie sich vorgestellt, die Familie, die sie gezeichnet und mehr als alles gewünscht hatte, mit ihm aufzubauen. Alles war zusammengestürzt, von einem Augenblick auf den anderen. Das Bild zeigte Ruinen einer Geschichte. Zweifelsohne war es ihre eigene, und die vor ihr brachliegenden Reste zerschnitten ihren Blick.

Ella weiß nicht, ob sie genug stark ist, sich von Yannick zu trennen. Das Ende der Beziehung mit Michel hatte sie Kräfte gekostet, die sie nicht bereit ist wieder aufzubringen. Sicherlich ruft der Riß in ihr sie zur Vorsicht auf, in einer Lage durchzuhalten, von der sie lieber gedacht hätte, sie sei von Anfang an anders. Ella dreht sich im Hotelzimmer von Yannick weg, verläßt das Bett, geht aufs Klo, schließt die Badezimmertüre nicht ganz, um das Licht nicht anmachen zu müssen, das sie blenden und vollends wecken würde. Sie tupft sich mit Toilettenpapier trocken, drückt auf die Wasserspülung und durchquert, ohne etwas zu sehen, das Badezimmer. Diese Gewohnheit führt sie überall aus, wo sie auch hingeht. Dann legt sie sich neben Yannick ins Bett. Er schließt sie sogar im Schlaf sofort in die Arme, als hätte sie sich aus seinen Träumen geschält. Yannick ist nie bösartig gewesen. Auch Michel war es nicht, aber er war ein Macht/ mensch, der sich dessen nicht bewußt war. Er zog die Si/ tuationen und die Leute an sich, weil ihm etwas fehlte, und Ella wußte nicht was. Sie küßt Yannick auf den Arm, wor/ auf er sogleich glückliche Schnurrlaute von sich gibt. Dann schmiegt sie sich an seinen runden Bauch, und sein unregel/ mäßig gehender Atem, der leicht mit Alkohol und Kaffee gefärbt ist, streichelt sie. Michel war genau wie Yannick mit einer Großzügigkeit ausgestattet, die beinahe störend war. Im Gegensatz zu Yannick war es bei ihm, um von ihr Be/ sitz zu ergreifen. Jedes andere exzentrischere Mädchen hätte ohne Bedenken seine Freigiebigkeit ausgenutzt. Er schenkte ihr, wonach sie sich sehnte, fesselte sie mit den Gaben und der erkauften Aufmerksamkeit an sich. Das Geld nahm sehr schnell eine ausschlaggebende Stellung in ihrer Beziehung ein. Sie war in Ausbildung und mußte sich mit dem Minimum begnügen. Er wolle unersetzbar für sie sein, wie er es am Anfang ihrer Beziehung einmal formuliert hatte. Vor allem wollte er, daß sie finanziell von ihm abhängig war, das gefiel ihm. Michels Großzügigkeit verriet seine Schuld, die er der Welt gegenüber hatte. Sie konnte unmöglich der Frequenz folgen, die er anschlug, um sich mit seinen Versuchen bei irgendeinem Teufel zurückzukaufen. Er wollte andere glauben machen, er sei ein offener und austauschfreudiger Mensch. Der Gedanke, den er sich von den anderen machte, war von seinem eigenen verräterischen Blick verfälscht, der nur den Wunsch in sich trug, alles nach seiner Lust zu gestalten. Manchmal hatte Ella den Verdacht, Michel beneide sie, die in der Zwischenzeit ihren Unterhalt allein bestritt. Er hätte für sich arbeiten können, aber er spornte sich lieber dazu an, Geld für sie beide zu verdienen. Wenn er arbeitete, verdiente er ziemlich leicht Geld. Es schien ihm eine schmerzhafte Aufgabe, alles für sich einzustecken. Immer beklagte er sich über eine innere Müdigkeit, die ihm ohne Unterlaß Sorgen bereitete, seine gute Laune und seinen Willen schlachtete. Die Begeisterung dauerte nur wenige Augenblicke an und verwandelte sich plötzlich in finstere Gefühle. Diese hängten sich uneingestanden und schwer an die Glücksmomente, zogen sie in die Tiefe seiner Seele, um sie mit allzu Bekanntem zu umringen.

»Liebste, woran denkst du?«

Yannick zieht die schweren Vorhänge auf, die das gleiche Blumenmuster wie die Tapete schmückt. Ein Sonnenstrahl kriecht ins Zimmer, streicht über den himmelblauen Teppichboden, klettert bis zur Bettkante und legt sich sanft auf den unteren Teil ihrer nackten Beine, die wertvollen Porzellanstücken gleich auf den weißen Laken ruhen. Yannick kniet sich vor ihren entblößten Beinen hin, nähert seinen offenen und leicht schräg stehenden Mund der von jeglichem Stoff baren Haut, die er so liebt, und saugt sich fest.

»Ach, meine Liebe, deine Seidenhaut ist ein unerschöpfliches Wunder für die Lust meiner Sinne«, sagt er, löst sich für die kürzestmögliche Dauer von ihrem Fleisch, spürt es sofort wieder auf, verliert sich im Streicheln, das ihm köstlich erscheint und auf das er stundenlang hat warten müssen. Ihr Müdigkeitszustand machte sie so abwesend. Jetzt will er diesen von ihren Schultern und Augen heben, den Tag mit seiner Frau Ella verbringen, welche Seltenheit, seine Frau, die ihm so gefehlt hat. Er kann sein Verlangen nicht mehr im Zaum halten kann und gibt sich der Suche nach der Lust und den Sinnen hin. Sie dreht sich auf den Rücken, macht sich leicht von der Umarmung seiner Lippen frei, die der eines parasitären Fisches gleicht, der irgendwo auf dem Rücken oder auf dem Bauch eines Riesenwals plaziert ist. Neben dem Bett kauernd beugt sich Yannick über sie, spaziert mit seinem fordernden Mund auf ihrem Bein, steigt bis zu ihren Brüsten hinauf, an denen er liebend gerne saugt, bis die Brustwarzen hart werden. Er wagt es unverzagt, sich ihrem Mund zu nähern, der noch im Schlaf vergraben ist. Sie läßt ihn machen und überläßt sich den verschiedensten Empfindungen, die sie durchlaufen. Gänsehaut breitet sich auf ihrem Rücken, ihren Armen und Beinen aus, sobald er sie in der Nähe der Ohren küßt. Ella gibt sich den Liebkosungen Yannicks hin, weiß, daß er es nicht verstünde, wenn sie ihn jetzt unterbräche, und findet die Aufwallung seiner Zärtlichkeit sehr angenehm. Sie genießt es, mit ihrem Mann hier in Helsinki sein zu können. Wenn sie Zeit haben und sie sich nehmen, wie jetzt, ist er mit einer seltenen Empfindsamkeit ausgestattet, die beinahe zu groß ist. Er verliert sich in den Feinheiten, weiß nicht, wie mit den starken Gefühlen umgehen, die aus ihm herausbrechen und sich vor seiner Person ausbreiten. Als müßte er sein schlechtes Gewissen bekämpfen, macht er sich an die Arbeit, um die Unschärfe zu besiegen, die ihn während des größten Glücks begleitet. Er kann es nicht andauern lassen. Ella liebt es, ihn so zu pflücken. Er ist ein wenig beschämt über seine alkoholischen Ausschweifungen des Vorabends. Endlich findet sie Yannick, vierundzwanzig Stunden nach ihrer Ankunft in Helsinki. Die Zeit ist das Sprungbrett für die Ankunft, der Dämpfer für den Wechsel von einem Leben ins andere. Sie verschmilzt mit Yannick, kann und will sich ihm hingeben, sich ihm geben, obschon sie weiß, daß ihr Zusammenkommen kurz sein wird. Wieso ist sie damit einverstanden, mit ihrem Mann eine Distanz aufrechtzuerhalten, auch wenn sie zusammen wohnen, fragt sie sich. Zeitweise scheint es ihr unmenschlich. Warum ist sie bereit, so kalt mit ihm zusammenzusein? Wie hält sie die Leerstellen aus, die seine Arbeit und seine Reisen ihm diktieren und ihre beiden Leben immer wieder auseinanderdrücken, ohne vorzusehen, einen Schlußpunkt zu setzen und zusammenzubleiben, zusammenzuleben, wie sie es sich anfangs vorgestellt haben? Sicherlich gelingt es ihnen, sich über und wegen der Distanz Dinge zu sagen, die sie sich im geteilten Alltag nicht sagen. Andererseits stellt alles Gesagte nicht den Boden der Wirklichkeit dar, die sie leben. An diesem Morgen denken Ella und Yannick nicht über ihr Leben nach. Sie begegnen und suchen sich, gleiten mit ihrem Fleisch über das des anderen, mischen ihren Schweiß, einen ihren Atem, erkennen sich in der Körpernähe wieder. Ihre Glieder werden geschmeidig, verlieren die Starre, ihre Rücken beugen sich, ihre Muskeln spannen sich an. Ihre Hände verknüpfen sich ineinander, und so durchrennen sie in einigen Augenblicken das Leben, das sie bindet, und stellen ihren eigenen Fragen die gemeinsame Sprache ihrer Körper entgegen.

»Liebe, stehen wir auf?«

»Ja klar, ich nehme eine Dusche, und dann erforschen wir Helsinki.«

Ella richtet sich auf, sammelt ihre Kleider zusammen, die den Boden zum Blühen bringen. Die Sonne spiegelt sich seiden auf ihrem Elfenkörper. Ihr Mann streichelt sie mit einem vergötternden Blick, der jede Falte erfaßt, wenn sie sich bückt und wieder aufrichtet. Er bleibt hauptsächlich auf den Körperteilen haften, die ein Geheimnis bergen, und scheint entzückt, wenn er heimlich zwischen ihren wohlgeformten, feinen Gesäßbacken einen Hauch ihres entblößten Geschlechts erkennen kann. Der Augenblick ist kurz, aber betörend. Minutenlang versucht er, das Bild wieder heraufzubeschwören, um die Antwort zu finden, die sich zwischen ihren Beinen eingegraben hat, dort, wo er nicht hineinsieht.

Ella verschwindet im Badezimmer, dreht das Wasser auf. Als es warm genug ist, gleitet sie unter den Strahl. Sie erforscht in allen Stellungen die Wasserkraft. Ihre Glieder glühen noch von den Zärtlichkeiten ihres Mannes und besänftigen sich. Er mag die Empfindung, sie verflüchtige sich in der Luft, die sie teilen. Das Duschwasser rinnt auf sie herab, wickelt sie in eine angenehme und gleichzeitig andauernde Wärme. Der Fluß scheint sie zu reinigen, schwemmt sie in einer wilden Strömung fort, wiegt sie in der Nähe von felsigen Klippen. Sie steht in einem tropischen Land unter irgendeinem Dach. Vor ihr fällt Regen wie jeden Tag eine Stunde lang. Sie sieht, wie es aus Kübeln schüttet. Das Wasser prallt dröhnend auf den Boden, bleibt an der Oberfläche liegen, als hätte die Erde ihre Beschaffenheit verändert. Sie rührt Schlamm daraus, weiß nicht, wie sie es trinken und anders aufnehmen soll. Bananen- und Lindenblütenduft schweben über einem Teich, in dem sie als Kind gern gebadet hatte. Die Wohnung entfaltete ihre Schönheit, als Michel weg war. Alles war an seinem Ort.

In ihrer Nähe gab es keinen Typen mehr, der deprimiert war. Die Arbeit im Labor enthüllte jedoch unerbittlich, wie es ihr ging. Sie konnte ihre Verfassung nicht verbergen, obschon sie ohne Unterlaß versuchte, die Zwietracht auf ihrem Körper nicht durchscheinen zu lassen. Alles, was sie tat, schien ihr schwerfällig und leicht verrückt. Als würden ihre Glieder nicht zu ihrem Körper gehören, taten sich beträchtliche Abgründe auf. Es war ihr nicht möglich, sich vor sich selbst zu verstecken. So schaute sie in die Tiefe, und die Leute, die sie umgaben, auch. Die anderen waren die Fläche, die ihr Abbild spiegelte. Sie flüsterte sich in ihrem Innern gnadenlose Bemerkungen zu, steh gerade, schau fest und offen, flieh ihre Augen nicht, halte die Hände ruhig, das kannst du doch alles. In diesen Tagen zitterte sie ohne Unterlaß, zerbrach mehrere Glasröhrchen mit Proben.

Michel ärgerte sich über ihren Entschluß. Sich selbst bemitleidend, war er unfähig, das Urteil anzunehmen, das ihre Beziehung beendete. Er wollte so sehr derjenige sein, der es tat, ohne es je wirklich zu vollstrecken. Ihre Beziehung beschwerte und nährte ihn. Er brauchte sie und klammerte sich an sie. So packte er die erstbeste Immobiliengelegenheit beim Schopf, die ihm angeboten wurde. Fröhlich teilte er ihr mit, er habe eine Wohnung gefunden. Sie befinde sich zufälligerweise im Haus gegenüber ihrem. Ella fand, das sei die Höhe. Sein Verhalten sei krankhaft. Sie sah schon, wie er sie beobachtete, wenn sie wegging und wenn sie zurückkam, und vor allem, wie er mechanisch die Leute in seinem

Hirn festhielt, die sie begleiteten. Übermäßige Eifersucht suchte ihn heim, die er sorgfältig hinter respektvollem, ja zu respektvollem Getue versteckte. Ella war Michel nicht gleichgültig, sie würde ihm nie egal sein können. Er konnte es ihr nicht sagen und schickte ihr weiterhin Nachrichten, um sich bemerkbar zu machen. Sie bliebe immer in seine Innereien eingeschrieben, auch wenn er Säure schluckte. Er könnte sie nicht aus seinem Fleisch löschen, nichts würde sie je auslöschen. Starrsinnig wollte er die Wohnung gegenüber, um jeden Preis. Er zwang Ella, damit einverstanden zu sein. Zuerst wollte sie den Dingen ihren Lauf lassen und nichts tun, die Zeit entscheiden lassen. Schließlich mußte sie handeln, den gehetzten Klang in seiner Stimme bekämpfen, die ihr befahl, was sie zu tun hatte. Alles in allem sperrte sie sich gegen seine Arroganz. Ella schrieb dem Vermieter und stellte sich gegen seine Idee. Ihre Nächte waren des Schlafs beraubt. Sie taumelte, auch wenn sie lag und der Körper nicht weiter als einige Millimeter fallen konnte.

Der Gedanke entfacht Tränen unter dem warmen Wasser. Yannick würde sie nicht sehen, falls er in der Türöffnung erscheint und sich neben sie unter die Dusche stellt, wie er es zu tun pflegt, nachdem sie sich geliebt haben. Er würde die Tränen für Wassertropfen halten. Jetzt weint Ella plötzlich, sie weiß nicht einmal, aus welchem Grund. Die Geschichte mit Michel ist schon lange beendet. Sie erzittert immer noch vor seiner Herrschsucht, die sie plötzlich empfindet und die sie aus dem Leben schneidet, das sie jetzt führt. Michel mußte der Einsamkeit ins Gesicht sehen, ohne Ella an den Tagen als Krücken zu mißbrauchen, die Nächten glichen, wenn sein Gang zu sehr zitterte. Seine Ella, die ihm geheimnisvolle Worte in klar erkennbare Zeichen übersetzt hatte, damit er von anderen angehört wurde. Michel war unfähig, über das genaue Auszugsdatum und die Maßnahme der Gütertrennung zu diskutieren. Er reagierte mit ungestümen Ausbrüchen oder, um Mitleid in ihr zu erwecken, mit Verzweiflungsattacken. Nach so vielen Worten, die unverzüglich im Klo landeten, war sie zu einer Lumpensammlerin geworden. Sie bekämpfte mit dem Schild ihrer Haut seine Angriffe, damit er sich endlich mit unglaublicher Langsamkeit bewußt wurde, was die Folgen seiner Handlungen bedeuteten. Michel war taub. Darüber hinaus weigerte er sich drei Wochen lang, die Schlüssel zurückzugeben. Er hatte glauben wollen, daß er ihr Achtung zollte, wenn er nach der Trennung in ihre gemeinsame Wohnung eindrang, wann immer er wollte, und ging, wann es ihm paßte. Er kündigte sich nicht an, auch nicht, als sie ihn ausdrücklich darum gebeten hatte, ihn nicht kreuzen und nicht mit ihm sprechen zu müssen. Schließlich ging sie ihm aus dem Weg, floh ihre eigene Wohnung. Sein Verhalten flößte ihr kein Vertrauen ein, war eigennützig, auf sich bezogen, bestärkte nur, daß sie richtig gehandelt hatte, endlich, und daß sie die getroffene Entscheidung andauern lassen mußte. Dann wurde Ella zornig und sagte Michel, seine Art, auf einem Grundstück herumzutrampeln, das er gerade verlassen habe, sei ein unmögliches Gebaren, wirklich unmöglich. Die Worte, die schlußendlich Früchte trugen, sprach Ella in eisigem Tonfall aus, der augenblicklich die Härchen auf Michels Haut aufrichtete. Laß mich verdammt noch mal in Frieden und erspar mir deine Worte, mein Leben geht dich nichts an, sagte sie. Als hätte dies nicht genügt, wiederholte sie die Worte in Schleife, war unfähig, sich da rauszuziehen, unfähig, etwas anderes zu sagen oder ganz einfach nichts zu sagen. Ella seift sich unter der Dusche sorgfältig mit Rosenmilch ein, deren Duft sie gerne auf ihrer Haut riecht. Jetzt sieht sie die Risse im Rollenspiel, das Michel am Anfang gegeben hatte. Seine Figur zerschlug sich mit jedem Tag. Täglich fand Ella abgestreifte Bruchteile seiner Hülle in der Wohnung herumliegen. Trotz der anscheinenden Widersprüchlichkeit hatte sie sich Mühe gegeben, die beiden Schnürenden, aus denen Michel seine Reden flocht und die in gegenläufige Richtungen zeigten, zusammenzufügen. Sie entpuppten sich im großen und ganzen nur als schlaue Vorgehensweise, allen zu gefallen. Hier und jetzt in Helsinki bemerkt sie, daß Michel nie der war, den er vorgab zu sein. Unter der warmen Dusche, die sie nur langsam beruhigt, übermannt sie Traurigkeit. Jetzt weiß Ella, er hätte nicht gerade, ehrlich und klar argumentieren können, auch wenn er die Grausamkeit gegen sich kehrte. Ella erzittert vor Kälte, als sie die Erkenntnis durchfährt. Sie dreht den Warmwasserhahn auf.

Yannick taucht hinter dem Duschvorhang auf und stellt sich neben Ella unter das Wasser. Er atmet tief durch, denn die Hitze ist zu beißend für seine weiße Walhaut. Ella öffnet den Kaltwasserhahn ein wenig mehr. Sie klebt sich an Yannick, umfaßt mit ihren Armen seinen Stiernacken, reibt sich gegen seinen runden Bauch und spürt sein schlaffes Geschlecht zwischen seinen Beinen. Yannick streichelt sie zärtlich und genießt den herrlichen Moment, der ihm seine Ella mit all ihren Gegensätzlichkeiten ganz zurückbringt. Er, der Forscher, durchläuft heiter von Neugier getrieben den enormen Reichtum der Länder, die ihm bei der Heirat mit seiner Frau zu eigen geworden sind. Liebevoll seift er Ella ein, ihren Rücken, der in der Hüftgegend anziehend gewölbt ist, das Gesäß, auf dem seine Hände länger verweilen, die eher kurzen, aber schlanken Beine, die Füße, das Geschlecht, das er sittsam reinigt, als kenne er es nicht, schließlich das Gesicht und die blonden Seidenhaare. Ella läßt es geschehen, genießt seine Hände auf ihrer Haut, atmet seine Zärtlichkeit tief ein und beantwortet sie. Dann steigt sie aus der Dusche. Während Yannick sich wäscht, trocknet sie ihren Körper und ihre Haare, zieht eine Jeans an, streift ein T-Shirt und einen Pullover über. Yannicks Sanftheit hat an dem Morgen Luis weit von Ella weggedrängt und hat, ohne es zu wissen, ihr Herz und ihr Fleisch zurückerobert.

Ella sagt sich, daß sie Yannick nicht verlassen sollte. Sie sollte vielmehr versuchen, anzunehmen, was ihnen widerfährt, und sich dem Leben anzupassen, wie es sich abzeichnet, ohne zu viele Fragen zu stellen. Yannick ist eine gutmütige Person. Sein einziges Laster ist, daß er von seinem Beruf angefressen ist. Er will eines Tages für sein entdecktes Molekül, mit dem er ein neues Medikament entwickelt, den Nobelpreis erhalten. Sein zweiter Mangel ist zweifelsohne seine Mutter. Oder um noch genauer zu sein, die Nähe seiner Mutter. Die Anziehung für Luis bleibt Ella ein Geheimnis. Er selbst ist eines. Sie sagt sich, daß sie ihn nicht kennt und dennoch weiß, daß eine rein körperliche, nur sexuelle Beziehung sie auf die Dauer nicht nähren wird. Sie verjagt die Gedanken, die sie forttragen, und ruft Yannick zu, der sich im Badezimmer zurechtmacht, machen wir einen Ausflug auf die Insel? Yannick antwortet entzückt, ja, Liebe, denn er hat sich noch nicht darum gekümmert, welche Ausflugsziele sehenswert sind. Er ist erleichtert, daß Ella besser informiert ist als er.

Michel riet Ella, welches Parfüm sie auftragen, welches sie meiden sollte. Die alkoholisierte Note, die ihr Parfüm gleich nach der Anwendung verbreitete, ertrug er morgens nicht, denkt sie, sitzt und wartet auf dem zerwühlten Bett, bis Yannick fertig ist. Sie hat sich mit dem gebrauchsfertigen Wasserkocher und dem im Zimmer bereitstehenden löslichen Pulver einen Kaffee zusammengebraut. Yannick bespritzt sich mit Aftershave, das nach Alkohol riecht und einen Lilien- und Lavendelduft verströmt. Ella ist tief berührt. Er ist der einfachste Mann für ein Zusammenleben, denkt sie, zufrieden mit sich selbst, zufrieden mit ihr, fähig, die Augenblicke zu genießen, die ihnen gegeben sind, zu teilen. Sie vertraut ihm und weiß auch, daß er alles tun würde, damit sie ihre Träume verwirklichen könnte. Nachdem sie ihn kennengelernt hat, orientierte sie sich vollkommen um und widmet sich seither der Leitung eines Literaturzirkels in Genf, was sie das ganze Jahr über beschäftigt. Ella hat die Nase von Laboratorien voll gehabt. Sie brauchte kein regelmäßiges Einkommen mehr. Yannick verdient mehr als genug. Mit seinem Einverständnis hat sie den Beruf der Laborantin an den Nagel gehängt. Ihre Äußerungen fielen bei Yannick auf fruchtbaren Boden, während sie sich manchmal ärgerte, Michel etwas erzählt zu haben, das sie beschäftigte. Dies interessierte ihn nur so lange, wie er ihr Innenleben mit kleinen sarkastischen Bemerkungen verunsichern konnte.

Sie fragt sich nun, als sie einen Mundvoll des sauerbitteren Kaffeegemischs schluckt, ob sie ungewollt nicht versucht, unmögliche Situationen zu lösen. Baut sie sich nicht selbst die Labyrinthe, in denen es ihr gefällt, bis zur Erschöpfung herumzurennen, um zu fühlen, daß sie existiert, weil sie außer Atem ist?

Als Ella Michel zur vereinbarten Zeit im Bahnhofsbuffet in Genf traf, nachdem sie die erste Woche getrennt gelebt hatten, sagte sie ihm, sie wolle nicht mehr. Sie unterstrich dabei jede Silbe, sprach nach der Zeit der Stürme in kaltem und unpersönlichem Tonfall. Ihre Worte wirkten seltsam in ihrem eigenen Kopf. Ella sah, daß sie in ihm widerhallten, ohne daß er sie hörte. Die Zeit verwischte seinen Gesichtsausdruck. Ungläubig wiederholte er das eben Gesagte, drang langsam zu dessen Sinn vor, der sich ihm entzog. Er sah in ihre Augen, tauchte hinein, setzte sich auf die grünen Inseln, die sich im Schwarz verloren, und versuchte hinter dem glatten Spiegel in ihrer Seele zu lesen. Sie war ihm von nun an unerreichbar. Ihm fiel die kleinste Falte auf, die ihr Gesichtsausdruck bildete, und er hätte sie so gerne geküßt. Er reagierte nicht, weil er nicht wußte, ob er zufrieden oder traurig sein sollte. Zufrieden, wieder frei zu sein, und traurig, die Frau zu verlieren, ohne die er, wie er glaubte, nicht weiter normal atmen konnte. Seine Brust drückte ihn, er hätte ihr gerne zeigen wollen, daß er nicht nur traurig, sondern ganz einfach verloren war. Sein Stolz hinderte ihn, der winzigsten menschlichen Regung nachzugeben. Er wußte nicht, was er sagen oder tun sollte. Die Unentschiedenheit seiner Gefühle verurteilte ihn dazu, Ella zu verlieren, die er hätte heiraten, ja, mit der er Kinder hätte haben wollen. Mit ihr wünschte er, sein voriges Leben, seine Einbrüche zu vergessen, endlich einmal eine gesunde Zukunft aufzubauen und sich mit dem kleinen Glück zu begnügen, das ihm bestimmt war. Er wollte bescheiden, einfach, demütig vor dem Leben stehen und dessen Launen hinnehmen. Nehmen, was es ihm gab, und geben, was es von ihm forderte. Aber er hatte nicht schweigen können, war unfähig, anderswie neu anzufangen. Wie der Teufel in ihm nahm die Vergangenheit die zerbrechlichen Gedanken in Besitz. Ella saß ihm im Bahnhofsbuffet in Genf gegenüber. Sie hatte den

Eindruck, daß er nicht erfaßte, was sie ihm gesagt hatte. Gleich einer unbekannten Besucherin schaute sie ihn an und sah, daß er von sich selbst abwesend war. Schließlich stand sie auf und ließ ihn einfach so sitzen, inmitten von fröhlichen Menschen, die auf Reisen gingen, dicke bunte Kleider trugen, um in den Zügen und Bahnhöfen nicht krank zu werden. In einem Koffer oder einer Reisetasche schleppten sie einen Auszug ihres Hausrats mit, einfach das Notwendige und manchmal zuviel dessen, was sie zu benötigen glaubten, um gut zu reisen und zu leben. Als sie eben wegging, drehte sie sich ihm ein letztes Mal zu. Dann verließ sie das Lokal, in dem es an frischer Luft mangelte, erreichte mit einem Gang, der anscheinend sicher war, die Tür, atmete, sobald sie draußen anlangte, die Luft tief ein, die für einen Monat Juni zu frisch, aber schon sommerlich war. Erst jetzt fühlte sie, daß ihr Körper zitternd streikte. Sie war nahe daran, inmitten der herumwirbelnden Masse ohnmächtig zu werden. Funkelnde Sonnenstrahlen begleiteten sie und kündigten einen Sommer an, der ebenso schwächlich war wie sie selbst. Als sie vor dem Bahnhofsbuffet stand, war sie unsicher, in welche Richtung ihr Leben ging, das sie seit kurzem wieder zurückerobert hatte. Sie ging nach Hause, das nach der Trennung nicht mehr ihr Zuhause war, und nach dem letzten Treffen hatte es ganz und gar aufgehört, ihr Zuhause zu sein, ihre Festung, der Ort des Friedens. Wegfahren hätte sie wollen. Bei dem Gedanken, den Ort des Gefühlsmassakers zu verlassen, breitete sich Erleichterung in ihr aus. Der Zug in ihrem Kopf flog auf Länder zu, die anscheinend unbefleckter waren als die, die sie verließ. Sie wußte, daß auch diese Gedanken eine Illusion waren. Die Erde war rot vom Blut, das geflossen war, das jeden Tag überall fließt. Je mehr der Zug an Geschwindigkeit zulegte, desto ruhiger wurde sie.

Yannick taucht im Zimmer auf. Er sammelt rasch seine Kleidungsstücke ein, die auf dem Boden neben dem Tisch liegen, und verschwindet wieder im Badezimmer. Ich bin sofort soweit, ruft er ihr zu. Frischer Seifenduft hängt in der Luft. Ella liebt diese Alltäglichkeit über alles und vermißt sie, wenn sie alleine in ihrem großen Haus in Genf sitzt, während Yannick arbeitet oder durch die Welt reist.

Yannick hat sich neben Ella gesetzt, nimmt ihr die Tasse aus der Hand, trinkt ein, zwei Schlucke Kaffee, der nicht wirklich genießbar ist. Dann stellt er die Tasse neben dem Bett auf den Teppich, wirft Ella um. Er richtet sich halbwegs über ihr auf, sie liegt auf dem Rücken unter ihm, und küßt sie lange. Dabei streicht er über ihre offenen Haare, ihre Arme. Sein fordernder Oberkörper erstickt sie angenehm. Ein wenig hebt er seinen Kopf, damit sie Luft schöpfen kann, und sagt ihr tonlos, ich liebe dich. Sie lächelt ihn an und antwortet ebenfalls ohne Stimme, ich liebe dich. Beim ersten Mal schickte sie ihm eine telefonische Nachricht, denkt Ella jetzt, gepanzert durch Yannicks sanfte und unermüdliche Hände. Er war in Moskau bei einem Kongreß, sie seit einigen Wochen wieder in Genf. Obwohl sie in Wien keine augenblickliche Liebe für Yannick empfunden hatte, fehlte er ihr nach einigen Wochen, was ihren Entschluß bestärkte, es ihm zu sagen. Glücklich war er, mehr als glücklich, sie spürte es über die Entfernung, und das Gefühl überschlug sich in ihr. Yannick gibt sie frei, steht auf. Ella richtet sich auf, ordnet ihre Haare. Yannick sucht die Magnetkarte, findet sie nach einigen Minuten zwischen den Kaffeesäckchen. Gut gelaunt verlassen sie zusammen das Hotelzimmer, das wie ein Kampffeld aussieht. Ella gleitet mit ihrem Arm unter Yannicks Hemd, streichelt sanft seine Haut über den Hüften, grüßt höflich eine alte Dame, die in Gegenrichtung den Gang entlangkommt und sie kreuzt. Yannick sagt Ella, sie solle aufhören, sonst bekomme er eine Erektion. Ella prustet fröhlich los. Sie gehen die Treppe hinunter, versuchen Gleichschritt zu halten, was ihnen beinahe gelingt, lachen, achten aufeinander, verlieren den Rhythmus des anderen, beginnen von vorn. Die Luft des Sommersonntags, es ist der 24. Juli, ist mit kindlichem Glück angefüllt. Yannick denkt, er hätte gerne Kinder mit Ella. Sie ist die beste Begegnung. Er weiß, daß er alles tun muß, damit sie ein gutes Leben an seiner Seite hat. Sie gehen in die Bar, nehmen Platz, denn Mittag ist schon vorüber und somit das reguläre Frühstück im Hotel. Ella bestellt einen Milchkaffee und einen Tee, Yannick nur einen Kaffee, und sie fragen den ganz in Weiß gekleideten Kellner, was es zu essen gibt. Mit gedämpfter Stimme zählt er ihnen eine Auswahl an Broten auf, die in Begleitung von Butter, Marmeladen und Honig aufgetischt werden, oder ein reichhaltigeres Mahl aus Eiern, wenn sie es wünschten, sei durchaus möglich. Sie begnügen sich mit Brot und Beilagen. Yannick ißt nur ein kleines weißes Brötchen ohne Butter. Er denkt, er würde sicherlich zehn, wenn nicht fünfzehn Kilos verlieren, wenn er immer an ihrer Seite bliebe. Sie frühstücken gemütlich. Ella überbringt ihm Grüße von Leuten in Genf. Yannick hört ihr zu, erzählt eine ärgerliche Episode. Sein Assistent habe bei einem Experiment das falsche Serum genommen und eine ganze Versuchsreihe zum Platzen gebracht. Ella erwidert, es sei doch nicht so schlimm. Aber Yannick beharrt darauf, wie ärgerlich dies alles sei, und unterstreicht vor allem den Zeitverlust. Nachdem er den Kaffee getrunken hat, fragt er den Kellner, ob sie zufällig die Neue Zürcher Zeitung hätten. Dieser nickt und bringt sie ihm. Kurz danach taucht Yannick hungrig nach Neuigkeiten in die Lektüre ab, als sauge er sich mit der Luft voll, die er zum Leben braucht. Ungeduldig und auf eine sehr konzentrierte Weise überfliegt er die ganze Zeitung, mit einer Geschwindigkeit, die für Ella unverständlich ist, hält sich kaum länger bei den Seiten auf, die ihn stärker interessieren. Ella zieht ihren Reiseführer hervor, den sie gekauft hat und von denen sie nach den sieben Jahren Heirat und Reisen auf der ganzen Welt eine unglaubliche Anzahl besitzt. Sie liest. Finnlands Hauptstadt Helsinki liegt am Rand einer Halbinsel und steht durch Brücken und Fährschiffe in Verbindung mit den sie umgebenden Inseln. Die Stadt ist ganz dem Meer gewidmet. Ihre sehr schöne Architektur, eine originelle Mischung zwischen dem Neoklassizismus des 19. Jahrhunderts und der Moderne, und ihre breiten kopfsteingepflasterten Alleen laden zum Flanieren ein. Nehmen Sie sich auch einen Ausflug auf die Nachbarinseln vor, um alles gebündelt zu entdecken, die schwedische Festung Suomenlinna aus dem 18. Jahrhundert, den nördlichsten Zoo der Erde, Korkeasaari, und die alten finnländischen Brauchtümer, die im Freiluftmuseum von Seurasaari ausgestellt sind.

Gehen wir nach Suomenlinna, sagt sie zu Yannick, betont jeden Buchstaben, ohne wirklich zu wissen, wie das seltsame Wort ausgesprochen wird, das sie gleichzeitig ans Deutsche, Lateinische und Rätoromanische erinnert. Yannick nickt, ohne sich zu informieren, worum es sich hierbei genau handelt, zu sehr ist er von seinen Neuigkeiten absorbiert. Ella schweigt einen Augenblick, liest noch einmal den Eintrag, die praktischen Angaben, um zu wissen, wohin sie sich begeben müssen, um das Schiff zu nehmen, das die Insel anfährt. Sie entschließen sich, nicht länger zu tändeln und loszuziehen, obwohl die Tage lang in Licht getränkt sind und die weiße zitternde Stadt sich vor den neugierigen Besuchern tief verbeugt. Ella und Yannick gehen aus dem Hotel Simonkenttä, das sich gegenüber dem Bahnhof befindet. Sie erreichen die Hauptstraße Mannerheimintie, die die ganze Stadt durchquert und in zwei Teile spaltet, gehen einige hundert Meter Richtung Norden, bevor sie nach links abbiegen, um die Kirche Temppelinaukion zu besichtigen, die in die Felsen gehauen ist. Ella ist vom Licht beeindruckt. Es flutet durch das auf Holzbalken abgestützte

Glasdach. Die Bänke sind einfach und breit, mit roten Kissen bedeckt. Die Orgel thront vor dem blanken Felsen, der auf halber Höhe endet, dann hinter dem durchsichtigen Glas auf den offenen Himmel geht und den Eindruck erweckt, die Orgel werde von den Sonnenstrahlen allein getragen und vom Stein gehalten. Das Licht an diesem Sommertag ist verschwenderisch. Es wird in aufgedunsenen grauweißen Wolken ertränkt, durchbohrt diese an gewissen Stellen und trägt den Ort wie ein Schiff Gottes durch die Zeit in alle Glaubensrichtungen. Ella setzt sich eine Weile auf eine der Bänke, während Yannick die unfertigen Felswände entlanggeht, staunend die natürlichen Strukturen betrachtet, die sich seinen Augen offenbaren. Sie schweigen. Nach einigen Minuten Nachsinnen verlassen sie die Kirche, kommen auf die Hauptachse zurück, gehen die Allee hinunter in Richtung Hafen und suchen die Brücke für das Einschiffen, von der aus sie nach Suomenlinna gelangen. Sie staunen über die Leute, die in Trauben auf Terrassen sitzen, lebensfreudig miteinander sprechen und sich mit Sonne auftanken, als wäre Helsinki eine süditalienische Stadt. Dieses Gefühl verleiht ihrem Spaziergang ein außergewöhnlich prickelndes Beben, das Yannick mit Zellen vergleicht, die einzig und allein Glück transportieren, das er jetzt ausschließlich fühlt. Ella ist vom mediterranen Hauch der Stadt und der Lichteigenschaft beeindruckt. Es gelingt ihr nicht, ihren Blick genug an den großen heiteren Gebäuden zu weiden, an denen sie friedlich vorbeischlendern und die augenblicklich ihre Gefühlswallungen der letzten achtundvierzig Stunden beruhigen. Yannicks große fleischige Hand ruht in ihrer, und die Berührung ihrer beider Haut raubt ihr die genaue Empfindung, ihre Hand als Ganzes wahrzunehmen. Sie weiß nicht mehr, ob eine kleine Energiewelle, die hier oder da ausströmt, von einem ihrer Finger oder von einem Yannicks ausgeht. Der Eindruck ihres Fleisches, das mit Yannicks zusammenschmilzt, macht sie überglücklich. Yannick lobt das Serotonin, das sich in großem Ausmaß in seinem Körper verbreitet, Träger des Glücks, das er ganz und gar mit seiner Frau Ella erlebt. Der Senatsplatz, der Dom, das Rathaus, der Marktplatz ziehen mit der Geschwindigkeit ihrer Schritte vorbei. Sie sind in Versuchung, sich in irgendein Kaffee zu setzen und nur das freundliche Brummen der Stadt zu spüren. Endlich kommen sie beim Einschiffungsquai für Suomenlinna an. Sie warten auf das Fährschiff, das sie auf die Festungsinsel bringen wird, die vor Helsinki thront und als strategischer Verteidigungspunkt diente. Viele Leute wollen nach Suomenlinna, und sie sind nicht sicher, auf dem nächsten Schiff Platz zu finden, das den Hafen in zwanzig Minuten verlassen wird. Yannick schließt Ella in seine Arme, streicht über ihr Seidenhaar, wiegt sie unmerklich auf den Wellen der Stimmen, die sie umgeben, auf und ab tanzen, sie zeitweise schütteln und gegen sie stoßen. Sie lachen und explodieren in lautem Geschrei, wenn ein Familienmitglied verlorengeht oder wenn ein neues Mitglied eine Familiengruppe erreicht und in dieser sehr fremden Sprache willkommen geheißen wird, die aus den Zeiten vor der Zeit stammt und nichts mit allen anderen Sprachen zu tun hat, die Ella sprechen kann. Jetzt empfindet Yannick das Gefühl eines jähen Sieges über das Leben.

Das Schiff kommt an, schwankt im bewegten Wasser. Die Wellen, die der Motor erzeugt, schlagen an den Hafenmauern zurück und schütteln das Schiff, das seinerseits vorwärts, dann rückwärts fährt, den Pfahl anvisiert, der als Anlagestelle vorgesehen ist. Während die Wassermengen auf dessen metallisch glatter Oberfläche explodieren, benetzen einige Tropfen die Gesichter der erregten Leute, die auf die Abfahrt warten. Das Wetter ist außergewöhnlich trocken, sagen die Einwohner, die entzückt sind, einige Stunden am Tag nur mit einem T-Shirt bekleidet verbringen zu können und sogar braun zu werden. Yannick fühlt sich wohl, denn die tiefe, wenig sommerliche Temperatur erlaubt es ihm, sorglos in der Sonne zu spazieren. Die Brücken werden befestigt, die Passagiere steigen vom Schiff herunter und zeichnen ein kleines Netz von Wegen durch die Wartenden. Die Ankommenden und die auf die Abfahrt Neugierigen mischen sich. Yannick hält Ella vor sich, lenkt sie durch die brodelnde Menge. Sie überqueren die winzige Brücke. Etwa ein Meter unter ihnen wälzt sich das Meerwasser um. Der Steg wankt leicht unter ihren Schritten. Sie erreichen das Innere des Fährschiffes, steigen die Treppe hoch, die sie auf das obere Deck führt, das in dieser Jahreszeit nicht bedeckt ist, und setzen sich auf eine der noch vielen freien Bänke. Ella zieht zwei Hüte aus ihrer Tasche, gibt einen an Yannick weiter, der immer vergißt, ihn aufzusetzen. Wie zwei Schüler auf Schulreise erwarten sie die Abfahrt des Fährschiffes, das sich schnell mit Leuten füllt, blicken ungehemmt auf die schöne Fassade Helsinkis oder auf die Öffnung des Meeres. Ihre Gedanken tanzen auf der Oberfläche des Wassers und wellen in der Zeit vor und zurück. Ella versucht herauszufinden, ob sie stark genug ist, um Yannick zu verlassen. Urplötzlich fragt sie sich, warum sie ihn überhaupt verlassen will, wenn sie keine Sekunde der Tausenden Stunden bedauert, die sie allein verbracht hat, ihn vorübergehend wiederfindet, wie heute, und volle Glücksmomente mit ihm teilt. Yannick träumt davon, mit Ella Kinder zu haben, wagt jedoch nicht, es ihr zu sagen. Er hätschelt die Vorstellung, sie sei schwanger, seine kleine zierliche Frau mit einem ganz runden Bauch. Obwohl er weiß, daß es nur vorübergehend ist, würde er gern sein berufliches Rennen nach Resultaten unterbrechen, die ihm im Grunde, er muß es sich wohl oder übel eingestehen, keine Befriedigung, kein vergleichbares Gefühl verschaffen wie dasjenige, das er jetzt in Ellas Gegenwart empfindet, sie, die er in seinen Armen hält. Das kristallblaue Meer umschließt die Festung wie eine Schutzschicht. Suomenlinna stammt aus dem 18. Jahrhundert, um das von den Schweden besetzte Finnland vor den Russen zu schützen. Yannick kann seine Gedanken nicht daran hindern, herumzureisen. Er sagt sich, daß die Geschichte immer das gleiche Vor und Zurück ist, wie das der Gebäude, der Landschaften und der Länder. Die Menschen beugen sich in verschiedenen Epochen sich ähnelnden Einfällen am gleichbleibenden Ort. Siege und Niederlagen schneiden die Haut auf, daß sie blutet. Die Zeit sucht zu vergessen, die Wundränder zusammenzuheften, so zu tun, als gäbe es die Vergangenheit nicht. Aber die Unterschiede springen ins Gesicht. Neues lagert sich über Altes, klebt zusammen, was auseinanderklafft, sich haßt und spricht unweigerlich von einer Vergangenheit, die ungewollt allen gemein ist.

Ella weiß und gesteht es sich im sanften Wiegen des Bootes ein, daß sie nicht fähig wäre, die Trennung durchzustehen, die nur durch eine ihrer Launen ausgelöst und von der Stimmung der Zeit angetrieben worden wäre. Die von Michel hat sie gegen jede zukünftige Trennung immun gemacht. Sie fragt sich in der gegenwärtigen Situation, wie Yannick die Neuigkeit aufnähme, wenn sie eines Tages ihre Gedanken ausspräche? Was würde er tun, wenn sie ihm ankündigte, es sei zu Ende? Was würde er sagen, wenn sie ihm von dem schönen jungen Mann erzählte, der verrückt nach ihr und dessen Name Luis ist? Würde er sie töten? Sie könnte es nicht mit Gewißheit sagen, aber ahnt, daß Yannick zusammenklappen würde, alle Luft verpuffte, die seinen Kopf und seinen Körper unterhält. Ihm würde alles fehlen, was er zum Leben braucht, um den Glauben aufrechtzuerhalten, er sei glücklich.

Jetzt reibt Ella sich gegen Yannicks Schulter, die ihr leichten Widerstand gibt, und kann es nicht ins Auge fassen, ihn zu verlassen, ihn, ihren Kämpfer für die Zellen und gegen die Bakterien. Sie ist vollkommen zufrieden, entgegen dem, was sie vor vierundzwanzig Stunden hätte glauben wollen, und fordert vom Leben nicht mehr. Vor ihnen tritt die Insel in Erscheinung, die von den Pflanzen und Bäumen zurückerobert worden ist und durch kleine Bäche unterteilt wird, die ins Meer fließen. Ella und Yannick spazieren in den Museen, in den Werkstätten herum und trinken einen weiteren Kaffee. Die Sonne steht jetzt senkrecht. Das Licht zerteilt wie eine Messerklinge die Gebäude und die Leute in Schatten- und Lichtteile. 1808 gab es einen großen Brand, erklärt ihnen ein Führer, der von einer Gruppe zur anderen frei herumzieht, genaue Angaben über die Stätte absondert, ohne daß jemand ihn danach gefragt hätte. Die Insel Suomenlinna ist neben dem Haus Sederholm auf dem Senatplatz, das aus dem Jahr 1757 stammt, das einzige Zeugnis der Architektur der Handelsstadt und der Befestigung am Ende des 18. Jahrhunderts. Mit Ankara und Sankt Petersburg gehört Helsinki zu der Kategorie von Städten, die von Regierungsbeauftragten gestaltet und geschaffen wurden, im Gegensatz zu anderen Städten, die auf natürliche Weise an Handelskreuzen entstehen, sagt der Gnom, hüpft dabei nervös von einem Fuß auf den anderen und streut sein Wissen. Helsinki war das Projekt eines Königs, als vor 250 Jahren das Vorhaben in die Tat umgesetzt wurde, die Festung, die Sie jetzt vor sich sehen, auf der Insel zu bauen, es handelte sich dabei um nichts anderes als um eine nationale Investition. Ella hört den Ausführungen des Führers, der sie offensichtlich adoptiert hat, nur halb zu. Sie ist von der wilden Schönheit des Wassers überwältigt, die vor ihren Füßen ihre eigenen Bedürfnisse nach Dauerhaftigkeit und nach Beständigkeit ausbreiten. Nur schon aus diesem Grunde könnte sie Yannick nicht verlassen, sie weiß es, sosehr sie es sich auch wünscht. Sie fühlt, daß sie sich unter den zerfetzten Trümmern von Yannick, der bei der Ankündigung des Endes auseinanderbersten würde, ihr eigenes Grab schaufelt. Es wird für ihn undenkbar bleiben oder ihn mit größter Gewißheit ersticken. Deshalb untersagt sie es sich, als wäre der Gedanke zu handeln ein versteckter und gut bewahrter Schatz.

Yannick hat ihren Arm gefaßt und lenkt sie durch die Ruinen der Festung. Ihr Führer verschwindet und taucht wieder auf, macht mit der Zauberkraft seiner gutwilligen Anwesenheit den nördlichen Gnomen alle Ehre und verbreitet während ihres Spaziergangs Narrenwahrheiten. Als Finnland ein Großherzogtum wurde, sagt er, nachdem es Rußland übergeben worden war, fügt er hinzu, sieht dabei Ella geradewegs in die Augen, war der Aufstieg Helsinkis zu einer Hauptstadt im Interesse des Herrschers. Ella lächelt.

Das Blut der Ahnen, das Blut der Geschichte, das uns im vorhinein ertränkt, Schlachten, die vergeblich sind, dumme Streiche der Geschichte, sagt Ella zu Yannick, der mit dem Kopf nickt. Sie ist leicht. Sie ist frei. Sie ist fröhlich. Glücklich. Allenfalls kann sie sagen, daß das Glücksgefühl eine unbeständige Flamme ist. Durch einen Strom von säuerlichen Gefühlsanspannungen kann es erschüttert, durch eine plötzliche Kälte schnell besiegt werden, die überall, an jedem beliebigen Ort lauert. Das Glück, ein zerbrechlicher und unfaßbarer Lichtstreifen, verschwindet, wann es ihm beliebt.

Der Gnom taucht hinter Ella und Yannick auf. Ella weiß nicht, wie er es hat anstellen können, sie so schnell zu umkreisen. Er sagt, das Eisenbahnnetz ist fächerförmig konzipiert worden, um Helsinkis Lage in den Jahren 1860 zur Geltung zu bringen. Auch diese Entscheidung kam von oben, fügt er lachend hinzu und wiederholt mehrere Male, von oben, von oben, als mache er sich darüber lustig. Yannick lacht los und Ella mit ihnen.

»Ich habe Hunger, gehen wir etwas essen?« sagt sie auf einmal.

Yannick ist einverstanden, und sie fragen den Gnom, ob es auf der mysteriösen Insel möglich sei, zu essen. Der Gnom sagt:

»Ja, ja, ja, zum Beispiel in den Kellern von Walhalla, dort können Sie essen.«

Erst jetzt spricht der Gnom ihre Sprache und nicht mehr das unverständliche Finnisch, das an ihr vorbeiplätschert, weil es wie Hintergrundmusik klingt, wie sicherlich Chinesisch oder Japanisch auch.

»Walhalla?« fragt Yannick.

»Ja«, sagt der Gnom, »es liegt im Süden, im Süden«, und

springt dabei von einem Fuß auf den anderen, »im Süden, mit einer wunderbaren Sicht auf das Meer, hier müssen Sie langgehen«, sagt er und weist den Weg. »Sie müssen umkehren, über die kleine Brücke zurückgehen, die den einen Teil der Insel mit dem anderen verbindet, um zum Hauptteil mit den beeindruckendsten Stätten zu gelangen, the king's gate, die Panoramaterrasse to the dry deck, das Grab von Augustin Ehrensvard, das Sommertheater, und wenn Sie bei den Mauern, Wällen und Kanonen ankommen, wissen Sie, daß Walhalla nicht sehr weit.«

Sie haben Hunger. Ella bleibt einige Meter hinter Yannick zurück, betrachtet das Wasser, wirft ihren Blick in die Ferne, und Luis tanzt vor ihren Augen. Luis. Vielleicht sollte ich es tun.

»Liebste, ist alles in Ordnung?« ruft Yannick.

»Ja, ja«, antwortet Ella, »alles im grünen Bereich, ich dachte an Michel.«

»Aber mein Herz, uns geht es doch gut hier«, sagt Yannick, »warum denkst du an einen Menschen, der dir so weh getan hat?«

»Ich weiß auch nicht, mein Lieber, wirklich nicht.«

»Los, gehen wir essen«, sagt Yannick, hebt sie an wie ein Kind, trägt sie das letzte Wegstück, sie liegt waagerecht in seinen Armen.

Walhalla überrascht sie mehr, als sie erwartet hätten. Fackeln sind an den rötlichen Ziegelmauern befestigt und erleuchten das Kellergewölbe. Die Tische sind wunderbar gedeckt, und unglaublich viele Leute finden sich ein, um sich im Gourmetrestaurant verköstigen zu lassen.

»Die finnländische Küche ist von der französischen Nouvelle Cuisine beeinflußt, das muß köstlich sein«, schnurrt Yannick, der nur eines mehr liebt als Ella, gut zu essen.

»Stell dir mal vor, all die marinierten oder gebratenen Fischarten.«

»Ach«, sagt Ella, »schau, dort, das berühmte Vorspeisenbuffet, wo jeder sich nachschöpfen kann, so viel er will, ja, Yannick, so viel er will. Denk trotzdem ein bißchen an deinen Bauch.«

»Aber Ella, diese kleinen Häppchen machen mir gar nichts, sieh mal die vielen Fische, Fleischarten und die Salate. Ich habe noch keinen baltischen Hering probiert«, sagt Yannick, »ich denke, hier werde ich einen kosten, mariniert, gebraten oder gebacken? Ei, ei, ei, wer die Wahl hat, hat die Qual. Und du, nimmst du eine Maräne oder eine Lachsforelle?«

»Nein«, sagt Ella, »keine Lachsforelle, wir haben gestern schon rohen Lachs gegessen, ich versuche lieber die Maräne. Für die Krebse ist es noch zu früh.«

»Und zu trinken?«

»Wein«, schlägt Ella vor.

»Gut«, übernimmt Yannick, »Wein. Ein kleiner Wodka zu den Vorspeisen, wie es hier Brauch ist?«

»Ja, laß es uns genießen.«

Ella legt ihre Gabel auf den Tisch und schaut Yannick an, der genüßlich ißt. Trotz allem ist sie glücklich mit ihm. Welches Recht nimmt diese Mutter sich heraus, sich das Leben ihres Sohnes so anzueignen und sich ohne Unterlaß aufzudrängen? Die Gedanken bringen Ella soweit, die Mutter aus der Gegend zu verdammen. Ja gut, sich soweit treiben zu lassen, zu töten, um mit ihm zusammenzubleiben, müßte genug beunruhigend sein, um die Wahrheit über ihre Gefühle zu sagen, sie auszudrücken, aus sich hinauszustülpen und sie vor Yannicks Augen auszubreiten. Dann kann er mit ihnen machen, was er will, das geht sie nichts mehr an. Ella mag das zusammengepreßte Wort, nicht, ein Pistolenschuß in der Sprache, der kalt gegen die Lügentrümmer knallt, widerhallt. Yannick kann die Wahrheit nicht aus ihrem Gedächtnis streichen, soll er damit tun, was er will, das ist sein Problem. Die Schlangen, die in ihrem Hirn herumgeistern, sind die Monster, die er übersehen möchte, während sie sich gnadenlos über seine Einfalt hermachen. Ella und Yannick trinken einen Kaffee, obwohl sie weiß, daß sie Mühe haben wird, einzuschlafen. Heute abend in Suomenlinna will sie auf den Geschmack des Kaffees nicht verzichten, als sich das Glück eines einfachen Lebens klar entfaltet. In der Zwischenzeit hat sich das Licht verändert, nimmt ab, obwohl es immer noch stark ist. Ella und Yannick umrunden die Insel in Gegenrichtung, kommen zum Verladekai zurück, steigen auf das Schiff. Ein leichter Wind hat sich erhoben, das Schiff wackelt hin und her, es ist kleiner als dasjenige, das sie hergebracht hatte. Weißgischtige Wellen begleiten den Rumpf, Schaum der Zeit, und Möwen stoßen kleine Schreie aus, die nur einen Augenblick lang schrill sind, dann vergehen. Ella und Yannick stehen im Bug des Schiffs, das Bild von Helsinki nähert sich ihnen. Beide denken an die Abfahrt, die morgen mit allzu bekannter Verläßlichkeit folgen wird. Sie knüpfen unabhängig voneinander andere Gedankenketten. Yannick fällt den Entschluß, sein Leben zu ändern, seine Arbeit und seine Reisen einzuschränken, sich mehr Zeit für Ella zu nehmen. Er möchte die familiäre Stimmung schaffen, die Ella das Vertrauen schenkt, Kinder zu bekommen. Ich will Vater werden, sagt er sich. Der gute Vorsatz, der durchaus das Gewicht von Vorsätzen am Jahresende für das kommende Jahr hat, bringt ihn in Aufruhr. Tränen steigen auf. Lachend sagt er, da Ella die Tränen bemerkt hat, die über seine Wangen rollen, »es ist nur der Wind, Liebe, nur der Wind«. Ella trocknet sie mit einem Pulloverärmel weg, umschlingt mit ihren langen Armen seinen Hals, hebt sich bis zu seinem Mund und erobert ihn stürmisch. Yannick ist glücklich, daß Helsinki ihm Ella wie einen verlorengeglaubten Schatz zurückgibt. In der Ferne geht die Sonne unter, ruft zur Ruhe auf, und in der Stille keimt ein neuer Tag, von dem er jetzt, hier, ganz genau weiß, daß er ihn mit Ella, seiner Frau, leben will, und die diesem folgenden Tage auch. Er fragt sich, warum er sieben Jahre brauchte, um zu erkennen, daß der Wunsch offensichtlich und seine Arbeit nur das Hintergrundgemälde seiner inneren Gefühle ist. Das Schiff nähert sich dem Marktplatz, mit dem Präsidentenpalast an dessen Rand, ursprünglich ein bürgerliches Haus, von Pehr Granstedt gezeichnet, hat ihnen der Gnom auf der Insel mitgeteilt, bevor er sich von ihnen verabschiedet hat. Beide haben Lust, noch etwas zu unternehmen. Sie spazieren in Helsinkis lebendigen Straßen herum. Die Bewohner bleiben im Freien, solange sie können, tränken sich im Licht und in der Luft, kommen den verdrießlichen und deprimierenden Wintermonaten zuvor, die sie in ein beinahe kontinuierliches Dunkel tauchen. Ella und Yannick halten inne, hören einige Minuten einem Konzert zu, das auf der Straße improvisiert wird. Dann suchen sie eine angenehme Terrasse, die nicht zu lärmig ist, und setzen sich. Ihre Beine sind müde von der Inselwanderung. Ella sagt, ihr Flugzeug starte um zehn Uhr siebenundvierzig, und sie müsse gegen acht Uhr aufstehen, um genug Zeit zu haben, sich in Ruhe zurechtzumachen und zu frühstücken. Yannick sagt, er bringe sie an den Flughafen, wie immer, und nimmt ihre Hand. Er will noch etwas sagen, zögert, hält sich zurück. Ella sagt nichts, nichts über die Angst, in ihr schönes Haus in Genf zurückzukehren, in dem sie sich ohne ihn allein fühlt, nichts von den Gefühlen, die aufkeimen, wenn sie feststellt, daß Pauline einen Abstecher in ihr Haus gemacht hat. Sie schweigt, denkt an nichts Genaues, nicht einmal an Luis. Vielleicht denkt sie nur an ihr Leben, das ihr komisch erscheint, aber nicht genug, um etwas an seinem Lauf verändern zu wollen. Sie bestellen Wein, schlürfen ihn mit Genuß. Er ist eigenartig, hat den Geschmack von schwarzen Johannisbeeren, wird auf der

Zunge porös. Der Nachgeschmack ist rund und bleibt ohne Säure blumig im Mund hängen.

Yannick zahlt. Ella geht auf die Toilette. Die Nacht ist immer noch nicht gänzlich hereingebrochen. Ella weiß nicht, ob sie Yannick irgend etwas sagen wird, sie denkt eher nein, es sei nicht der Mühe wert, noch einmal in ihrem Leben zu riskieren, durch die Hölle zu gehen. Es ist besser, zu schweigen, sagt sie sich, wartet, bis der Händetrockner die Wassertropfen auf der Haut ihrer Hände verschlingt. Dann kehrt sie zum Tisch zurück, an dem Yannick sitzt, ein von einer fröhlichen Menge umgebener Träumer. Er läßt sie ganz nahe kommen, umschlingt ihre Beine mit einem seiner Arme, zieht sie auf seine Knie, wartet, bis die Gelenke ihrer Beine einknicken und er ihr Gesäß auf seinen Schenkeln spürt.

»Ich liebe dich«, sagt Yannick. »Ella, ich hätte gerne Kinder mit dir.«

Ella schweigt einen Augenblick, küßt ihn, um die Wallungen ihrer Gefühle zu verbergen, die seine Worte in ihr auslösen, vergräbt ihr Gesicht in seinen wilden blondgrauweißen Haaren und antwortet:

»Ich auch.«

Sie hätte ihm Tausende Dinge sagen wollen. Ellas Hand liegt, vom Händetrockner noch angewärmt, in Yannicks großer Hand. Sie schlendern zusammen zum Hotel zurück, sprechen nicht, glücklich, zusammenzusein, nur das.

Im Hotelzimmer zieht sie ihren Pullover, ihre Jeans, ihr T-Shirt und ihre Unterwäsche aus, gleitet unter die Dusche. Draußen, im Norden, ist ihr kalt geworden. Sie fragt sich, ob sie wirklich ein Baby haben will, und kennt die Antwort, ja, aber sie hat immer gedacht, daß der Augenblick, an dem eine so einschneidende Veränderung entschieden wird, durchgreifender sei. Sie ruft Yannick ins Badezimmer, der sofort angerannt kommt, fragt ihn, ob er die Frage vorher ernsthaft gestellt habe.

»Sehr ernsthaft«, antwortet er.

»Aber du bist dann mehr zu Hause?« fragt sie.

»Ja, Liebe«, antwortet er.

»Und du vergißt den Nobelpreis?« fragt sie ihn lachend, und er antwortet nach einem kurzen Zögern, das sie beinahe nicht wahrgenommen hat:

»Ja, ich werde ihn fallenlassen, denn er ist weder ein Leben an deiner Seite noch das eines Babys wert.«

Ella dreht den Wasserhahn zu, steigt aus der Badewanne. Yannick hält ihr ein großes Badetuch hin, wickelt sie ein und reibt sie überall trocken.

»Ja, ich werde weniger reisen, Ella, ich habe mich entschieden, und sobald ich wieder in Genf bin, spreche ich mit meinem Team.«

Er geht aus dem Badezimmer, zufrieden mit seinem Entschluß und daß er ihn Ella mitgeteilt hat, schaltet den Fernseher ein, sieht die Nachrichten an.

Ella deckt die Laken auf, schüttelt eines der beiden Kissen, die Spuren der morgendlichen Schlacht sind fein säuberlich getilgt worden, und streckt sich entspannt aus. Yannick bückt sich zu ihr, küßt sie auf die Stirn. Dann geht er ins Bad, putzt seine Zähne, nimmt ebenfalls eine Dusche. Das Wasser rinnt und Yannick singt, was nur vorkommt, wenn er glücklich ist.

Weggehen ist eine Wahl, denkt Ella. Sie versteht nicht mehr, wie sie hatte weggehen wollen, Yannick verlassen und ihr ganzes Leben zerstören? Ein Kind, denkt sie, ja, ein Kind.

Von Anfang an hatte Michel von Kindern gesprochen. Er unterstrich immer, wie wichtig, ja wichtiger als alles der Wunsch ihm sei, eine Familie zu gründen. Je mehr Ella hinter die Fassade seiner Nettigkeit sah, die sorgfältig verborgenen Handlungsweisen ausmachte, um so mehr ekelte es sie an, und sie entwickelte sowohl für ihren Freund als auch für dessen Mutter geradezu Verachtung. Sie hatte ihm gesagt, er wolle keine Kinder, der Kinder zuliebe, sondern wünsche welche, um sich vor seiner Mutter zu rehabilitieren. Das arme Kind würde seinem Ehrgeiz erliegen. Es wäre seine Krücke, wenn er den ältesten Gesetzen der Wiederholung nachginge, durch die er sein Kind zwang, sich seiner Persönlichkeit anzupassen, anstelle ihm die Fähigkeit zu vermitteln, sich über ihn hinwegzusetzen und seine eigene Persönlichkeit auszubilden. Die Heirat wäre ein Ziel, das sich selbst genügte, denkt Ella. Sie war notwendig, um ein Wesen an sich zu binden, Leben zu zeugen, sich somit in den Raum und in die Zeit zu schleudern. Die Eingebung fußte in der Angst vor dem Nichts und in der Lust, die Auslöschung der unvorsehbaren und erstaunlichen Existenz zu blenden. Seine Großzügigkeit war berechnet und dem Gesetz des Tauschhandels, nicht dem des Gebens verschrieben. Sie hatte die Wege seiner Worte verstehen gelernt, die wie der verdampfende Rauch eines Feuers aufstiegen. Über die Umwege der unzähligen Demütigungen floh sie nicht mehr, sondern hatte Lust entwickelt, die Niederlage zu betrachten. Endlich enthüllte sie die Wahrheit, die sie so lange zu erfassen versucht hatte. Die Worte bedeuteten nicht das gleiche für sie beide, so einfach war das, sie wußte es. Nur lag zwischen ihnen irgendwo der Haufen blühender Worte gewisser Tage und Nächte, die sie nicht einfach wegfegen konnte, als wären sie totes Laub. Ihre Gefühle streunten um den Haufen gleich einer Katze. Anstatt im Dunstkreis des Haufens zu bleiben, entfernte sie sich von ihm, begann ihn abzutragen, brachte Ding um Ding zum Abfall, das Glas zum Glas, den Müll zum Müll, das alte Papier zum Altpapier, die Grünabfälle zu den Grünabfällen. Ella war traurig, die bedeutungslosen Selbstgefälligkeiten zu sehen. Sie legte das Bild ihrer sterbenden Großmutter auf die blutenden Wunden, und sie fragte sich, mit dem Ende des Lebens vor den Augen, warum er so lebte, alles zerstörte, während alles eines Tages dem Nichts geweiht war. Leben muß man, hatte sie sich gesagt, leben, atmen, genießen.

In Helsinki trommeln ihre Überlegungen erbarmungslos wie Regen auf ihren Köper. Sie würde gerne etwas von ihrer Lage verstehen, die sich immer mehr verwickelt, zu einer Hölle voller Fragen ohne Antworten wird. Ella hat den Eindruck, daß sie nicht gelernt hat, wie sie sich selbst sein kann. Ich bin es müde. Zuhören, geben, großzügig sein ist nicht möglich, sie verhält sich immer falsch. Es ist falsch, sich zu äußern, es ist falsch, immer richtig handeln zu wollen, es ist falsch, ihre Gefühle auszudrücken. Sie hat gelernt zu funktionieren, im Leben zu bestehen, nichts weiter. Zu leben hat sie nicht gelernt. Nicht das Leben entgleitet ihr. Sie entgleitet dem Leben, während sie es gierig wie ein wildes Tier trinkt und nicht einmal weiß wieso.

Als Yannick sich ins Bett fallen läßt, wirft sie sich auf ihn, rangelt mit ihm, zieht ihn aus, erregt ihn, dann endlich beruhigt er sie und führt sie dahin, wo sie nicht mehr sieht und wo sie einzig ihre Haut spürt, die an seiner reibt, ihre Geschlechter, die sich ausschöpfen, sich erschöpfen, bis sie nicht mehr können. Zärtlich, in einer beinahe totalen Langsamkeit dringt er in sie ein und bleibt einer kontinuierlichen Bewegung verschrieben. Sie ist nichts anderes als eine volle Öffnung, ganz und gar, gibt sich seinen Händen hin, den Wellen, seinem Mund, dem Feuer, seinem Geschlecht, dieses Stück seiner selbst, das sie sich aneignet, das sich sie aneignet, ineinander geschmolzenes Fleisch, einer in zweien. In der Vereinigung, die beinahe von der Zeit verlöscht wird, und den angehaltenen Bewegungen taucht fein und langsam ein gewaltsam hervorquellendes Gefühl aus ihr, aus ihm, sie ist unfähig, es in Worte zu fassen, die Überschreitung dessen, was sie ist, was sie in der Zeit sein wird, und er auch. Die Lust breitet sich langsam aus, schlägt ruckartig um sich, bis das Herz, das treu pumpt, die Rauchschwaden der inneren Explosion in den entferntesten Zellen durchlüftet. Die Körper, die ein ruhiges Glück trägt, werden schwer. Ich habe die Pille nicht genommen, heute abend, sagt Ella nach einigen Minuten Schweigen. Ihr Kopf ruht auf seiner wogenden Brust, ihre Wange gleitet unmerklich in ihrer beider Schweiß. Sie legt sich auf Yannick, auf seinen Körper, auf dem sie, als wäre er ein Baumstamm, in Sicherheit und glücklich treibt, von den Rucken seines Atems getragen. Yannick schweigt entgegen seinen Gewohnheiten, streicht ihr fein über den Rücken, spielt mit ihren blonden Seidenhaaren, gleitet mit seinen Händen über das Gesäß und wieder zurück, nach unten, nach oben, umfaßt sie manchmal ganz mit seinen kurzen Armen, wiegt sie, ohne etwas zu sagen, immer wieder. Als Ella ein wenig ihr Gesicht anhebt und mit ihrer Hand nach seinem tastet, spürt sie, daß er lautlos weint. Sie legt ihren Kopf wieder auf seine Brust, und so schlafen sie ein, müde, heiter, dem Leben hingegeben.

In der Nacht träumt Ella von Luis. Sie liegt mit Yannick und Luis im Bett. Yannick zieht sie kräftig an sich, hat einen Arm um sie geschlungen, den er mit dem anderen hält. Luis schmiegt sich an Ellas Rücken, gleitet mit seinen Händen unter Yannicks Arm. Yannick tut, als ob Luis Luft wäre. Luis erträgt Yannicks Härte Ella gegenüber nicht. Er streichelt ihren Rücken. Ella erzittert unter Luis' Zärtlichkeiten. Yannick zieht sie noch mehr an sich, drückt ihr die Luft im Oberkörper ab. Er hält sie beinahe verzweifelt. Luis' Hände wandern zu Ellas Nacken, dann zu ihrem Gesicht. Yannick bewegt sich schlagartig von ihnen weg, als ekelte er sich, vergrößert dabei den Druck auf Ellas Körper. Ella küßt Yannick liebevoll auf den Hals, um ihn zu beschwichtigen, während Luis' Fingerspitzen Feuer auf ihrer Haut ansetzen. Yannicks Hand steigt auf ihrem Rücken empor, klebt sich starr fest. Ella möchte sich Luis zuwenden. Sie ist zwischen Yannicks Armen eingeklemmt, kann weder vor- noch zurückweichen und muß sich mit Kraft aus der Umarmung befreien, die einer Geiselnahme gleicht. Luis nimmt sie in die Arme, fängt Yannicks beißenden Blick auf, schießt Todespfeile zurück und wiegt Ella. Sie küßt Luis auf den Mund. Yannick streicht verzweifelt über Ellas Haar, hält es fest, zieht daran. Ella schreit. Yannick läßt sich zurückfallen, liegt wie eine Mumie neben ihr, keine Bewegung ist ihr zugedacht. Ella löst sich von Luis, steht auf, dreht sich um und sieht Yannick und Luis nebeneinander im Bett liegen. Sie sehen ihr nach. Ella tritt aus dem Zimmer und schließt die Tür.

Ella erwacht, verjagt den schlechten Traum, ordnet in ihrem Kopf die Ereignisse der letzten drei Tage und Nächte und fühlt sich nicht wohl. Sie steht auf, macht Kaffee. Yannick schaut ihr zu. Sie hat nicht genug Wasser zum Kochen gebracht, daß es für sie beide reicht. Er ist oft fern, und aus Gewohnheit hat sie nur eine kleine Menge erhitzt. Dieser Umstand verletzt ihn jetzt. Ella bringt noch einmal Wasser zum Kochen, dabei wird ihr kalt. Sie hört ihm zu, wie er über die Kleider spricht, die er heute für das Gespräch mit den Interessierten der Pharmaindustrie anziehen will. Ella hat die harmlos einfache, alltägliche Handlung nicht mit genug Geistesgegenwart ausgeführt und wirft sich ihr ungeschicktes Handeln vor, das die Bedürfnisse ihres Mannes mißachtet. Yannick ist es egal. Er versteht die Aufregung nicht, die sie befällt, als sie ihm den Kaffee bringt und dabei ein wenig Flüssigkeit ausschüttet. Einige Tropfen Milchkaffee schwappen über den Rand, ihre Schrittbewegung war zu brüsk. Sie rinnen die Tasse entlang hinunter, fließen unweigerlich dem Boden zu, fallen auf die mit einem weißen Laken bezogene Matratze. Von ihren körperlichen Ausschweifungen in der vergangenen Nacht, die sie beinahe ohne ihr Zutun überkommen haben, ist diese noch feucht. Die Tropfen zeichnen einige unförmige, hellbraune Flecken auf das weiße Bettuch, die deutlich zu erkennen sind. Ihr Mann bemerkt nichts, und Ellas Zorn ist ihm ein Rätsel. Sie hätte gerne den Kaffee in der Wärme des Bettes genossen und kann ihren Blick nicht von den Unregelmäßigkeiten abwenden, die in ihre Augen springen und sie nicht in Ruhe lassen. Yannick steht auf, sagt sich, es sei wahrscheinlich besser, sie einen Augenblick mit ihren Gefühlswallungen allein zu lassen, die nichts mit ihm zu tun haben. Er verschwindet im Badezimmer, rasiert sich, was er gerne tut, beseitigt mit seinem Reiserasierer langsam und stetig den Schaum, der unregelmäßig auf seinem Gesicht verteilt ist. Sie interpretiert seine Haltung mit Gleichgültigkeit. Am liebsten würde sie ins Badezimmer gehen, ihm sagen, daß sie von den winzigen Situationen, die zur Hölle werden, die Nase voll hat, weil es nichts gibt, gar nichts, was sie noch über den ehelichen Eid hinaus im Alltag verbindet, der sie trennt. Das Verständnis für den anderen entwischt unweigerlich und versteckt sich in dem hellbraunen Fleck, der auf dem Laken aufgedruckt ist, weiter in die Matratze eindringt und die Putzfrauen des Hotels an eine offene Körperwunde erinnert. Die intime Schlacht entstammt zwei Körpern, die eine Nacht lang noch versucht haben, sich zu lieben, sich dem anderen hinzugeben und ein Kind zu zeugen. Sein langsames Fortschreiten beim Rasieren treibt ihn von ihr weg und nährt ihn auch mit ihr. Yannick nähert sich ihr immer durch alles und mit allem. In einer absoluten Selbstaufgabe liebt er sie, in den Augenblicken, in denen sie bei ihm ist. Er würde die so sehr ersehnten Kinder mit ihr haben wollen, um all die Aufgaben, die ein Mensch auf der Erde erfüllen kann, erfüllt zu haben. Ella will nicht mehr in die Leere geben, die offiziell keine ist, denn sie sind seit Jahren verheiratet, und nach außen funktioniert ihre Ehe gut. Trotz des Umstandes weiß sie, daß sie in die Leere gibt und ihr Mann in keinster Weise ein Behälter ist, der ihre Gefühle aufbewahrt, sondern ein Sieb, ein Netz, das nicht alles zurückbehält, höchstens die gesiebte Materie sortiert, ohne sie jedoch aufzuheben. Sie fragt sich, wohin die vertrauten Gefühle abfließen, die sie in der Nähe seines Körpers ausspricht, den sie immer noch liebt, obwohl das Alter ihn langsam mit Sicherheit einholt. Nachdem sie sich ihm geöffnet hat, fühlt sie sich leer oder verliert ihm gegenüber das Gefühl für sich selbst. Sie empfindet die andauernde Verneinung ihrer Bedürfnisse, seien sie auch noch so klein, wie heute morgen, wo er nur hätte aufstehen, ein nasses Handtuch holen und die Verheerungen des kleinen Flecks von der Matratze des Hotels putzen müssen, das sie in zwei Stunden verlassen und in den kommenden Wochen vergessen wird.

Yannick hat Ella sein Leben gewidmet. Alles ihm Mögliche tut er für sie, doch er hat das Gefühl, nicht zu genügen, und sein Vertrauen in sich läßt mehrere Male am Tag nach. Einen Großteil ihres Zusammenlebens opfert er. Er betrachtet Ella als eine starke Frau, die fähig ist, den Alltag allein zu meistern. Über die Frage hinaus erkundigt er sich nie nach der Tatsache, ob sie glücklich ist. Der Preis, den er bezahlt, bettet sie in einen Luxus, der ihm erlaubt, ihre möglichen Zweifel und Probleme mit einem heiß ersehnten Geschenk zu ersticken. Er hat immer, auch nach einigen Jahren Ehe, noch Angst vor ihr und wünscht sich, sie in keinem Fall zu verwirren oder ihre Launenhaftigkeit anzustiften. Damit kann er nicht umgehen. Er weiß nicht, wie sie beruhigen, und läßt die Unwetter vorüberziehen. Ein schüchternes Kind ist er geblieben, das bemüht ist, die Gefühle seiner Mutter nicht zu irritieren, sich versagt, sich auszudrücken und sein eigenes Leben zu leben. Er nähert sich seinem fünfzigsten Lebensjahr und ist nur Zuschauer und Beobachter der Zeit, die vorbeigeht. Die Stelle, die er zu einem gewissen Zeitpunkt hätte einnehmen sollen, die des Partners, des Ehemannes, bleibt eine leere Blase. Bis jetzt ist Yannick unfähig, sich auf die Leerstelle zu setzen, sie einzunehmen und keine Angst zu haben, sie gleich wieder zu verlieren. Er biegt sich in alle Richtungen, um gegen verschiedenste Möglichkeiten zu kämpfen, die eintreten könnten, und macht aus sich selbst den lächerlichen Kasper, den seine Frau nicht immer ernst nimmt. Ella kennt den Ursprung ihrer Traurigkeit, weiß, daß sie ihr Leben ändern müßte, fühlt, daß sie in der Nähe dieses Menschen zugrunde geht, der sie nicht sieht, der sie aber haben will. Aus Angst, wegzugehen und von vorne anfangen zu müssen, weiß sie nicht, was sie tun soll. Wieder.

Ella und Yannick bestellen ein Taxi. Ella packt schnell schnell ihren Koffer. Yannick hilft ihr, hält den Deckel zu, damit sie bequem den Reißverschluß betätigen kann. Im Taxi sitzen sie auf der Rückbank, sie hinter dem Fahrer, er neben ihr. Er strahlt vor Glück, vor Überzeugung, sein Leben zu ändern und die richtige Entscheidung getroffen zu haben. Ella hat sich beruhigt, streichelt stillschweigend Yannicks Hand, die auf ihrem Schenkel ruht, und fragt ihn, wann er nach Genf komme.

»In zehn Tagen«, antwortet Yannick, »ich freue mich.«

»Ich auch«, sagt Ella. »Ich nehme die Pille nicht mehr«, sagt sie.

Yannick stimmt mit einem wortlosen Kopfnicken zu und umschließt Ellas Hand mit warmem Druck.

»Und du sprichst mit Pauline, Yannick, daß sie sich zurückhält und sich eine Wohnung sucht, die weiter von unserem Haus entfernt ist.«

Sie schlendern ruhig durch die erregten Leute und die routinierten Reisenden im Flughafen, stöbern in Geschäften, genießen die Wirbel des Lebens und den Frieden, der ihren Schritten Festigkeit vermittelt.

Yannick hat auf ihre Frage nicht geantwortet. Ella hakt nach:

»Hast du meine Frage gehört?«

»Ja, ich werde mit ihr sprechen«, sagt er ohne Überzeugung. Ellas Herz sticht ungewollt. Bevor sie die Zollkontrolle passiert, umarmt Yannick Ella, ein alter Tänzer, dessen Muskeln sich noch an den Rhythmus erinnern, und wiegt sie. Ella hebt ihren Mund. Sie küssen sich lange.

»Bis bald.«

»Bis bald, ich liebe dich.«

Ella folgt den Seilen der leeren Warteschleifen, die an Aluminiumpfosten aufgespannt sind, geht auf die Zollkabine zu, hält ihren Paß hin, dreht sich um, erhascht einen letzten Blick von Yannick, winkt, eine Bewegung, die aus der Wirklichkeit geschnitten ist, lächelt, er auch. Der Zollbeamte gibt ihr den Paß zurück, good travel. Thank you, sagt sie und begibt sich in den Abflugbereich, sucht den Einstiegsterminal und schreitet gemütlich vorwärts.

Sie hatte einmal geschrieben, erinnert sie sich jetzt, weiß jedoch nicht mehr, ob es sich um Michel oder um Yannick handelte. Ein Männerkörper, dessen Aufmerksamkeit meine Furcht erregt, weil sie falsch ist. Ein endloses Spiel, das neben der Wirklichkeit steht, sie verfälscht, sie vergrößert, sie verkleinert, sie nie mäßig zeigt, richtig. Sie bewegt sich zwischen den beiden Extremen hin und her, und in diesem Übermaß ist sie für mich unerträglich. Die traurige Wesensart des Spiels, die durch die Spielveranlagung das Gefühl, den Schmerz und den Durst verbirgt, immer anstelle des anderen weiß, was zu tun ist und was gesagt werden muß. Jeder Gedanke ist von dieser Art von Gehirn schon gedacht worden, deshalb ist Staunen nicht mehr möglich. Vor den zu aufmerksamen Gesten resigniere ich. Sie verbergen zerrissene Gefühle. Ich gebe einer Eigennützigkeit nach, die mir Angst einflößt und meinen Schwung tötet. Es handelt sich nicht um Ehrgeiz, wie ich denken könnte, dient nicht dazu, mir etwas zu beweisen. Ich würde es vorziehen, die Notwendigkeit, mich auszudrücken, nicht haben zu müssen. Würde ich es nicht tun, würde ich implodieren, somit töten, was ich erlebt, gehört, gesehen habe. Es muß sich um Michel handeln, sagt sie sich. Sie hätte es früher sehen wollen, aber leider konnte sie es nicht sehen. Nichts hat sie sehen können von all dem, was zu sehen gewesen wäre.

Die Stimmung im Flughafen ist die des Wartens. Die Zeit vergeht seltsam, stockt, die Handlungen sind gezügelt und übersetzen sich mit Unentschlossenheit, deren schwierigste Augenblicke mit Käufen von Luxusprodukten sublimiert werden, Alkohol, Lederwaren, Zigaretten oder Zigarren, Schuhe, Koffer, Geldbeutel oder alle Arten von Luxustaschen, Schönheitsprodukten, Parfüms. Die auffindbare Nahrung ist nur in pappigem Brot enthalten, das sorgfältig in Dreiecke geschnitten, mit verlockenden Nahrungsmitteln angefüllt ist, Huhn, Speck, Thunfisch, mit einem winzigen Tomatenschnitz oder einer Scheibe Gurke geschmückt und mit Mayonnaise angefüllt, die scheinbar leicht mundet, aber noch während Stunden schwer im Magen liegt. Die geräumig ausgestatteten Innenräume der Flughäfen täuschen, geben zuerst den Anschein einer gedämpften Stimmung. Die Böden sind im Gegensatz zu den großen Fensterflächen mit Teppich bezogen. Metallstrukturen und moderne leichte Materialien geben dem Gebäude einen luftigen Anschein, lösen alle Linien durch das viele Licht in einer Unschärfe auf, die von Klarheit durchbohrt wird und jegliches Gefühl, geschützt zu sein, enthebt. Sie sind schmutzig, Ella sieht es, sobald sie einige Minuten auf den Wartestühlen sitzt. Diese sind sorgfältig so nah nebeneinander aufgereiht, daß ein ungewollt direkter Kontakt mit den fremden Nachbarn geschaffen wird, die sie per Zufall während einer identischen Reiseroute schon am Flughafen dieser oder jener anderen Stadt erblickt hat. Die Lust nach Privatsphäre erscheint eine unweigerliche Notwendigkeit, und jedes menschliche Wesen, das mit Menschenliebe versehen ist, beginnt herzlich mit seinen unbekannten Nachbarn zu plaudern. Ella sagt niemandem nichts, zieht ein Blatt und einen Stift aus ihrer Handtasche und schreibt.

Ella fragt den Keeper an der Bar nach einem Umschlag, schreibt Yannicks Namen darauf, die Hoteladresse, und ob er die Nettigkeit hätte, den Brief für sie einzuwerfen, wenn sie ihm Geld für die Briefmarken gebe. Der schöne Schwarze lächelt breit, sagt ja, nimmt das Geld, das sie ihm hinstreckt, obwohl es zuviel ist. Er bemerkt es, hebt den Blick, sie macht ein bestätigendes Handzeichen, der Rest sei für ihn, und er nimmt an. Dann sucht Ella eine Telefonkabine, wählt die Nummer von Luis, sagt sich, es sei, um zu sehen, ob er abhebe, um zu sehen, wo er ist und wie es ihm geht. Luis nimmt nicht ab, der Anrufbeantworter schaltet sich ein, Ella überlegt, ob sie ihm etwas sagen will, zögert, sie hört eine Verspätungsansage für ihren Flug, the flight 739 Helsinki to Geneva, the boarding is fifteen minutes later, the flight 739 Helsinki to Geneva, fifteen minutes later, we are sorry about, the flight... Ella würde ihm gerne etwas sagen, plötzlich haben ihre Gedanken den Faden verloren, und sie legt auf.

Yannick liebt und haßt das Fliegen. Er sucht es immer wieder auf und schimpft gleichzeitig darauf. Ella hat immer gedacht, er wolle ihr eine Freude machen, indem er sagt, er habe Mühe wegzugehen. Sie hingegen glaubt, und die

Überzeugung hat sich klar in einer tiefliegenden inneren Schicht vermittelt, daß er es liebt, wegzugehen. Er versucht, sie lächelnd zu trösten und sie mit einer Grimasse vom Gegenteil zu überzeugen. Ella ist neugierig, ob Yannick sich verändert. Im tiefsten Innern glaubt sie, daß er es kann. Sie ist glücklich, obwohl die unpersönliche und kalte Stimmung von öffentlichen Plätzen, ob es Flughäfen oder Hotels, Kongreßsäle oder Forschungslaboratorien seien, ihn mit einer verblüffenden Gewißheit anziehen. Yannicks Leben ist dem Verzicht der Privatsphäre verschrieben, die seine Mutter ihm Tag für Tag geraubt zu haben scheint. Seine Unfähigkeit, diese zu verlassen, steigert seine Lust wegzugehen. Er flieht vor seiner Mutter, die ihm wie eine Klette folgt. Anstatt sie zu verjagen oder die Klette zu durchschneiden, wartet er aus Gewohnheit auf sie und läßt sie sein Leben zerstören. Ella ist darüber verärgert, er weiß es und ist sich nicht sicher, ob sie es noch lange tolerieren wird, so weiterzumachen und ein Leben zu führen, dem er sich gewollt entzieht. Jedes Mal wenn das Flugzeug abhebt, schreibt sich sein Freiheitsgefühl wie ein mystischer Text in sein Fleisch und in sein Hirn, weckt ihn, daß er zittert, als wäre er ein Überlebender nach einem heftigen Gewitter, einer plötzlichen Überschwemmung, einer verheerenden Lawine. So hätte er sterben wollen, in der Luft explodieren, ein plötzlicher Tod, der unvorgesehen ist und im Augenblick persönlichen Glücks eintritt. Für viele andere ist das Fliegen ein Moment verschwiegener Angst. Das Eingeschlossensein mit anderen Leuten, die Nähe menschlicher

Wesen, das Gemisch der Düfte und der Kulturen erinnern ihn fröhlich an sein eigenes Leben. Er fühlt sein Glück zu existieren und vor allem jenes, wegzugehen, frei von alltäglichen Zwängen zu sein, die ihm nie die Befriedigung verschaffen, die von der Werbung und den Magazinen vorhergesagt wird. Das Volk verschlingt sie, um eine Sekunde des Lebens der Stars zu erhaschen. Im Grunde unterscheidet es sich nicht von dem aller anderen, denkt er, auch wenn sie im funkelnden Licht vor den Augen der ganzen Welt ausgestellt leben. Jetzt, sagt er sich, jetzt wird sich mein Leben ändern.

Ella findet endlich ihren Koffer in der Menge in Genf. Sie zieht ihn hinter sich her, passiert den Zoll und tritt durch die Türe, hinter der die wartende Masse sich drängt. In ihre Gedanken vertieft, schreitet sie weiter, tritt aus dem Empfangsbereich und steuert auf die Taxis zu. Eine Hand legt sich auf ihre Schulter und hält sie zurück. Sie hebt ihren Blick, und die Augen von Luis suchen sie ab. Ella erzittert, weiß nicht, was sie sagen soll. Er auch nicht. Sie hält an, er auch. Reglos stehen sie voreinander, zwei Unbekannte. Im Stillstand der Zeit taucht die Nacht vor zweiundsiebzig Stunden plötzlich im Licht eines gewaltigen Blitzes auf. Nach einer Stille rührt sich Luis. Er fragt sie, ob sie mit ihm etwas trinken komme.

Ja, sagt Ella.

Gehen wir, sagt Luis.

Ich danke den DDR-Flüchtlingen, die mir ihre Flucht geschildert haben.

Angelica Ammar
Tolmedo

Roman
260 Seiten
ISBN 978-3-250-60092-3
MERIDIANE 92

Natürlich wirst du mich verlassen und dir irgendeinen jungen Esel suchen; aber vielleicht ist es dann schon nicht mehr von Bedeutung.« Für Alice wird Sergios schmerzvoll-weitsichtige Prophezeiung wahr, als sie auf Raul trifft. Ein inniges, ein neues Leben beginnt, das Alice zunächst von Spanien nach Paris, dann aber auch immer tiefer in die Vergangenheit führt. Angelica Ammar widmet ihren Figuren eine gespannte Aufmerksamkeit, heftet sich mit wachem Blick an ihre Fersen und folgt ihnen minutiös im dichten Fluß ihrer Geschichten, in denen sich Erahntes, Erlebtes und Nacherlebtes auf faszinierende Art ergänzen. Das eindrucksvolle Debüt einer starken Erzählerin.

»Was wir sehen, ist eine Frau, die erzählend festen Boden sucht zwischen Wirklichkeit und Traum, zwischen Erinnerung und Gegenwart. Angelica Ammar läßt sie das in einer unendlich behutsamen und sinnlichen, die Wörter abschmeckenden Sprache tun.« *Martin Zingg, Neue Zürcher Zeitung*

Ammann Verlag

Ulla Lenze
Archanu

Roman
240 Seiten
ISBN 978-3-250-60106-0
MERIDIANE 105

Jenseits des Jakobswegs liegt Archanu. Das ist der Name der Einheimischen für jenen subtropischen Ort, an dem Europäer ihre Kolonie »Morgenstadt« errichtet haben, in der nur bleiben darf, wer in völligem Einklang mit sich und der Welt zu leben verspricht.

Marie hat einiges auf sich genommen, um dorthin zu gelangen. Kurz vor dem Abitur hat sie sich über die Widerstände ihrer Eltern hinweggesetzt und sämtliche Warnungen des Sektenberaters Ganto in den Wind geschlagen: Marie will sich ihren eigenen Eindruck von diesem angeblich nur »etwas zu groß geratenen Bioladen im Dschungel« machen.

Archanu ist die Geschichte eines Aufbruchs zur Wahrheitssuche und die Geschichte vom Einbruch der Idee, irgendwo im Nirgendwo könne gänzlich unabhängig vom Bestehenden eine kleine heile Welt entstehen.

»*Archanu*, spannend erzählt in einer kühlen, geradlinigen und doch eigenwillig poetischen Sprache, kann man nicht leicht zuschlagen, und wenn man durch ist, dann ist man noch lange nicht fertig damit.« *Martin Halter, Frankfurter Allgemeine Zeitung*

Ammann Verlag

Ernst Halter
Jahrhundertschnee

Roman
448 Seiten
ISBN 978-3-250-60130-2
MERIDIANE 130

Der Held in diesem figurenreichen Roman ist das 20. Jahrhundert. In erzählerischen Short cuts überblendet Ernst Halter Gemeinschaften und Orte, Schicksale, Menschen und ihr Handeln bis in die Träume hinab und verfolgt sie durch zehn Jahrzehnte. Wir erleben den Mentalitätswandel der Generationen innerhalb einer Bauernfamilie, die Brüche des »deutschen Jahrhunderts«, gespiegelt in der deutsch-nationalen, später nazistischen, endlich marxistischen Werk-Edition eines Allerweltsphilosophen, die Lebenserzählungen von Menschen, die knapp den Mühlen der Zeit entronnen sind. Jede Stimme, jede Perspektive – ein eigenes Prisma der Geschichte.

Ernst Halters glänzender Roman *Jahrhundertschnee* ist weder Chronik noch Geschichtsschreibung, sondern ein Buch der Wandlungen, Krisen und möglichen Erkenntnis.

»Halters musikalische, anschauliche Sprache besticht. Auch wenn die Menschen verschwinden – Erinnerung und Bücher, zumal Bücher wie dieses, bleiben.«
Matthias Kußmann, Deutschlandfunk

Ammann Verlag

Jürg Halter
Nichts, das mich hält

Gedichte
64 Seiten
ISBN 978-3-250-10601-2

»Auf was wartest du noch? / Ich sage dir: / Eine Schneeflocke wiegt 0,004 Gramm, / und zu gleichen Teilen fällst du aus allen Wolken.« Nach seinem vielbeachteten Erstling *Ich habe die Welt berührt* legt der junge Schweizer Dichter Jürg Halter mit *Nichts, das mich hält* einen überraschenden zweiten Gedichtband nach. Die neuen Gedichte zeichnen sich durch einen melancholisch-leichten Ton aus, sie handeln von der Vergänglichkeit oder der Abwesenheit der Liebe, stellen Fragen eines zweifelnden Ichs und greifen spielerisch die großen Themen auf, um sie durch ungewohnte Wendungen und Brüche neu zu besetzen. Manchmal werden gar Naturgesetze außer Kraft gesetzt: »Stell dir vor, der Stein, den du in der Hand hältst, / hält dich.« Mit seiner bestechend anschaulichen Sprache beweist Jürg Halter, daß sich weit jenseits des Lyrikzentrums Berlin eine Stimme erhoben hat, der es zuzuhören lohnt.

»Es gehört zur wunderbaren Leichtigkeit dieser anrührend schönen Liebesgedichte, daß sie immer wieder einen Hauch von Heiterkeit zeigen, einen Glauben an die Hochseilartistik der Sprache, in der dem Leser nicht weniger zukommt, als der rettende Fänger zu sein.« *Angelika Overath, Neue Zürcher Zeitung*

Ammann Verlag

Christian Zehnder
Gustavs Traum

Erzählung
140 Seiten
ISBN 978-3-250-60120-3
MERIDIANE 120

Ich will nicht Restaurator werden!« Das Erbe des Vaters anzutreten, dazu wollen sich weder Gustavs Finger recht fügen noch sein Geist. Ein hoch durchlässiges Wesen aus einer längst vergangenen Zeit scheint er zu sein, mit einer Strenge gegenüber einer schnellebigen Welt und jener gewissen Empfindsamkeit, der allenfalls seine geliebte Frau Veronika nahekommt. Ihr Sohn Dominik ist verstört über die mangelnde Lebenskraft seiner Eltern, doch auch unverkennbar ihr Nachkomme und Beschützer. Er muß sich auf seinen eigenen Weg machen, um zu merken, wie fremd auch ihm die Welt mit ihren zeitgenössischen jungen Menschen darin vorkommt. Doch dann begegnet er, fern von zu Hause, der goldhaarigen Juliane, die allein mit ihrem Vater in einem Sandsteinhaus lebt...

Eine feinsinnige Familiengeschichte, erzählt im anachronistischen Ton vertrauter Märchen und Legenden. Ein außerordentliches Debüt.

»Was für eine merkwürdige, was für eine couragierte Prosa!«
Rainer Moritz, Neue Zürcher Zeitung

Ammann Verlag